2015 年度青岛市社会科学规划研究项目

道德与艺术的双重变奏

徐复观文艺美学思想研究

马林刚 ◎ 著

中国社会科学出版社

图书在版编目(CIP)数据

道德与艺术的双重变奏：徐复观文艺美学思想研究/马林刚著．—北京：
中国社会科学出版社，2015.8
ISBN 978 - 7 - 5161 - 6322 - 1

Ⅰ.①道…　Ⅱ.①马…　Ⅲ.①徐复观(1903～1982)—文艺美学
—思想评论　Ⅳ.①I01

中国版本图书馆 CIP 数据核字(2015)第 131102 号

出 版 人	赵剑英	
责任编辑	张 湉	
责任校对	董晓月	
责任印制	李寡寡	

出　　版	中国社会科学出版社	
社　　址	北京鼓楼西大街甲 158 号	
邮　　编	100720	
网　　址	http://www.csspw.cn	
发 行 部	010 - 84083685	
门 市 部	010 - 84029450	
经　　销	新华书店及其他书店	

印刷装订	北京金瀑印刷有限责任公司	
版　　次	2015 年 8 月第 1 版	
印　　次	2015 年 8 月第 1 次印刷	

开　　本	710 × 1000　1/16	
印　　张	12	
插　　页	2	
字　　数	207 千字	
定　　价	46.00 元	

凡购买中国社会科学出版社图书,如有质量问题请与本社营销中心联系调换
电话:010 - 84083683

目　　录

序　言

一　选题意义

现代新儒家产生于 20 世纪二三十年代，面对西方文化在近代中国的传播和挑战，特别是五四时期"反传统"的激进思潮，现代新儒家的代表人物忧虑于中国传统文化面临崩溃的境地，而提出要返本开新，以适应现代化的潮流。由此产生了具有一定影响的现代新儒家学说。文艺美学是现代新儒家学说的一个重要组成部分。20 世纪 20 年代开始，现代新儒家的许多成员表现出对文学艺术和文学理论的美学关注，呈现出中国现代文学艺术领域里独树一帜的文艺美学。现代新儒家试图以深厚的中国传统文化为土壤，在切入点上寻找文学艺术审美的情趣和根基，在深度上表达一种价值取向和选择，他们吸收中国传统文化和传统思想中的精髓，在新的追寻中形成庞大驳杂的美学体系。

作为 20 世纪现代新儒家的重要代表人物，徐复观（1903—1982）是儒学研究的集大成者，他的成就享誉海内外，其学术成就包含对当下社会思潮的思考和社会发展的走向，具有史学、哲学等多学科交融的特点，在文学史研究中，开创性地将自由主义精神渗透进艺术精神的探寻中，将儒家的道德伦理和文学艺术的本质结合研究，从中国传统文化的脉络中寻找艺术精神的根基，借鉴西方艺术理论，追寻"中国艺术精神"。半路出家、矢志学问的他在文学、文化和艺术理论研究上很有建树。20 世纪 80 年代，"文化热"席卷中国大地，各类启蒙主义思潮的著作通过译介或出版的方式如雨后春笋般出现，现代新儒家的作品不断地被介绍出来，徐复观的《中国艺术精神》《中国人性论史》《中国思想史论》等都成为家喻户晓的名作。

徐复观抱定"为天地立心，为生民立命，为往圣继绝学，为万世开太平"的信念，衔接古今，找到迷茫已久的文化生命的源头活水和失落荒芜的精神家园。徐复观的论述立场和文化选择始终坚守两个学术立场：一个是自尊，一个是自立。从文化精神方面维护中华民族的尊严和独立，强化民族自信心和凝聚力。在"西化"冲击下灵根自植，重新确立中国文化。徐复观重视中国传统礼乐的现代价值，认为现代文化的危机根源是多元共生的。将"礼乐"建立在中国传统"中和"之道上，达成"成己成物"的道德理性的使命，承担起人类的命运。实际上，新儒家希望中华之礼乐能化成天下，彰显了"家国天下之情怀，经世济用之信念"。

徐复观的文艺美学思想有着深层的价值根源，他认为，"中国文化最基本的特性，可以说是心的文化"①，而"心"被他确认为是人的价值的根源或道德、艺术之主体。"心的文化"铸就了中国文学的性灵形态，性灵形态包含着如何解决文学作品个性和社会性的问题。通过对庄子"心"的发现，徐复观详细解读了"心的文化"的心性哲理和内涵，并指出中国文化的人文精神是以忧患意识为起点的。儒道两家思想的出发点都是忧患意识，从价值根源的角度上分析，这种忧患意识是中国文化和文学的动力。从人性角度出发认知世界，成就的是道德和有价值的人生；从艺术精神角度出发认知世界，成就的就是艺术的人生。这正符合他说的"道德、艺术、科学，是人类文化中的三大支柱"②。还要"使世人知道中国文化，在三大支柱中，实有道德、艺术的两大擎天支柱"③。

徐复观是一个传奇式的人物，他前半生投身政治，后半生潜心学术研究，他在文学、文化和艺术理论研究上很有建树。目前学界对他的哲学思想、民主自由思想研究较多，但对他的文艺美学思想研究很少。徐复观创造了以思想史研究文学史，以文学史研究艺术史的独特的研究方法，这一研究方法对我们理解文学本质的命题具有极高的借鉴意义。

徐复观面对现代化冲击下的中国文化发展和各种文艺现象，将文学艺术置于中国人传统心性的灵魂深处，从而构建起的心性美学思想和文化诗学观有何时代意义？面对西方现代文化的冲击，如何建构起中国特色和中

---

① 黄克剑：《徐复观集》，群言出版社1993年版，第603页。
② 徐复观：《中国艺术精神·自叙》，华东师范大学出版社2001年版，第1页。
③ 同上书，第2页。

国独有的美学精神？研究徐复观文艺美学思想，对传达中国声音和构建具有浓郁人文传统和现代意义的中国文艺美学将有重要的借鉴意义。这是本书的出发点和最终旨归。

习近平总书记在纪念孔子诞辰 2565 周年国际学术研讨会暨国际儒学联合会第五届会员大会开幕式上，强调要"努力实现传统文化的创造性转化、创新性发展，使之与现实文化相融相通，共同服务以文化人的时代任务"。从理论比照与历史观照的角度上，我们重新审视徐复观的文艺美学思想，不仅有助于面对全球化背景下带来的"失语症"和"跟风症"现象，找到突破传统文化创新下的中国审美文化体系建设的方式方法，还有助于将具有儒学传统的人文精神和价值理性，融合进民族性和时代性相交织的文化建设中，对"扁平化"时代背景下思考传统与现代、传承与创新、中国与西方的关系问题都具有很好的借鉴意义。

二　研究现状述评

徐复观一生著作等身，关于文学艺术方面的著作主要有：以山水画为样本从哲学的视角研究中国艺术的本质问题的著作《中国艺术精神》；对中国文学的史料整理和系统研究的《中国文学论集》；针对中国文学史上的热点和关注点而进行的文学作品研究著作《中国文学论集续编》，这三本著作在港台地区还以文集的形式合编一本。20 世纪 80 年代以后，徐复观的这方面著作在国内不断发行，《徐复观文集》（五卷本），由湖北人民出版社出版。徐复观还出版了一些研究画家的著作，重点对石涛的艺术作品进行了分析，名为《石涛之一研究》，重点分析其画作的艺术精神和生命意象。关于文学艺术方面的研究论文数量更多，具有代表性的主要有：对现代思潮和现代艺术的分析性论文，如《现代艺术的永恒性问题》；对达达主义的文学思潮的分析，并对达达主义带来的时代思潮分析，西方文艺走的路径和趋向，对中国艺术和文学流派的影响，如《达达主义的时代信号》；还有探讨艺术之变对作家、读者人生态度影响的论文，对现代艺术未来走向的思索，如《现代艺术的归趋》等。另外还有对抽象主义和毕加索研究的一些艺术性的专章分析，这些论文之间都是紧密相联的，能折射出徐复观对现代艺术的态度和在西方思潮影响下对中国艺术的探索。

　　学界对徐复观的研究随着对现代新儒家研究的深入而逐渐增多。从研究地域上看，无论是港台地区及海外对徐复观的研究还是中国大陆对徐复观的研究，都走过了一个由粗到细，由浅到深的过程。所谓由粗到细，是指最初对徐复观的研究往往淹没在对现代新儒家的整体研究中，但随着对徐复观学术思想的重视，对他的研究更加详细，深度也不断增加。从研究内容上看，多数研究集中在对徐复观自由民主的政治理念的研究，而对徐复观文艺观和艺术思想研究的内容则不多，但随着现代新儒家在大陆的介绍性文章增多，这方面的文章也如雨后春笋般日渐增多。

一　港台地区及海外对徐复观的研究

　　在港台地区和海外，对徐复观的研究主要集中在 20 世纪中后期，台湾大学的学者首先从徐复观在思想史方面的成果入手，开始研究中国思想史中的一系列问题，如程朱理学、陆九渊的成就和影响。台湾大学的学者蔡仁厚注意到徐复观在这方面的开掘性作用和贡献，他系统整理了徐复观在自由民主思想方面的探索，对徐复观倡导的以民主政治来应对社会问题的思想做了详细的探究，对他所倡导的道德和自由的统一在传统历史和文化中的现实表现做了深入的分析。刘述先教授发表了《研究程朱鞠躬尽瘁》，对徐复观研究程朱理学的贡献做了深入的探索，这两本著作都重点考察了徐复观在中国思想史上的影响和贡献。

　　20 世纪 90 年代初期，"徐复观学术思想国际研讨会"在台湾东海大学举办，会议旨在纪念徐复观逝世十周年，总结徐复观的学术贡献。会议出版了《徐复观学术思想国际研讨会论文集》。从论文集的内容看，对徐复观的研究开始由对徐复观在中国思想史贡献的关注转而研究徐复观本人的学术成就，包括他所倡导的政治思想，他在学术研究中的治学方法，徐复观的人格风范和艺术思想等诸多方面。牟宗三和杜维明分别作为专题报告的主讲人，共同推动了徐复观研究的深入进行。值得重视的是，学者卧云的《徐复观文学论著评介》是第一部开始研究徐复观文学艺术思想的著作，但从题目本身即可周知，这只是一篇介绍性的著作，有推介的功效，无研究性的深入，仅仅就徐复观发表的文学研究论文做了简单的说明。在这次研讨会上，洪铭水的《徐复观先生对中国传统艺术的玄学观》引起了学界的关注，虽然是泛泛而谈，但他开创了一个研究徐复观文艺思想的新视角，那就是在徐复观对中西文化传统的褒贬中，找到他青睐于毕加索的现代艺术的真正原因和对庄子"游"之精神的把握，这就为后来理解并探索徐复观所倡导的中国艺术精神创造了条件。这篇文章将落脚点放在对"游"的深层次理解上，找到了连接现代艺术与传统精神的契合点。另外，薛顺雄的《李义山〈锦瑟〉诗剖析》和翁同文的《论高手的绘画摹本自有超越原作的可能》也可作为对徐复观文学艺术研究的深入性的研究，这两篇学术论文旨在分析徐复观在文学研究中所阐释的文学思想和艺术思想，薛顺雄和翁同文同为东海大学的教授，他们与徐复观同在中文系任教，写这两篇论文的主要目的是介绍和推荐，让众多学者从不同角度了解徐复观，这样无形中推动了我们对徐复观文艺美学思想的认识。

　　另外，徐复观逝世后，徐复观的同事及其弟子写了一些纪念性的文章，这些文章虽然没有涉及徐复观文艺美学思想的特定范畴，但是从一定程度上，对我们了解一个全新的、全面的徐复观还是大有裨益的。余英时先生写了《血泪凝成真精神》，总结了徐复观一生学术生命和政治生涯所表现出来的人格风范。余英时对徐复观在学术历程中的这种政治经验尤为重视，他甚至认为徐复观正是基于这样的历史和现实背景下，有了宏阔的历史视野和现实关注度，有了对中国历史发展方向和中国文化发展脉络的深刻思考，通过历史的智慧、哲学的功底开始研究渗透到思想中的文学艺术和道德观念。徐复观的亲传弟子杜维明写了《为往圣继绝学》《徐复观先生的胸怀——为纪念一位体现忧患意识的儒学思想家而作》《徐复观先生的人格风范》《徐复观先生的道德与文章》等文章，从不同侧面对我们研究徐复观都起到了很好的借鉴作用。

　　徐复观在文化的根源性探索中立足传统文化的核心价值，坚定地将哲学根基建立在中国传统文化的源头中，试图追本溯源，而不是在形而上的基础上建构空洞的理论。徐复观的思想在港台地区影响深远。从 20 世纪 60 年代到 90 年代港台地区受到"全盘西化"的袭击，儒学的研究也受此影响呈现出玄学化的倾向，对徐复观的研究逐渐呈现出弱化状态。

二　国内对徐复观的研究

　　从 20 世纪 80 年代开始，随着改革开放总设计师邓小平在各领域加快推进改革的步伐，我国思想文化领域也逐渐走向开放，全国上下开始对文化进行反思和研究，文化研究覆盖的领域越来越广，讨论的热点越来越多，这就是 20 世纪 80 年代的"文化热"①。1987 年，徐复观的著作《中国艺术精神》在辽宁沈阳的春风文艺出版社出版，这是徐复观著作在大陆的首次出版。随后，徐复观和一大批港台及海外的学者开始走进大陆知识分子的视野中，有的是以介绍某一个群体为主，如上海人民出版社 1988 年出版了《港台及海外学者论中国文化》一书，书中收录了徐复观的许多学术论文。1989 年，《文化危机与展望》一书出版发行，这是由北京的中国青年出版社重磅出版的文化探讨性著作，它旨在对中国文化面临的危机、问题和出路进行前瞻性的思考，尤其是对传统文化的"废"和"立"做了大量的讨论，该书还收录了徐复观等人的《为中国文化敬告世界人士宣言》这篇文章。这篇文章不仅对中国传统文化进行了思考，而且将中国文化推向很高的政治地位，在当时的"文化热"大背景下引起了强烈的反响。进入 21 世纪后，徐复观的著作逐渐面世：位于上海的三联书店出版了其具有深远影响的《中国人性论史·先秦篇》，华东师范大学出版社出版了史学理论著作《两汉思想史》，上海书店出版社出版了《徐复观论经学史二种》《中国文学论集》和《中国文学论集续编》，湖北人民出版社出版的《徐复观文集》（李维武主编）等。在这些作品中，有的涉及徐复观对思想史的贡献，有的涉及徐复观文学艺术的阐释性研究，有的是介绍徐复观学术思想的著作。

　　真正推动对徐复观研究深入发展的是"现代新儒学思潮研究"课题组的成立和相关学术研究的开始。1987 年 9 月，在方克立教授的主导下，决定对现代新儒学的代表人物进行研究，经过学术界的不断探索和论辩，定出了包括十个人的名单，其中徐复观被确定为重要代表人物之一，之后，承担此项研究的李维武教授专门就徐复观的哲学思想出版了《徐复观：消解形而上学》。卢善庆则关注徐复观对中国艺术精神的探究，他围绕中国古代文化中的艺术载体和艺术流变，进行追根溯源的分析，结合他对徐复观的《中国艺术精神》的体会，将徐复观的艺术精神和艺术思想的形成原因做了深入的分析，但文章仅仅围绕徐复观对传统文化的崇尚，没有将思路全面打开，没有看到徐复观在中国传统文化中对人文精神的开拓，忽视了他作为思想史家对中国文化传统的阐释和挖掘。

　　1995 年 8 月，武汉大学举办了"徐复观与现代新儒学发展学术研讨

---

① 宗胜利：《80 年代"文化热"研究综述》，《理论前沿》1996 年第 16 期。

会"，研讨会云集了国内外著名的文化学者五十多人，其中徐复观生前好友、亲属、学生悉数到会。会议论文结集为《徐复观与中国文化》，由湖北人民出版社出版发行。徐复观长子徐武军教授参加了研讨会并就徐复观的学术成就和积极影响做了说明，重点阐述了其父为学的根本目的。他认为父亲半生戎马，后半生志在为学，但根源性目的都是"要解说中国文化和中国人所受到的委屈"①。他认为徐复观是想通过自己的学术研究和不懈努力，"重新建立中国文化和中国人的尊严"②。著名学者萧萐父则重点总结了徐复观的学术成就，尤其是对中国传统文化的反思，对中国人性论的悟觉和传统道德伦理的深入剖析，并强调了徐复观著作的现代意义和影响，后来被收录为《徐复观学思成就的时代意义》。另外，著名学者杜维明教授、蔡仁厚教授、李维武教授、黄克剑教授分别从不同角度对徐复观学术思想做了演讲。其中，李维武教授的《徐复观的政治理想与孙中山的政治哲学》，将徐复观自由民主观和孙中山的三民主义进行对比分析；肖滨的《徐复观重构儒家政治文化的三个层面》，对徐复观在政治文化建设的对策性问题做了深刻的解读；任剑涛以文化对立和历史共处的角度，从徐复观所倡导的儒家自由主义和殷光海所倡导的西方化的自由主义入手，针对两种自由主义的思想根源和基本模式进行了对比。这三位学者的研究都将徐复观独到的儒家自由思想推向了令人瞩目的境地。

引起我们注意的是，在这次会议上，关于徐复观文学艺术思想的论文也开始增多，主要有以下几种类型：第一类以总论的方式全面阐释徐复观美学思想。刘纲纪先生发表了《略论徐复观美学思想》，他以哲学的视角探讨徐复观艺术精神的本质，并将这种精神的把握放在徐复观人性论思想的大体系下，试图从价值根源上寻求艺术精神的哲学原点。在这一论文中，他深刻地指出儒家"礼"是"人类行为的艺术化、规范化的统一物"，分析了孔子"美善相兼"的思想内涵，阐释了"庄子所把握的心，正是艺术精神的主体"③。作者同时谈到了徐复观艺术思想的局限性，但是他的这种分析是单线式的，缺乏多样性和全面性。忽略了庄子的艺术精

---

① 韦维：《徐复观思想与现代新儒学发展学术讨论会纪要》，《徐复观与中国文化》，湖北人民出版社1997年版，第622页。
② 同上。
③ 刘纲纪：《略论徐复观美学思想》，李维武编《徐复观与中国文化》，湖北人民出版社1997年版，第511页。

神与玄学、佛学的艺术精神之间的差别等，也忽视了心性观在徐复观思想世界中是贯穿始终的一条主线，而心性观的根源还是源自儒家的价值理性和道德追求。

第二类是就徐复观的中国艺术精神进行阐释和解读，重点探讨庄子精神与"中国艺术精神"的关系。张法教授撰写了《徐复观美学思想试谈——读〈中国艺术精神〉》一书。作者肯定了徐复观对庄子精神主体的伟大发现，并指出"它影响了整个中华文化圈对庄子美学思想的讨论"[①]。他重点围绕庄子和庄子所推崇的"道法自然"的精神意蕴来阐发，试图在庄子和艺术精神中找一个结合点，还探究了绘画和艺术精神的互通性。该文从艺术哲学的角度重新阐释庄子，让中国艺术精神的主体在这里呈现出来，并且探讨了艺术、道德和宗教三者的关系。这一研究无疑是进步的，对价值根源的研究能够透过现象的分析发现研究对象的内在建构思路。

第三类是就徐复观的现代艺术观念和文学思想体系的研究，尤其是探讨其在"美善合一"儒学传统的超越上所做的贡献。台湾的李淑珍教授也发表了关于徐复观对现代艺术论述的评论，但是她是站在本土生态的原点上，结合儒家人性论的双重发展脉络，试图找准儒道思想在艺术精神上的共性。文章以台湾的文化生态为基础，站在传统儒家思想的角度上，探索庄子"美真合一"和孔子"美善合一"思想的本质区别。李淑珍教授认为，徐复观所倡导的艺术思想侧重于孔子的"美善合一"，其实质是对道德和自由的和谐统一。她认为庄子的核心思想中，也深藏着孔子"兼善天下"的道德情怀。这一思想无疑是深刻的，对思想的分析可谓入木三分，言之有据。该思想的不足在于没有对徐复观所倡导的"美善合一"思想进行本源性的阐释和建构理路上的分析，但她的思维方式对我们进一步认识徐复观的中国艺术精神是有帮助的。

学者胡晓明教授发表了《思想史家的文学研究》，在这篇文章中，作者围绕自己研读徐复观《中国文学论集》及续篇的感受进行了深入地探究。作者指出，徐复观在两书中所探讨的问题几乎不能离开儒家思想与中国文学的关系，如兴、气、体的问题。徐复观认为，中国文学最显著的特

① 张法：《徐复观美学思想试谈——读〈中国艺术精神〉》，李维武编《徐复观与中国文化》，湖北人民出版社 1997 年版，第 514 页。

征就是一种深重的忧患意识。这一观点是他思想与考证相结合的结果，具有启发意义。胡晓明教授随后发表了《中国千年文学的守灵人》①，认为他指出，徐复观的文学观和文化观是相通的，徐复观强调中国文化的价值根源在于人的内心，这里的"心"就是儒家的道德自觉和道家的明觉，故中国文学亦可称为"心的文学"。自此，很多专家学者开始从文学与心灵的角度来研究徐复观的文艺美学思想。

2003年12月，武汉大学举办了庆祝徐复观诞辰一百周年海峡两岸大型学术研讨会，主题为："徐复观与二十世纪儒学发展"。研讨会吸引了海内外著名学者八十余人出席。这次会议收到论文六十余篇，从论文内容和研究角度看，对徐复观研究的深度和广度又推进了一步。我们重点考察涉及对徐复观文学艺术思想的研究。学者刘建平发表了《庄子精神与现代艺术——徐复观艺术思想浅析》，虽说是"浅析"，但是他开始用比较的视角将徐复观的文艺美学观跟社会大背景下对现代艺术的推崇进行分析，他看到，徐复观对现代艺术的批判以及对中国画现代意义的展望，正是徐复观推陈出新、中体西用的努力和尝试。他还通过多种对比论述揭示了庄子精神与现代艺术的关系。学者欧崇敬发表了《文化脉络考察诠释与架构诠释法——徐复观、熊十力、牟宗三、傅伟勋所建构的中国哲学史研究方法论》，开始关注徐复观文艺及文化考察的研究方法。这一方法被称为是"文化脉络考察与诠释法"，并指出徐复观关切的是现实世界的知识内涵与实践活动，而不是主体、本质主义式的探索。也就是说，他不是在形而上的建构。随后，胡晓明先生开始以个案研究的形式，关注文学的思想根源，重点以徐复观、马一浮、钱穆为个案论述新儒家诗学，提出"新儒家诗学"②的观念，并深入分析了徐复观文学思想的特征，认为徐复观是创造性地对中国传统文化进行了转化，真正行走在建构中国诗学的价值世界，对徐复观文学思想研究的深入起到了推动作用。2006年，胡晓明教授又发表了《中国文论的乡愁》，他阐发了徐复观的"文化心灵的文学"③观念，他认为，同样是以人的行为作为研究中心的文学思想，徐

---

① 胡晓明：《中国千年文学的守灵人》，见"徐复观与20世纪儒学发展"海峡两岸学术研讨会论文集。

② 胡晓明：《重建中国文学的思想世界如何可能——以新儒家诗学一个案为中心的讨论》，《文艺理论研究》2002年第6期，第26页。

③ 胡晓明：《中国文论的乡愁》，《浙江大学学报》（人文社会科学版）2006年第1期。

复观比茅盾、鲁迅更有中国本源，更有价值追求，更有人生旨趣；比起周作人，更能真正正视人生，更有道德理想，比较厚重和伟大；比起梁实秋，更加深刻和纯正。这一比较研究的方法对我们比较徐复观与同时代的美学家很有帮助。

　　进入 21 世纪以来，学界对徐复观《中国艺术精神》及文学思想的研究开始进入了一个小高潮，主要得益于高校及科研机构的博士硕士研究生学位论文的成果。这时候的研究开始出现多姿多彩的局面。章启群反其道而行之，在对艺术精神的研究中质疑徐复观对"中国艺术精神"的独特解释，他就徐复观书中涉及《庄子》与"中国艺术精神"关系的论述，从几个疑问入手，力图推翻徐复观对中国艺术精神的把握。在文章中，他提出了几个明显的质疑：《庄子》所谓的"道"是否就是中国艺术精神的至高意境？《庄子》中所谓的"得道者"是否就是中国艺术精神中的审美主体达到的精神内涵？实际上，这些质疑本身就偏离了《庄子》的基本内容和根本思想，在逻辑和观念上造成了混乱，没有在本质上反映出《庄子》对中国艺术精神的内在影响。2001 年，武汉大学的李维武教授围绕徐复观的中国艺术精神阐释和中国艺术精神的审美内涵作了详尽而深入地阐明。他的研究成果成为深入理解徐复观艺术思想体系最好的指引。2002 年，苏州大学的侯敏教授出版了《现代新儒家文化诗学研究》一书，对徐复观的艺术心灵观做了研究，重点考察了以徐复观为代表的现代新儒家在艺术研究和文学研究中的成果，探讨了他们独特的文艺美学思想体系，见解独到，思路清晰，结构完整，但限于整体研究的影响，对徐复观文艺美学思想的研究没有特别深入下去。2004 年，南开大学的张毅教授出版了《儒家文艺美学》，这本专著以历史的维度，时间的跨度，将儒家文艺美学的发展、演变做了系统的研究。以儒家和中华文化的发展为背景，对原始儒家到现代新儒家的文艺思想进行了较为全面的梳理，着重探讨儒家美学的生命精神及其现代意义，力求贯通古今和中西。把涉及的命题、范畴和问题放到特定的历史语境中加以理解，按照儒学在发展演变过程中自然形成的早期、中期、近期三个历史阶段，探讨儒家文艺思想与孔学、经学、理学、心学和现代新儒家的关系。审视了各个时期儒学代表人物的文艺思想和审美观，在个案研究的基础上进行了理论概括。这本著作也涉及徐复观的文艺美学，但是受到篇幅的限制，没有深入地研究，但为我们深入研究提供了借鉴和宝贵的经验。

2004 年华东师范大学王守雪发表博士论文《心的文学：徐复观与中国文学思想经脉的疏通》，致力于徐复观的文学思想系统研究。他从徐复观文学和学术之间的关系入手，展示了徐复观在中国文化传统建构中，对中国文学论题所作的重新疏解。论文发掘了徐复观文学思想的三个维度：一是徐复观本人所讨论的文学问题之展示。二是中国现代学术史层面，徐复观与鲁迅、乾嘉学派、桐城学派的学术渊源。三是徐复观所着力突出的问题，即在中西文化交汇、古今学术变迁背景下的中国文化命运。王守雪还对比了徐复观和钱锺书对中西文化关注点的不同，两人同为守护中国传统文化的根源，激活传统文化的活力，徐复观重在坚守的方向上，重点在于打造"心"的中国文化，而钱锺书则是找寻中国传统文化中的普适性因子，沟通世界文化，不注重形成新的文化形态。这篇论文的意义是深入到徐复观文学研究的肌理，有疏通经脉的作用，对我们认识徐复观的文艺美学思想起到启发和借鉴作用。

同年，黄富雄的硕士论文《徐复观所谓"中国艺术精神的主体"之内在纹理》发表，论文主要针对中国艺术精神主体的结构进行了研究，虽然谈不上"创造性研究"，但是整体思路紧紧扣住徐复观文艺美学思想的建构理路和逻辑思路，对中国艺术精神主体的内在涵容性作了一定的分析，并从中解读出徐复观文艺思想中的根源性追求和价值判断。整体上贴近了徐复观文艺美学思想的价值根源，但论文还存在一定的问题，比如存在对徐复观文艺思想批判性和辩证性的缺乏。2006 年，孙文婷的硕士论文《论徐复观"为人生而艺术"的文艺思想》就徐复观"为人生而艺术"的文艺理论观进行了研究。作者指出，徐复观强调中国的文化是一种"仁性"文化，重视人及现实生活。徐复观以儒、道两家为主干对人性论问题进行了探讨。虽然他对道家思想的定位很高，但在他看来中国人性论的主流却是儒家。而且他努力在道家思想中发现儒家特质，将儒道两家的人性论巧妙地加以融通，这都促使了他"为人生而艺术"的文艺思想的产生。论文不仅看到了徐复观文艺思想的特点，也提出了徐复观文艺思想中的缺陷，为我们深入研究打下了很好的基础。

2007 年，北京师范大学的耿波出版了他的博士论文《徐复观心性与艺术思想研究》。论文探讨了徐复观艺术思想的"价值根源"，认为"价值根源"在我们现实的"心"内，这里的"心"是徐复观"心性"的超验性展现，是灵魂深处的"内在超越"，这一"内在超越"是超出个人主观意志的鞭辟入里式的分解，"超越境界"的"预设"化，有"预设"则人之个体私欲就能乘机而入，最终使价值根源失去其根源性，而沦入"对象化"。① 作者在这篇论文中，呼唤"他者"，开启"自由远境"，价值根源不是确定"什么"，而是在与"他者"共存共生的游戏中相互敬畏和领悟。这篇论文对我们研究徐复观文艺美学思想有一定的借鉴意义，但是作者的研究角度过分关注了徐复观艺术思想的价值根源，这无疑忽视了徐复观思想中史学观和文化观的影响，正是这一忽视点，恰恰是我们研究应该深入下去的。

2013 年中国社会科学院的张重岗教授出版了《心性诗学的再生》一书，作者在自己的研究中一方面以徐复观为契机展开思想对话，另一方面围绕当代中国诗学体现的展开，文化身份的认同和转向，对徐复观在政治与学术、历史与文化之间的"游走"作了深入的探讨。根据他的研究，徐复观论文学是由"人的文学"向"心的文学"转变，也就是儒家所说的人之心性作为文学创作源泉，张重岗冠之以"心性诗学"，因为诗学是在传统已经被切断了以后重新开证出来的，称之为"心性诗学的再生"，含有新生与继生的双重含义，既是对传统的继承也是对现实的超越，体现了他对现代新诗学走向的关注。这本书的价值在于他将现代文艺理论置身于历史和思想史脉络中进行研究，通过考察以徐复观为代表的当代新儒家在构建现代诗学方面的文化观念和文化实践活动，重新反省中国文化在更新当代诗学、重建当代人文精神等重要问题上的价值和意义。文章不乏创新点，如对徐复观心性诗学与"五四"以来胡适、鲁迅等文学和文化观的比较，将徐复观的诗学建构体系做了一定的说明，凸显了徐复观在建构诗学体系的方向和特色，为当代中国诗学的建构提供了有益的参照。但是，著作的核心不是研究徐复观，而只是对他诗学的系统进行研究，从而找到中国现代诗学的走向，与我们研究的角度是截然不同的。

以上是目前能找到的关于徐复观文学艺术思想研究的资料。这些研究或从体系的建构和理路上探索徐复观与中国艺术精神的本质问题，或从微观上考察庄子精神和中国艺术精神，或从价值根源的角度考察徐复观艺术思想价值和意义。都从某一角度和侧面上考察了徐复观，尤其是看到了一位儒者严肃的学术追求和高尚的学者风度，同时也看到了徐复观文艺美学

---

① 耿波：《徐复观心性与艺术思想研究》，中国传媒大学出版社 2007 年版，第 326 页。

思想的底色是对中国传统文化主体精神和价值根源的探索。这都为我们的研究打下了坚实的基础。对徐复观文艺美学思想研究中存在的问题恰恰是新的启发和视角的开拓，这就要求我们既要有对徐复观文学创作论的熟知，也要有对徐复观文学本体论建构的了解，还要深谙徐复观艺术思想中的价值根源和逻辑起点，更要寻找徐复观文艺美学思想的时代意义，这一系列的思考离不开对徐复观及其思想根源的深入挖掘。这些都是本书研究的方向和最终目标。

三　研究角度和方法

上面我们对学界关于徐复观的研究现状做了简要的概述和认识，从研究内容上看，或紧紧围绕徐复观的人生境遇和生存境况，或关注徐复观的政治思想和文化观点，或探讨徐复观关于中国艺术精神的分析和剖解，或考察徐复观关于心性文化思想的构建理路，这些研究成果，对本书的写作和思想的生成无疑是有启发和指导意义的。本书在此基础上，将徐复观置于时代背景下，置于现代新儒家的群体学人中，立足于中国传统文化的根基和价值诉求，重点考察其文艺美学思想的特点、基础和源泉，并针对其在文化转型及现代化进程中的重要意义进行了深入地探讨，这也是论文的出发点和着力点。

既然是探索徐复观的文艺美学思想，我们有必要对"文艺美学"的概念给以厘清和说明。文艺美学属于一个创造性的概念，关于文艺美学的学科定位，曾繁仁教授曾经做过经典的阐述："文艺美学学科是 20 世纪80 年代产生的一个正在建构中的新兴学科。它既不是美学与文艺学的分支学科，也不是两者之间的中介学科，更不同于传统的艺术哲学，而是既同文艺学、美学、艺术学密切相关，但又同其有着质的区别的正在建构中的新兴学科，具有明显的建构性、交叉性、跨学科性和开放性。"[1] 从这一角度上看，这一学科的重要特点是研究文学艺术等特殊的审美性质和审美规律的科学，需要哲学、史学、文学多学科的积淀和积累。研究文艺美学思想，不可忽视作者的史学观和文化观，否则就是无源之水、无本之

---

[1]　曾繁仁：《试论文艺美学学科建设》，《学习与探索》2005 年第 3 期。

木，舍近求远的就问题而研究问题会显得浅显并有牵强附会之缺点。同时，人物的研究必然要了解人物所处的社会历史进程和发展轨迹，尤其要看他在时代变迁中的思想波动。

对于徐复观文艺美学思想的研究，本文注重在研究角度上厘清几个关键的概念和环节：首先，徐复观作为现代新儒家的重要代表人物，他的文艺思想必然与现代新儒家的思想一脉相承，具有特定时代的特征。现代新儒家一系列思想的形成是在激进思想的启发下、民族命运的关怀中逐渐形成特色的，启蒙和激进、自由和民主自然形成了历史的结构张力。徐复观的文艺美学思想融入其中，又跃出其里，显示出中西思想交融的固态化和独特性。其次，徐复观一生经历坎坷，人生阅历成就了他关注历史命运的针对性和尖锐性，他的文化观念和文学创作历程在其人生动荡的过程中不断浸润着历史的烙印，既有对自我生命的感怀，也有对民生多艰的感叹，要了解全面的徐复观，深刻把握其文艺美学思想，绕不开对其成长背景和生存境遇的社会学考察，还要探索其思想根源的产生基础和理论渊源，历史地、客观地、辩证地看待人物的生命历程和学术历程显得尤为重要。再次，以徐复观为代表的现代新儒家的整个群体，都有着离散故土、云游他国的经历，他们的思想观念、文化背景和中西影响，都让他们的思想处于历史的游离和动荡中，生命和文化成为他们关注的焦点，故乡和故土成为他们思索的根，传统儒家讲究的"和而不同"观念深入他们的内心，也是我们考察这一群体的重要手段和方法。我们在对徐复观文艺美学思想研究的同时，必然要运用多学科的知识体系去分析和评价，也需要放置于现代知识体系和文化现象中去考量，同时要结合他们所处的社会环境和文化环境去论证、比较，走进他们内心的生命历程和艺术的生命世界。

正是基于以上考虑，本文绝不是单纯徐复观个人思想的简单呈现和展示，也不是简单的文学史和文学研究现状的泛泛而论，更不是个人生命历史的简单复述，而是介于三者之间的辩证地互动立体式的对话和阐释，是现代知识层面上的争鸣和探索，是对人物本身的根源性的高度关注，是融合了对话与交流的综合考察。作为文艺美学思想的考察，我们紧紧围绕他的文艺思想和美学思想，同时考察其文化的、历史的观念在文艺形态中的表现和影响。

全面认识徐复观文艺美学思想需要多元维度，既要深谙徐复观文学艺术思想的论述，也要从史学观、文化观角度上分析徐复观文艺美学的思想意义和价值。徐复观对中国传统文化的现代梳理和中国艺术精神的探讨可谓意义重大，影响深远，他站在中国传统文化的背景下，对中国艺术精神进行了探索和深思。对艺术的创作论、风格论、价值论、鉴赏论都有建树。徐复观的文艺美学思想推进了对传统文化的认知，当然也存在许多因为认识和主观判断不完善的方面，但是他将文化生命和人性的本质相融合，为文艺美学的内潜性发展提供了滋养，在文艺美学领域充满诗性的智慧和哲性的光芒。

本文的论述基点紧紧围绕徐复观构建的"心的文化"和"心的文学观"，根植中国传统文化的根源和艺术的根基，以价值根源和实践理想为探寻点，一方面对现代多种多样的文化思潮做出有效回应，另一方面在中国传统文化的根性意识中强化中国艺术精神。研究重点在于探讨徐复观对生命意识、道德诉求和艺术精神的前瞻性思考。

徐复观的文艺美学思想既是对中国传统美学观和人文精神的传承和发展，也是对"五四"以来启蒙思想的批判性阐发和继承，是对现代多元文化冲击下的人类心灵的思索，更是对人性、人生的哲学解读。有着诗一样的魅力，充满着艺术性和文学思考，有着多重解读的意义，也有着"道"的品质，充满着哲学的思索和精神的提升，对徐复观文学艺术的理解和文艺美学思想的解读，批判地接受、分析和比较，能够发现其理论的价值和现实的意义，对构建中华民族独特的文化体系和现代文化活力具有重要的借鉴意义。

四　本书的创新点

本书的创新点主要体现在三个方面：第一，本书的研究对象是徐复观的文艺美学思想问题，但在更高的意义上是对徐复观心性思想和美学思想的扩展研究。本书紧紧抓住徐复观从"人的文学"到"心的文学"的根源性解释，分析徐复观心性美学产生的动因和根源。将研究的角度放在徐复观人性论思想的大体系下，试图从价值根源上寻求艺术精神的哲学原点。第二，在借鉴以往研究成果上，带着问题意识，将徐复观的文艺美学思想研究置于现代新儒家的宏大场面中去考察，较系统地研究了徐复观文艺美学思想，将徐复观文艺美学思想概括为文体论、根源论、创作论、价值论等几个方面。第三，用比较美学和历史对照的方法，在研究徐复观文艺美学思想的同时，注重现代知识分子和当代学人对问题的观照，寻求民族文化和文艺美学在当代文化语境中的现代意义和价值。

　　本书存在的不足在于：研究中缺乏问题类型的细化分析，仅仅做出了自己的概括。由于历史和现实的局限，文献和史料的缺失，对徐复观文艺美学思想的研究还存在系统性不足、延展性不强的缺点，尤其是徐复观的文化观对文艺思想的影响还没有做出全面的分析，这将成为笔者以后学习和研究的重点。

第一章　知人论世:丰富的人生和高尚的人格

　　徐复观（1903—1982），原名徐佛观，又名秉常，湖北浠水人。1903年生于一个穷苦的农民家庭。8岁，他跟随做私塾先生的父亲读书，天资聪慧，成绩优秀。15岁，进入湖北省第一师范学校读书，毕业后当了一名小学教员。1925年深得国学大师黄侃赏识，考入湖北省国学馆，开始研读我国古代的诸子百家。1928年，他到日本留学。在日本期间，开始接触并研读了大量的介绍马克思主义理论的著作。1931年，日本对华发动了"九一八"事变，徐复观表示强烈不满并出现过激言行，被日方拘留，后愤然退学回国。之后，徐复观弃文从军，秉持政治救国的理念，做过蒋介石随从，官至少将军衔，1946年，对国民党彻底失望并毅然退役，1947年创办《学原》杂志。1949年，创办《民主评论》杂志。从此，在他的号召和组织下，以"钱穆、唐君毅、牟宗三、徐复观"等人为主要代表的港台新儒家思想活跃，在20世纪五六十年代产生了广泛的影响。徐复观此后醉心于中国传统文化和中国艺术精神的研究，涉猎学术研究的不同领域，发表了五百多万字的学术著作和研究论文，其中产生深远影响的有专门研究中国艺术精神和生命哲学的《中国艺术精神》和专门研究中国人性论的《中国人性论史》。在徐复观病逝后，现代新儒家的另一位大师牟宗三先生写了一对挽联，"崇圣尊儒，精诚相感，巨著自流徽，辣手文章辨义利；辟邪显正，忧患同经，谠言真警世，通身肝胆朝天人。"[①]这是他对徐复观一生学问和人格精神的生动概括。

---

① 牟宗三：《悼念徐复观先生》，曹永洋编《徐复观教授纪念文集》，台北时报文化出版事业有限公司1984年版，第16页。

第一节　农村生活与乡土情结

　　徐复观1903年1月出生于湖北省黄冈县浠水镇远郊一个穷苦的小乡村。同旧中国千万个村落一样，贫穷、破落是当时农村基本的色调。但正是这贫寒的生活环境造就了徐复观坚毅和沉稳的性格。他所在的小村子被称为"凤形湾"，坐落在县城的北面，距县城约六十华里。向北十五华里是著名的团陂镇，顺此向前行三里，是与黄冈县分界的巴河。徐复观晚年经常想起故乡的一草一木。他曾经这样描述对家乡的特殊感情，他说："我只有返回到自己破落的湾子，才算稍稍弥补了生命中的创痕。"[①] 足见其内心深处镌刻的乡土情结。

　　徐复观成长于一个败落的地主家庭。祖上以前的生活还算殷实，但是到了徐复观父亲时，家道中落，生活艰辛。徐复观的父亲有兄弟两人，徐复观的父亲从小读书，希望求取功名，最终未能实现。徐复观的叔叔则终身务农。徐复观的母亲慈祥善良、和蔼可亲，是一个传统的农村妇女，一辈子共生育了五个孩子，徐复观在家排行老四。徐复观出生的地方人杰地灵，尤其是徐姓，更是远近闻名，清代全县共出了二百八十多名举人，徐姓就占了八十几个。崇尚读书、热衷学习的风气蔚然成风。徐复观所在的家族一支，最为发达，许多举人进士都出于这一支。徐复观家境相当贫寒，父亲虽读书勤奋，但天资愚钝，外出赶考了二十多年，连中个秀才也未能如愿，只能在乡下蒙馆教学，但难以维持生计，还依仗徐复观的母亲和他的长姐"纺线子"为副业，维持日常生活。徐复观对家庭生活贫寒的心酸和日子的难过深有感触，儿时的徐复观也是一个实打实的劳力，负责放羊，但羊也不都是自己的，都是和别人合伙的，"一季的粮食收成伴着业余纺线子所得加上父亲教蒙馆的学钱，都解决不了一年的吃饭问题"[②]。可想而知，其生活条件何等清苦？

　　徐复观的母亲姓杨，杨姓在离徐姓十几华里的杨家湾，是穷困的佃

---

　　① 徐复观：《旧梦·明天》，《徐复观文录选粹》，（台北）环宇出版社1971年版，第291页。

　　② 同上。

户，她对徐复观始终百般疼爱。即使在遭受艰苦的生活煎熬和为生计奔波之时，母亲对徐复观始终保持温婉和慈爱。但是在这样艰难的生活中，少不了因为生活的艰辛而产生矛盾和争吵。因为当时的家庭结构是复杂的，徐复观的叔父婶子膝下无子，开始的时候并没有分家，于是承担了养徐复观一家人的担子，本来就因无儿无女怄气的人，自然也会因为一些琐事引起强烈的不满，家里总是吵闹不断。徐复观曾经回忆说:"叔父总是向我母亲发作，常常辱骂不算，还有时动手来打。我印象最深刻的一次是，叔父在堂屋的上边骂，母亲在堂屋的下边应，中间隔一个天井。一下子，叔父飞奔向前，揪住母亲的头发，痛殴一顿。母亲披着头发叫，我们一群小孩躲在大门角哭。过了一会，才被人扯开。"① 徐复观母亲的隐忍给年幼的徐复观留下了深刻的印象，或许正是这样的耳濡目染造就了徐复观坚韧不拔的性格。母亲的豁达和乐观也让徐复观对事物有了理性的认知和客观的认识。据徐复观回忆，当时家里经常遇到连年饥荒，徐复观的姐姐好强，也爱面子，不愿意向外人乞借粮食，于是就自己从地里弄回一些半熟的大麦穗，连夜搓成小麦粒，第二天熬成大麦糊糊，一家人吃着大麦糊糊还有说有笑的，调和着家里沉闷的气氛。在如此拮据的家庭生活境况和生存环境的影响下，徐复观很小的时候就开始从事家务劳动和农业生产活动。砍柴、放牛、耕地、摘棉花等农活他样样都参与其中。徐复观经历了贫穷和心酸，品尝了艰辛和无助，所以他也算是"穷人的孩子早当家"。徐复观从小就开始独立承担养家糊口的责任，想尽一切办法替父母分担忧愁。这种对家庭的责任感和敢于背负重担的精神塑造了他的人生观和价值观，这种坚毅和果敢，坚持和坚定，责任和担当伴随了徐复观的一生。

徐复观在回忆母亲的文章中，对母亲"摸摸自己的额头"深有感触，成为一生中对母亲最好的回忆。"母亲生性乐观，疼爱子女是不由分说的了，即使生活穷得揭不开锅，也是乐呵呵地忙碌在孩子们的周围，孩子们迎上去的时候，还笑嘻嘻地摸摸孩子们的头。"② 他的母亲吃苦耐劳、勤勉能干，任劳任怨，"生活和辛苦，是她的本分"③，这对徐复观的性格产生了一定的影响。徐复观对母亲的回忆，充满深情，对母亲所表现出的深

---

① 徐复观:《我的母亲》，李维武编《徐复观文集》（第一卷），湖北人民出版社 2009 年版，第 245 页。

② 同上。

③ 同上书，第 248 页。

沉而细腻地爱溢于言表，对母亲的愧疚之情伴随着他的一生。

　　徐复观对父亲的思念，在回忆父亲的文章中，更是让人感同身受，产生情感共鸣。"我父兄的艰辛，一闭目都到我眼前来了。"① 徐复观的父亲是一个深受传统封建思想影响的知识分子，崇尚"学而优则仕"的信条，一生想求取功名，却未能如愿，就将自己没能实现的理想和愿望一股脑儿寄托在天资聪颖的徐复观身上，这给徐复观带来了极大的反感。徐复观在读书上，天资过人，1925 年，他在三千多名考生中以第一名的成绩考入湖北国学馆，表现出较高的禀赋。徐复观始终反感"当官"，在他的一生中可谓是"骑虎难下""左右为难"。这是一种命运多舛和生活困苦之外，精神上的折磨和思想上的压力。徐复观曾经回忆道："我的父亲一生精神上最大的压力，是科举中考试的失败。"② 自己没有完成的志愿，当然只能寄托在孩子身上，后来即使当上了蒙馆的先生，但生活的窘迫也是常有的事，"蒙馆的收入是正月元宵后第一天上学时的见师礼，收入的多少，决定于学生人数的多少、年龄的大小，及家长的经济情况"。③ "我父亲连秀才的头衔也没有，大概很长一段时间，教得是不到十个穷苦的儿童。"④徐复观的父亲是教书先生，既不肯屈尊农业生产又没有能力下地干活，家里为了维持农业生产的正常运行，经常花钱请人帮工，有的按月结算，有的则是半年工或者半天工。即使这样，收获的粮食也难以维持一年的正常生活开支，经常是只能解决半年的吃饭问题，另外半年省吃俭用，经常过着有上顿没有下顿的艰难日子。生活的清贫和窘迫都融入了徐复观自己生命的感受和对生活的体察中。尽管晚年的徐复观怀着对这片土地无尽的眷恋，但早年的经历让他对这片土地百感交集。

　　徐复观在文章中多次提到"我真正是大地的儿子"⑤。这里的"大地"，主要是他生活的那一片农村，也就是儿时在农村的生活状态。1952年，徐复观发表了《谁赋豳风七月篇——农村的回忆》一文，在这篇文

---

　　① 徐复观：《谁赋豳风七月篇》，李维武编《徐复观文集》（第二卷），湖北人民出版社2009 年版，第 340 页。

　　② 徐复观：《我的父亲》，李维武编《徐复观文集》（第一卷），湖北人民出版社 2009 年版，第 253 页。

　　③ 同上书，第 252 页。

　　④ 同上书，第 253 页。

　　⑤ 徐复观：《谁赋豳风七月篇》，李维武编《徐复观文集》（第二卷），湖北人民出版社2009 年版，第 341 页。

章中徐复观将他的农村生活经历和乡土情结全面展开来。他向广阔的农村和一直致力于农业生产的中国农民表达了崇敬之意，他反复用了"土生土长"这几个字来反复和排比，认为："一个人，一个集团，一个民族，到了忘记他的土生土长，到了不能对他土生土长之地分给一滴感情，到了不能从他的土生土长中吸取一滴生命的泉水，则他将忘记一切，将是对一切无情，将从任何地方得不到真正的生命。"① 可以说是饱含深情，这里的"土生土长"是徐复观特有的感情表达，也就是徐复观所说的生命源头之地，是生命的归属地和归结点。徐复观还从这种"土生土长"的感情中回忆起家乡的可爱和淳朴。他向我们展示了一个农村家庭在节日期间的幸福和甜蜜，安逸和温馨。"在除夕的前十多天，一家大小，都是紧张而愉快，忙个不停。一年劳动所得的一丝一粟，此时都蕴蓄着生命之花，与劳动者以安慰、鼓励。"② 大家盼新年、迎新年的心情是幸福的。"除夕到了，全村大扫除，贴门神、春联，放爆竹。自此以后，一直到灯节，个人堆上笑脸，满口都说吉利话，一团喜悦，一片温情。整年劳苦，亲戚朋友少往来。新年大家带点礼物，彼此来往一番，聊通一年的款曲。"③他在农村新年时人们的忙忙碌碌、乐乐呵呵中看到蕴含在农村的生命精神和人情味。他在这里看到了"人的世界"，道出了徐复观对人的本质精神的理解。"人的世界"也就是最具有人情味的世界，我们结合徐复观的一生坎坷经历，可以得知徐复观对人的世界的真正追求，或许是一种朴素情感支撑下的本源生命体。是回归生命的自然，是朴素的创造，是精神的自由，是创造性的劳动。个体人格在"人的世界"的形象的表达中展现了出来，于内在，个体人格找到自身的意象；于外在，人性的力量渗入其中，这才是人性和自由的最高统一。细细推想，徐复观在这里构建的一个"人的世界"的群像是不是就是带有朴素情感的自由境况图的真实写照呢？这一群像的特点是他们不刻意追求生活的本质和生活的根源，在生活的过程中感悟生命的真实和朴素的人生，他们从事着简单而重复的劳动，年复一年日复一日从事着在别人看来再寻常不过的工作，创造着世界上最真实的本质生产和生活劳动。"简单是至高的哲学"。他们的心思简洁明

---

① 徐复观：《谁赋豳风七月篇——农村的回忆》，李维武编《徐复观文集》（第二卷），湖北人民出版社 2009 年版，第 338 页。

② 同上书，第 342—343 页。

③ 同上。

了，易于满足的自给自足把这一群体与追名逐利、阳奉阴违的奴性众生相截然决裂，诚恳经营着自己的小天地，是传统儒家"穷则独善其身"的绝美画卷。这是对生命的认知的本源性思考，是对自我生命价值的客观真实写照，他们的不善言辞道尽了传统儒家社会前提下的自我提升和生命满足。正是在儒家传统思想影响下的乡土文化和生态图景撞击着徐复观内心最脆弱的神经，让他与这一生命形式达成共鸣和同感。

这种对农村生活客观描摹和乡土情结的眷恋所表现出来的富足感，常常被人们认为是源自人们生活的贫苦、陈旧的观念和小农意识等心态。徐复观不是这么认为的，并且对这种看法做了自己的分析，他首先肯定了农村在物质条件上的落后，这种落后是长期综合因素的结果，有基层政治上的挫败，有经济条件上的落后，也有观念上的落后和教育体制上的不够发达，但是他也看到了更深层次的原因，"假定能改进技术，澄清政治，普及教育，农民岂有不欢欣鼓舞之理？更有什么丧心病狂的人来反对呢？但我们说农村是落后，这是拿外在的东西作尺度去说的。若就一般农民做人做事的基本精神而论，则我觉得不仅不是落后，而是中国能支持几千年的一种证明，也是中国尚有伟大的潜力，尚有伟大的前途的一种证明"。①从这段文字中，我们也似乎看到了中国乡土社会浓缩的图景，在徐复观的认知世界中，绝不是以物质上的贫乏和富足作为衡量标准去理解乡土社会的本质，而是循着人的本质和人情味的世界建构去判断的。物质世界的贫乏并不意味着不进步，所谓的进步也未必会引向人的解放。正如卢梭所说："一切进步只是个人完善化方向上的表面进步，而实际上它们引向人类的没落。"②徐复观对农村生活的认识是站在人性完善的角度上去阐发的。他在农村生活的时间占定了他生命历程的分量，无论是艰辛的童年生活还是充满憧憬的少年时代，留给他的是无尽的回忆和眷恋。直到若干年后他从湖北武昌师范学校毕业，如愿当了一名小学教师后，开始走出大山，离开生活的乡土世界，进入另一个生活空间。但是再大的空间也难以消解农村生活赋予他的人生体悟。农村生活的艰辛和困苦让徐复观在人生历程中懂得生存价值所在，而农村生活中的"人的世界"所体现出来的

---

① 徐复观：《谁赋豳风七月篇——农村的回忆》，李维武编《徐复观文集》（第二卷），湖北人民出版社 2009 年版，第 342 页。

② ［法］卢梭：《论人类不平等的起源和基础》，商务印书馆 1982 年版，第 120 页。

淳朴和自然洗涤着他的灵魂。浓郁的"农村味"带给了他艺术世界天性的感染和熏陶,父母的慈爱和殷切的期望,长姐的乐观与无私,亲朋好友的慷慨和平和,都让这个地道的农家子弟感受到浓浓的人情味和人间真情。这种情感如同他记忆中那破落而坦荡的湾子和平缓宽阔的巴河。既有善良的道德良知又有大自然给予他的精神世界中美的启迪。徐复观正是在这样原始朴素的生态意识的浸染下,播下了美的种子,并引导着他在多年以后,在《中国艺术精神》中带着浓重的感情去分析每一幅山水画作的,这种生态的意识和自由奔放的情愫正是有助于解释中国古典美学中的审美原则的形成原理,也有助于解释中国艺术史上的一些不同于西方的独特艺术现象,诸如山水画和山水诗的形成与发展。正如"肇自然之性,成造化之功"①。没有对大自然的朴素情感和敬爱之心、亲近之情,中国传统艺术中山水画和山水诗的繁荣是不可能的,也不会出现深刻揭示中国艺术精神的皇皇巨著。这里我们也看到了徐复观在朴素乡土情结中,始终有一种博大的胸怀,具有一颗仁厚之心,具有万物一体的平等意识,自然万物和我们人类一样,具有存在的合理性,他们的存在和个性是应该得到尊重和受到欣赏的。

第二节 求学生涯与理想人生

徐复观的父亲一生以读书为业,本想求取功名最终却未能成功,他将自己的宏愿寄托给了有读书天分的儿子徐复观。徐复观年幼时就表现出读书的天赋,八岁就进入父亲开办的私塾读书,由父亲本人亲自指导读书。父亲的望子成龙之心可想而知,严厉的"经学"等学习训练在徐复观身上得到体现,这引起徐复观的反感,也影响了他本该天真烂漫的童年生活。在私塾读书的方法可谓传统与现代交替进行,既有古文经典的严格训练,像四书五经之类是徐复观的必修课,《古文观止》《古文笔法》《御批通鉴辑览》等专业文艺经典也都是徐复观古文训练的重要教材。他在经受传统古文训练的同时,还接受了新式教育,研读新式教科书,对具有政论说明的模范文进行诵读研习,形成了良好的逻辑思维和哲学判断。在传

---

① 《庄子·天地》。

统文献学习内容中，"像《纲鉴易知录》这样的古书都是要倒背如流的，否则就会被父亲责骂，背诵后要原文复述和演讲"。① 经过这样的训练，徐复观不仅对这些传统经典有着扎实的"小学"功底，还培养了自己独立选择性的艺术品位。在这期间，徐复观非常喜欢读诗，但是遭到父亲的反对，"曾经从书柜里找出一部套色版的《聊斋志异》，正看得津津有味的时候被父亲发现，连书都扯了烧了。直到进入高等小学，三年的时间全部用在研读古典小说了"。②

徐复观刚满 15 岁的时候，他以优异的成绩考入当地省属师范学校，进入了师范的学习和训练，"身正为师，学高为范"，五年的"师范"生活，训练和生活成了徐复观学术人生和政治追寻的重要积淀，在他一生的历程中占据了重要的位置。这里他遇到了两位恪守儒家教义、学富五车的老师：陈仲甫和李希哲，前者教授国文，后者批改国文。两位教授教学方法独特，不囿于传统的教育方式，对徐复观影响很大。这段时间"徐复观作文成绩平平，向来没有得到先生们的赞扬，每次将作文讲义发放到徐复观手上的时候，基本是全班人数的最后几名，这无端对徐复观的自尊心产生了影响，徐复观不看重其他功课的成绩，唯独对作文深感兴趣，看重有加，因为他觉得自己的文采和写作功底是优异的。结果反差极大，搞得徐复观气急败坏，痛苦伤心。一次偶然的机会，他发现有人研读《荀子》，如同井底之蛙蹦跳到井外，看到了另一番天地，他开始在阅读经学著作之外，大量学习诸子百家，将学习的视野拓展出来。对那种旧小说也拿过来深读，激动地读诵梁启超、梁漱溟、钱穆、胡适等人的著作，从此他的作文方法和作文水平都得到了极大的提升。"③ 这个时候的徐复观也从心底懂得如何让写作吸引人，如何让这套要领在作文中管用，他开始在重视形式的基础上，特别重视文章的内容和说理的透彻。"写文章而言，要做到有思想才有内容，而思想是要在有价值的古典中教育启发出来，并且'要在时代的气氛中开花结果。'"④ 我们拿到现代来看，徐复观的这一

---

① 徐复观：《我的读书生活》，李维武编《徐复观文集》（第一卷），湖北人民出版社 2009年版，第 231 页。

② 同上。

③ 同上。

④ 徐复观：《我的读书生活》，李维武编《徐复观文集》（第二卷），湖北人民出版社 2009年版，第 291 页。

体会也是很深刻的。"古典"和"时代"不正是文章出彩的关键立足点吗？但这"古典"的形成如果没有扎实的古文字功底，谈何容易？这里对徐复观起到突出作用的一个人物就是王季芗先生，他指导徐复观研究了桐城古文的笔法。1956 年，徐复观发表了《王季芗先生事略》回忆了两人的师生情谊，他指出："余从先生问业于国学馆，先生辄周其衣食，所以期望之者至殷且厚，乃数十年来，奔走生计，习业百无一成，且坐视先生之志业，零替殆尽，现手中所存者，仅先生所著《古文辞通义》，及二十六年武昌春游时照片一帧耳。"① 我们通过这段文字的回忆，可以看出徐复观对先生深挚的情感和崇高的敬意，他从王先生那里学到了真正的研究古文的方法，而这种学习的方式和中西融汇的思路，对徐复观产生了深远的影响。

徐复观还回忆过一位对他后来的学术之路起到引导作用的老师，那就是刘凤章。当时刘凤章是他们学校的校长，学风淳朴，生活严谨，生性有些乖戾，专门讲授阳明学问，倡导言行一致。徐复观在其著作中谈道："他个人生活，刻苦严肃，外出时路程再远，从不坐人力车。冬天不穿皮袄，烟酒不沾，甚至连茶都很少饮。在他的衣、食、住任何一方面，都找不出任何丝毫浮华之习。"② 正是刘凤章校长特立独行的人格风范和自立自强的坚毅品格影响了徐复观严谨积极的人生态度，为徐复观良好的道德观和学术品格树立了榜样。正是这样一位看似迂腐却博学多识的校长，通过讲授宋明儒学，从人格上引导学生"为文"要先"为人"的人生哲理。"他用宋明儒学的熏陶，他先要我们切切实实、堂堂皇皇的做一个人，因为知识是要人格去担当的。"③ 这里谈到的核心要点就是徐复观对刘凤章所表现出的不慕浮华、沉潜实在的人格风尚的赞扬。徐复观还谈到刘凤章对自己人格的影响和人生的启迪，成为他未来成长的精神力量和思想源泉。

在徐复观就读师范的五年中，他觉得最有意义的就是对《庄子》的用功和对于文章的揣摩。这一积淀成为他日后学术思想的理论基础，也成

---

① 徐复观：《王季芗先生事略》，《徐复观文录选粹》，（台北）学生书局 1980 年版，第 335—338 页。

② 黄金鳌：《师范出身的徐复观先生》，曹永洋等编《徐复观教授纪念文集》，台北时报文化出版事业有限公司 1984 年版，第 53 页。

③ 同上。

为他对中国艺术精神阐发和传统文化阐释的重要学术滋养。他对这一经历是这样评价的："我对于线装书的一点常识，是五年师范时代得来的。"①他就是这段时间把大量的精力放到研读中国古典的典籍和史料当中了。而"五四运动"的爆发无疑给徐复观以全新的认识，他开始在社会动荡中寻找喘息的机会，无论是面对新思潮，还是面对武力的军阀混战，徐复观也以独特的方式度过那惊心动魄的师范生活。"学校只要有事，都有我在内，当时觉得不闹事，就不够劲。尤其是觉得当代表，出来讲演、请愿，好像是一个英雄。"②我们看见了一个热情、激进、敢于担当、勇于负责的年轻的徐复观。这一性格在他后来的"延安之行"、与胡适的论争中都有所体现。

徐复观在结束了五年师范生涯之后，1925 年考入湖北国学馆，开始了学习生涯的重要阶段，在入学考试中，他以第一名的成绩在三千人中脱颖而出，深受当时师生们的青睐，并得到了国学大师黄侃先生的公开赞扬和肯定："我们湖北在满清一代，没有一个有大成就的学者，现在发现一位最有希望的青年，并且是我们黄州府人。"③徐复观也很推崇黄侃的诗词，认为是清新高远之作。在这期间，他开始研读《文心雕龙札记》并产生浓厚的兴趣，包括后来专门研究《文心雕龙》的文体论，都是受这一本"考证翔实，言辞之美"之作的影响。我们不难在徐复观中国思想史、文学史的研究中看到思想深邃、逻辑严密、考证精确的学术品格，或许在受到黄侃的熏陶和启迪时，就打下了日后投身学术研究的基础。

1926 年前后，随着国民革命军到武汉而全国革命形势的风起云涌，徐复观的思想也跟着时代的变化而发生极大的波动。虽然有古典传统经史子集的熏陶，有汗牛充栋的"线装书"的滋养，徐复观站在时代的前沿，对时局的忧虑开始渗入对整个中国传统文化认知和反思中，他开始产生矛盾的心理和复杂的感情波动，常常"自问读的那些古书有什么用处"④，在社会思想和社会现实的影响下，徐复观自己感觉到："已经失掉了读书

---

① 徐复观：《我的读书生活》，李维武编《徐复观文集》（第二卷），湖北人民出版社 2009年版，第 291 页。

② 黄金鳌：《师范出身的徐复观先生》，曹永洋等编《徐复观教授纪念文集》，台北时报文化出版事业有限公司 1984 年版，第 54 页。

③ 同上书，第 40 页。

④ 徐复观：《漫谈鲁迅》，薛顺雄教授编校《中国文学论集》（增补二版），（台北）学生书局 1973 年版，第 525 页。

时的新鲜感觉"①。时代是改变命运的直接"导火索"。徐复观后来的政治参与，与其说是参与政治，不如说是时代背景下的"疲于奔命"。徐复观开始阅读《三民主义》并通过孙中山的学说逐渐了解马克思、恩格斯、唯物论等，他的思想开始变得饱满而复杂起来。还有一个重要的阅读收获是对鲁迅的喜爱，他对鲁迅的关注是偶然看到了鲁迅先生的《呐喊》，心生敬意，他在鲁迅的笔端找到了自己心灵的窗户，可以跳出去也可以翻进来。"因为他所批评的，也是我所要批评而不能表达出来的"②。鲁迅成了了解徐复观的人，他也开始通过读懂鲁迅，读懂他炽热而活泼生动的语言，来了解一个敢于揭示"国民性"的作家了。从那时起，"陈词滥调"的线装书开始淡出自己的视野。徐复观在鲁迅身上找到民主的精神和否定性的光芒，但是不是对鲁迅全盘的肯定而无缺憾呢？在徐复观的著作中，我们也找到了答案。他认为鲁迅不是政治人物，更不是政治标杆，而是一位高产的有成就的作家。他从思想意识和表现技巧上对鲁迅的创作进行了分析，认为鲁迅是一位勇士，敢于直面黑暗的现实，塑造了经典的人物形象。但是缺点是不能驾驭长篇小说，思维方式过于直白简单，文章缺乏人情味，过于冷漠和凶残。徐复观能在那个时代全面客观地品评鲁迅无疑是难能可贵的，尤其是他在点评其缺点和局限性的时候，建立在自身价值根源的探索之上，对创作的冷漠和人情味的缺乏做出的批评，我们看到了他对人与人之间真挚感情的渴望和珍视，对人性论的反思，什么是人情味？如果说鲁迅的文字是缺少人情味，那又怎么理解他是最能读懂中国人的作家呢？这是无端的戏谑还是恰当的"游戏人生"？"这个时期，徐复观表现出异于常人的情绪反应，常常旁若无人的放眼高论"③，他是在以自己的方式来感念社会的生疏和冷漠，还是感慨生命的本真精神？他是感喟于时代赋予的责任，还是试图在麻醉自我的混沌中寻找逝去的"人情味"？

在国学馆的日子，徐复观懂得了站在历史的角度看现实的生活，并开始反思自己的生活状态。1928 年夏，受时局的影响，徐复观以优异的成绩从国学馆毕业后，投入到寻求民主自由的道路中。他东渡日本，寻求知

①　徐复观：《我的读书生涯》，李维武编《徐复观文集》（第二卷），湖北人民出版社 2009 年版，第 291 页。

②　徐复观：《漫谈鲁迅》，薛顺雄教授编校《中国文学论集》（增补二版），（台北）学生书局 1973 年版，第 535 页。

③　同上。

识和自由之路。在日本留学期间，他开始读经济学，但因为学费的原因，后来又进入日本陆军士官学校读军事学。在学期间，徐复观的兴趣点主要集中在政治学和经济学，对日本著名经济学家河上肇先生产生浓厚兴趣，开始研读他的作品，有些还认真做了学习笔记。徐复观初到日本不久就开始接触马克思的著作，后来逐渐延伸到阅读恩格斯、列宁的著作和唯物论方面的哲学著作，用功极深，投入颇多，撰写了大量的读书笔记，用徐复观自己的话来说，"不是这一方面的书便看不起劲"①。在日本陆军士官学校的时候，组织了一个"群不读书会"②，专门看这类的书，其中包括了哲学、经济学、政治学。1931 年，"九一八"事变爆发，中日关系紧张，日本侵华举动引起在日留学生的强烈愤慨，徐复观在日本组织了声势浩大的反日游行，后来被日本校方以滋事为理由驱逐回国。徐复观回到祖国后，更加注重学习军事和政治方面的经典著作，想以此报效祖国，他后来描述到"为了好强的心理，读了不少与军事业务有关的书籍"③，这里的"好强"反映出徐复观为报效祖国而积累军事知识的良苦用心，他因此潜心研究军事著作，对德国著名军事理论家克劳塞维斯的《战争论》进行了反复的阅读和精心的研究。

第三节　政治追寻与文化救世

《民主评论》是徐复观创办的在港台地区具有重要影响的刊物，它从 1949 年 6 月创刊到 1966 年 8 月停刊，经历了 17 年的岁月，成为港台新儒家的思想舞台和发言地，在追求民主政治和儒学现代化的探索中做出了不少的尝试。是什么影响了徐复观要创办这样一个刊物？徐复观在创办刊物的过程中他本人和《民主评论》都发生了哪些变迁？我们通过考察徐复观及其在创办《民主评论》前后的一系列事件，能够看出一个创办者的艰难求索和心路历程。

徐复观创办《民主评论》主要有内外两个方面的原因，内因当然是

---

① 徐复观：《我的读书生活》，李维武编《徐复观文集》，湖北人民出版社 2002 年版，第 292 页。

② 同上。

③ 同上。

徐复观自身独特的文化意识和个性特征，尤其是其"心怀天下""忧国忧民"的救世情结。从外部原因来看，有两起事件对他的影响和转变是相当明显的。

一　徐复观的"延安之行"及其政治转向

自 1938 年 10 月至 1946 年 11 月的 8 年间，国民政府军事委员会军令处先后派遣六批约十人次的军事联络参谋到延安。徐复观（当时名叫徐佛观）在 1943 年曾经以国民党观察员（少将军衔）的身份被派驻延安，在延安期间，他与当时中国共产党的高层领导有过深入接触，尤其是毛泽东、周恩来、刘少奇等，他与毛泽东的交往可谓频繁深入，交谈内容无所不包，往往论及政治局势、文化和历史，两人常常雄辩四方，难分高下。据徐复观的回忆，他曾就读历史的方法请教毛泽东，毛泽东回答道："中国史应当特别留心兴亡之际，此时容易看出问题。太平时代反而不容易看出。西洋史应该特别留心法国大革命。"① 对此，徐复观深表赞同。徐复观晚年忆及此事说："他这段话，实际给了我很大的影响。"② 徐复观后来重视商周之际的社会变动和思想变动，提出"忧患意识"概念，实与毛泽东的这一提示有着某种关联。他还问毛泽东："《论语》中，孔子的话，你有没有赞成的?"毛泽东回答说："有。'博学之，审问之，慎思之，明辨之，笃行之'这就是很好的话。"徐复观颔首示意并补充道，"应该再加上孔子的'毋意，毋必，毋固，毋我'。"毛泽东对此也点头认可。③ 徐复观的记忆中与毛泽东的长谈甚至辩论都是好的。毛泽东还赠送给徐复观一本《整风文献》，当时正是延安地区开展大规模的整风运动的火热时期，当毛泽东再次与徐复观见面的时候，问徐复观："徐先生看我们那种东西里，有没有好的?"徐复观说："有。"毛泽东接着问："哪一篇?"徐复观说："刘少奇先生的一篇。"徐复观所回答的正是刘少奇同志为延安整风运动而写的著作《论共产党员的修养》。住在延安窑洞的时候，徐复观很少活动，除偶尔参加由中国共产党邀请的公务活动外，大部分时间用来学习和读书，尤其是对中国共产党的文献资料很感兴趣。除此之外，他

① 夏里：《毛泽东读"二十四史"人物传》，《人民论坛》2006 年第 2 期。
② 徐复观：《无渐尺布裹头归——徐复观最后日记》，（台北）台湾允晨文化实业股份公司 1987 年版，第 201 页。
③ 李友唐：《徐佛观延安之行的前前后后》，《湖北档案》2013 年第 5 期。

在业余时间重点研究了德国人克劳塞维斯的著作《战争论》，并针对战争的规律、战争的阶段和战略决策等方面做了丰富的读书笔记，这些问题在当时都是针对性极强的问题，成为谈论的焦点和争论的核心问题。针对游击战术，毛泽东曾经专门和徐复观探讨战术特点，毛泽东说："这不过是小规模扰乱战，若指挥大的兵团，必要时在战略上要牺牲一个兵团，然后才能保全两个兵团，那就要壮士断腕，立即决断。"① 徐复观对毛泽东的论断是有争议的，他反问道："这在战略上是可以行的，但在政略上恐怕行不通。譬如现在德、意、日三国结成轴心同盟，与举世为敌。假定一旦战局逆转，形势险恶，到了非牺牲不可的时候，请问润之先生，那究竟牺牲哪一国？谁来提议？谁来赞同？又有哪国甘愿牺牲？"② 两人畅所欲言，虽然观点不同，但都钦佩于对方学识和涵养。若干年后，"徐复观因患胃癌几度昏迷，于将死方生之际，犹梦见与毛泽东相遇于荒野，而且两人依旧咻咻激辩不已。这段经历，留给徐复观印象很深，他自称 70 岁以前，梦中常常与毛泽东折冲樽俎，纵横捭阖，谈论天下事"。③ 我们知道，日有所思才会夜有所梦，两位杰出的学问家，时事政治的参与者，能够找到共同的话题和关注的焦点而纵论天下是何等的幸运和难得。

1943 年 7 月，抗日战争爆发六周年前夕，共产国际宣布解散，国民党借势欺人，到处散布要坚决"废除共产党组织""将陕甘宁边区政府拆散"的言论，从思想上逐渐瓦解共产党严密的组织系统。事情发生后，毛泽东紧急约见国民党代表徐复观并严肃地警告道："蒋先生不相信天上可以同时出两个太阳，我偏要出一个给他看看，再过五年至八年，看鹿死谁手！"④徐复观对此印象深刻，也对毛泽东的义正辞严和政治上的雄才大略深感钦佩。徐复观在这方面也是受到毛泽东的影响，再加上自我人格的看重，他也曾以死相要挟，为难当时的共产党，也表现出铮铮铁骨的豪气。同年 8 月，时任国民政府主席的林森逝世，出于国共合作的考虑，但又受到蒋介石独裁统治的影响，共产党召开了追悼大会，但是又不想大张旗鼓，更谈不上隆重热烈，在延安的徐复观参与了这一活动，他对当时的

① 李友唐:《徐佛观延安之行的前前后后》,《湖北档案》2013 年第 5 期。
② 同上。
③ 韩三洲:《现代新儒家徐复观的传奇人生》,《海内与海外》2005 年第 11 期。
④ 唐纵:《在蒋介石身边八年——侍从室高级幕僚唐纵日记》,群众出版社 1991 年版,第 389 页。

主持人提出了严厉的质疑：一是大会主持人吴玉章没有详细介绍死者生平，缺乏庄重；二是吴玉章借题发挥，不把焦点放到追悼大会上，而是借机对蒋介石进行鞭挞批判，语言上污言秽语，极尽讽刺，大加诋毁。"在会场上，徐复观怒气冲冲，几次要求登台讲话都遭到拒绝后，他愤然离场。回到住处后，他竟然以绝食方式进行抗议。"① 中共领导人对此相当重视，周恩来长信一封表示歉意，叶剑英亲自来到招待所安慰，矛盾才算缓解。当时，徐复观通过自己的经历和对共产党执政基础的体察，已找到国民党政权的弊端和薄弱点。他后来在一封信中说："其症结是在民主和农民上面，共产党的执政基础的广泛性和群众性超出个人的想象，并认为中共志在夺取全面政权，而且其势难挡。"②

1943 年 10 月下旬，徐复观离开延安回到重庆，这段延安的经历，改变了徐复观的政治倾向，同时也改变了他的人生命运。徐复观常常在不同场合表现出对时局的深深忧患。他在与国民党侍从室、军统局高级人员交谈时，痛陈时局之弊，认为对中共问题"非武力不足以解决。任何方法，徒枉空言，而用武力，在目前政治现状下，前途并不乐观，国民党长此以往，'共党'必夺政权"。③ 后来拜见时任国民政府军事委员会总参谋长的何应钦，徐复观表达了自己鲜明的态度，并表示要回鄂东老家种田。何应钦一再挽留并向蒋介石介绍了徐复观，蒋介石听完徐复观对中国共产党的评价和对国民党所存在问题的忧虑后，对他大加赞赏，并让他写一个报告，此时的徐复观不知何去何从，没有动笔。在随后的日子里，徐复观感念蒋介石对他的物质救济和才华的赏识，接受了蒋介石委以重任的职位，但身心俱疲，对国民党失望透顶，甚至不甘心就此与一摊污泥浊水相厮混。在一个党风不正，政风不廉的政治环境下，不能泯灭自己的道义良知，努力去做一个清官的成本代价，有时候远远超过去做一个贪官和昏官。他看透了周围的人们，"宁愿以片刻权力的满足，不惜明天的碎尸万段的天性，还谈什么改革创新？心里隐隐约约的希望是期待国际局势的变化，渺不可期。能不能转行到学术界，看那里还有些什么人才？"④

① 李友唐：《徐佛观延安之行的前前后后》，《湖北档案》2013 年第 5 期。
② 韩三洲：《现代新儒家徐复观的传奇人生》，《海内与海外》2005 年第 11 期。
③ 唐纵：《在蒋介石身边八年——侍从室高级幕僚唐纵日记》，群众出版社 1991 年版，第 388 页。
④ 周为筠：《在台湾：国学大师的 1949》，金城出版社 2008 年版，第 236 页。

二 拜师熊十力，改名"徐复观"

1943 年底，徐复观经人介绍结识了熊十力，短暂的攀谈就受到了心灵的洗礼和震撼，对熊十力的学问钦佩有加并拜他为师，从此他将自己的生命和希望与恩师熊十力紧紧相连，试图找到新的救国良方。二人相识之初，徐复观求教熊十力读什么史书？熊十力以王夫之的《读通鉴论》开示，并让徐复观反复研读，直到弄懂为止。不久，徐复观再去拜见熊十力，熊十力问他："有点什么心得？"徐复观对其中不同的意见一股脑儿说出来，颇为得意，却惹来"当头一骂"，熊十力未听完便对着徐复观怒声斥责："你这个东西，怎么会读得进书！任何书的内容，都是有好的地方，也有坏的地方。你为什么不先看出好的地方，却专门去挑坏的，这样读书就是读了百部千部，你会受到书的什么益处？读书是要先看出它的好处，再批评它的坏处，这才像吃东西一样，经过消化而摄取了营养。比如《读通鉴论》，某一段该是多么有意义，又如某一段，理解是如何深刻，你记得吗？你懂得吗？你这样读书，真太没有出息！"[1]

这一番痛骂，与其说是骂，不如说是醍醐灌顶，当头棒喝，让徐复观的内心产生了探究知识真谛的火花，既给了徐复观一个读书治学的方法，更把一种探求真理的精神扎根在他的内心，这既是对徐复观的鼓励和鞭策，也为他走进学术之门立下了深远的目标。

这次见面对徐复观后半生的影响甚巨，从此他决心步入学术之门。熊十力将他的名字由"佛观"改为"复观"，从此沿用了一生。他曾经对自己走上学问之路做过说明："我决心扣学问之门的勇气，是启发自熊十力先生。对中国文化，从 20 年的厌弃心理中转变过来，因而多有一点认识，也是得熊先生的启示。"[2] 他对熊十力怀有感激崇敬之情，一方面在于他们在思想上有所共鸣，都有着传统儒家知识分子悲悯人生、家国天下的宏伟抱负，对国家和民族的情感深厚浓烈，试图靠一己之力报卫国之门。另一方面他们的人生境遇和政治经历极为相似，都曾经积极参加政治活动以图国家强大，但都以失败告终，因此他们都能够深切感知政治的目的和现实存在的约束。正是在这样的背景下，徐复观在熊十力"亡国族者常先

---

① 周为筠：《在台湾：国学大师的 1949》，金城出版社 2008 年版，第 256 页。
② 徐复观：《徐复观文录选粹》，（台北）学生书局 1980 年版，第 315 页。

自亡其文化"① 的点拨下，认识到中国传统文化对民族命运具有弥足珍贵的价值。他不断地认识到"中国的问题，最根本的还是文化的问题"②。徐复观的思想开始由"政治救国"转向"文化救国"。1946 年，国民政府由重庆迁往南京，徐复观借此提出辞呈，蒋介石听说了他试图创办刊物一事，欣然给予资金上支持，徐复观用这笔钱在商务印书馆的帮助下，创办了刊物《学原》，这是一份纯学术刊物，1947 年创刊，1949 年停刊，出版了三卷，这是徐复观在创办杂志上的第一次尝试。1949 年国民党从大陆撤退，徐复观到了香港，又向蒋介石提及继续创办杂志事宜，蒋介石给予他 9 万港币的经费，徐复观于 1949 年 5 月开始筹办《民主评论》杂志，1949 年 6 月 16 日，徐复观创办的《民主评论》在香港付梓出刊。这份杂志是大型的半月刊，徐复观自任杂志发行人，聘请《学原》旧友张丕介为主编，自此，徐复观真正走上了为文与为学的道路。

《民主评论》总部在香港，在台湾设有分社。徐复观此时大部分时间定居在台中。徐复观之所以选择台中而不是台北，除了为逃避现实政治而求得一点清静外，他在台中一些挚友给他生活提供诸多方便也有很大关系，使得他能顺利在台中落脚扎根。

徐复观在香港创办的《民主评论》让他得到学术界的认同，为他进入学术打开了方便之门，他以一己之力为港台流亡的知识分子开辟一块可供交流的园地。鉴于自己的坎坷经历和人生境遇的变化，他的写作对象往往是与古今政治密切相关的学术，自己解释说:"不仅我的学力限制了我写纯学术性的文章，而我的心境也不容许我独往，写那种不食人间烟火的文章。"③《民主评论》这本杂志内容设置和风格恰恰能反映出徐复观治学风貌，这本杂志是一个综合性的理论刊物，把时政评论与学术研究文章一起刊出，注重文化研究对现实的指导意义。

从《民主评论》办刊经过看，办刊初期，主要是从民主制度和儒学传统两个方面展开，最早的时候十分注重时政评论，甚至有改良制度和文化创新的导向，以后逐渐转为以讨论传统文化为主，在《民主评论》办刊的 17 年中以下两件事情可以看出徐复观和《民主评论》办刊宗旨的

---

①　徐复观:《中国思想史论集续篇》，上海书店出版社 2004 年版，自序。

②　徐复观:《中国知识分子精神》，华东师范大学出版社 2004 年版，第 68 页。

③　李维武编:《徐复观文集》(卷一)，湖北人民出版社 2002 年版，第 352 页。

变迁。

(一)《为中国文化敬告世界人士宣言》的发表

从 1957 年开始，徐复观、唐君毅等四位学者开始酝酿写一部宣言式的文章，当时唐君毅在美国访问与旅居美国的学者张君劢交流，深感中国文化博大精深却在海外花果飘零之态，认为决定中国文化之生命形态、生命方向的是中国人的生命智慧，面对近代以来西方文化的严峻挑战，必须肯定中国文化之活的生命存在，以当下的精神和智慧发扬光大中国传统之学。两人随后致函徐复观和牟宗三征求意见，四人达成共识，随即由唐君毅执笔起草，四人分别提出修改意见，反复论证，最终于 1958 年元月发表，引起了海内外学界强烈反响。《为中国文化敬告世界人士宣言》（以下简称《宣言》）的基本内容包括：世界人士对中国文化的误读和研究方式的动机和缺陷；中国文化是中华民族传统文化根基的重要表现方式，是中国人千年历史文化传承中的生命集体无意识；中国传统哲学是中国文化命脉的价值根源和精神追求，中西文化的不同，中国文化归于道德高度，而西方文化主要的是发展成了知识追求；中国文化中的伦理道德和宗教精神；中国的心性之学，人与天地万物实为一体，天理在人的心性之中，人若存心养性就可事天，尽心而知性。以内在超越的智慧说明中国传统的心文化；中国文化与民主、科学本身的依附和中国文化之所以源远流长的原因；中国文化的历史积淀和悠久文化根基在于"家国天下"。我们能够从《宣言》的基本观点看到现代新儒家的代表人物"坚持道统维护传统文化价值以供奉于世界"①的决心。《宣言》的发表，被学术界称作是当代新儒家的文化宣言，也使《民主评论》的办刊宗旨达到了由政治评论转向文化研究的新境界。在今天，海内外学者都已肯定了《宣言》在现代新儒学发展中的划时代意义，认为《宣言》标志着台港地区现代新儒学作为一大思潮的崛起。张灏、余英时、蔡仁厚、方克立，这些著名学者，对现代新儒学的开展，各有自己的见解，甚至对现代新儒家的人物，也各有划分，但从总体的把握上则是一致的，都强调了《宣言》在现代新儒学发展史上的重要性。他们对于《宣言》的看重，在今天可以说已成为海内外学术界的共识。

---

① 刘述先：《当代新儒家对西方哲学的回应》，《深圳大学学报》（人文科学版）2012 年第 1 期。

（二）抗衡《自由中国》

1957 年,与《民主评论》一起创刊的还有《自由中国》,它是由胡适和国民党政务委员雷震共同发起创办的,胡适任发行人,雷震任社长。这两本杂志由于文化取向和依托的传统不同,时有争论,相互抵牾。以胡适为代表的个人自由主义传统经常批判《民主评论》的有些观点,因为胡适是接受西方教育的首位文科博士,对西化的思潮推崇有加,成为西化思想宣扬的重要代表,因此,与坚守传统文化为命脉的徐复观意见相左、争论不休。《宣言》发表后,学术界和政治界对此议论纷纷,面对赞赏、反对和中立等众说纷纭,胡适表达了自己的态度,他说:"这宣言是欺世盗名的鬼把戏。"① 徐复观对此不以为然,他十分强调民族文化的传承,认为民族文化是民族生命的延续,徐复观反复强调说:"某一民族,没有文化的传承,即意味着某一民族生命的断绝。"② 他坚定地站在中华民族伟大根基的基础上,站定中国人自己的信仰立场,试图在传统文化的根系中灌溉并培育文化之树苗壮成长,对崇尚西化的自由主义思潮和激进的文化沙文主义深表不屑,表现出对传统文化的坚守。

针对《民主评论》和《自由中国》两大阵营刊物的论争,徐复观对两本刊物的办刊宗旨及不同特点做了明确的分析,《民主评论》很快成为旅居国外华人学者的学术舞台。徐复观在南京办《学原》杂志时的故交钱穆、唐君毅、牟宗三诸位先生,都成为《民主评论》主要撰稿人。钱穆饱含对中国文化的温情,唐君毅以至纯至深的笔触开始了对中国人文精神的发掘,牟宗三质朴坚定地发挥道德的理想主义。他们在海外弘扬中国文化的志业宏愿与《民主评论》的文化意识意气相通,杂志继续以这批"文化救国"的知识分子为中心。

今天,我们透过那些引人沉思的历史事件,再次梳理徐复观从官场到学界的转变,从中既能发现他"为天地立心,为生民立命,为往圣继绝学,为万世开太平"的悲悯情怀,也能看见他在成长为新儒学代表人物的艰难跋涉。他要让每一个中国人在这个世界上体面而有尊严的生活,那就是文化自省、自新、自觉,从而在中西方文化交流中开辟出能够化解现代化生活危机的中国文化新生之路,以弘扬中华文化来拯救中国社会和现

---

① 周为筠:《在台湾:国学大师的1949》,金城出版社 2008 年版,第 352 页。

② 李维武编:《徐复观文集》(卷五),湖北人民出版社 2002 年版,第 511 页。

代人生。徐复观的观点虽然有着极大的文化保守主义，但也对当代新儒家现代化的发展提供了有益的借鉴。

第四节　儒者胸怀与华夏文章

理想一经绘就，就会在人的心目中不断激荡，徐复观在国学馆求学期间的理想有两个："一是当一名图书馆馆长或者大学教授；二是娶一位湖南的小姐为妻子。①" 前者可见徐复观对学问的推崇由来已久，从发蒙到十五六岁，他读书的聪慧得到过很多人的赏识，从读书的理想到现实的争鸣，徐复观遵循了一个传统知识分子"经世致用"的学术追求，在"九一八"事件发生后，也曾奔走相告，甚至结党集会，集结了十几个年轻人，开了两三次会，研究宣言和纲领，并为自己的党派起名为"开进社"②。取"开进"之意，为进入作战位置，完成作战准备的军事用语，可见徐复观对国家和民族的赤诚之心。

从 1949 年起，徐复观旅居港台，一直到生命的最后时刻，徐复观实现了大学教授的理想，也以大量的高屋建瓴的理论著作和艺术哲思展现了一代儒者高尚的人格追求和学术精神。徐复观先生先后任教于多所高等院校，先是在台湾的台中省立农学院从事国文教学工作 3 年，1955 年转任台湾东海大学教授，开始从事文化研究和教学科研工作。在东海大学的 14 年里，也是他成果颇丰的时期。1970 年，徐复观在香港新亚书院担任教授，一直到生命的最后时刻。徐复观在这些学校中陆续开设了大量的课程，最初在非专业性的学院担任大一国文的教学工作，后来到东海大学从老庄、孔孟学说一直教授古文笔法、历史研究、汉书和后汉书研究，在文学批评和艺术评论方面有所建树。到新亚书院任教后，专门在文学理论（如陆机《文赋》）和美学批评（如《文心雕龙》）方面用力深厚。他上课严谨，学术功底扎实，思路清晰，立意高远，学生们对他所教授的课程很有兴趣。而徐复观自己对教书和研究也是情有独钟，他认为教书育人是在培育"中国的根"。徐复观所追寻的"中国的根"就是生命之根，也是

---

① 李维武编：《徐复观文集》（卷五），湖北人民出版社 2002 年版，第 521 页。
② 同上书，第 239 页。

他将全部时间和精力都倾注给的中国传统文化。即使时局影响,徐复观还是能够坚守那份生命之根。他说:"因为我是半路出家,所以把全部时间,都用在功课的准备上面。"① 我们看到了一个敬业勤勉、师德高尚的教授的风格,也看到,徐复观对中国文化炽热的情感寄托,对中国文学的研究达到了出神入化的境地。在徐复观的学术历程中,始终闪耀着他对中国传统文化的生命之情和诗性之思。

梦是强大的支撑,也是信念的力量。徐复观始终认为大学的教授应该是有真才实学和道德良知的,他将全部的希望寄托在这一群体中。他认为在这个群体中,才能看见人的良知和德行,更能体会到知识分子守土有责的责任感。徐复观创办《民主评论》的第一个初衷就是建立一个与大学教授们进行交流和沟通的平台,在"闻其声,见其人"中感悟"真性情,真灵魂"的真正魅力,所谓"真",就是真正为国家民族前途担忧,而不是中饱私囊,借助国家寻求个人利益的蝇营狗苟之事,这种事情在徐复观的军旅生涯中见得太多,他对此是心如死灰,嗤之以鼻。第二个目的是通过办报,唤醒国民党,寄希望于"当局的蜕变和新生"②。他的学问之路是基于政治思考和学术生命的根源性思索,他的学问之路是传统文化和现代文明的自由独立和交融互通。最初,他的学术之路是关心时局、关注社会的、关心政治的。除了写有数量惊人的政治评论和时评杂文外,徐复观在中国思想史研究方面也做出了卓越的成绩。1956 年和 1957 年分别写作并出版了《学术与政治之间(甲、乙集)》,将对学术与政治的探索凝结成皇皇巨著以飨读者。1959 年发表了《中国思想史论集》,对中国思想史的进程和发展的核心问题进行了梳理和总结。1963 年出版了《中国人性论史·先秦篇》,这本著作是人性论思想的哲学基础,成为他推崇传统儒家思想的核心著作。1972 年徐复观又分别出版了《两汉思想史》,共分为两卷,对东汉和西汉时期思想史论的发展问题做了深入研究,产生了较大的影响。1982 年,他又出版了《程朱异同》和《中国经学史的基础》两本著作,是对传统儒家经学传统的颠覆和创新,在思想深度上探索中国文化的根基和中国思想情感中的中庸思想体系,至今具有深远的影响。

---

① 徐复观:《我的教书生活》,萧欣义编《徐复观文录选粹》,(台北)学生书局 1980 年版,第 307—308 页。

② 同上。

　　一般说来，我们对某一个人物的关注是因为内心对这个人充满着好奇、有着浓厚的兴趣，或者是因为他们身上所具备的优良品质和能引发我们思考的因子。徐复观身上有着传统知识分子"家国天下，忧国忧民"的情怀，也有着传统知识分子"自强不息，厚德载物"的民族情感。他的一生在学术和政治间游荡，在救国和救世间徘徊，他把自己的心灵深深根植于磅礴而苍凉的大地，他有着落叶归根的乡土情怀，晚年常在梦里慨叹"梦里花落知多少"，在晚年泪痕斑斑的回忆中想到故乡的角角落落、草草木木。他对老母亲的那份眷恋，是所有乡土儿女生活的真实写照，他将人世间所有的情感都倾注给了中国的传统文化，他找到了生命之根。

　　他的生命之根就是中国的传统文化，在艺术心灵和文学艺术方面，徐复观做了大量的开拓。这些艺术成果一方面得益于他常年受到传统文化的熏陶和积淀，另一方面在他思想史研究的基础上加深了他对传统文学、文化的认知。时下，我们常常拿着儒学来代替传统文化，认为儒学就是传统的全部，实际上是有失偏颇的。中国文化的博大精深、源远流长不是靠某一个流派或者某一个学说所能概括的，要了解中国的传统文化，必须要了解中国浩如烟海的历史，在历史中去解读历史所赋予的文明，在感受文明中去理解所表现的文化形态。研究徐复观，必然要了解徐复观所做的研究，但绝不是对他的研究成果的简单的复述和高度总结，要将徐复观置于他所生活的时代，甚至要体察他所受到时代观念的极大影响，那里有千年的传统精华和集体的无意识，那里有艺术家的主观创造和客观描摹，我们在徐复观的《中国艺术精神》和《中国人性论史·先秦篇》两部著作中能够感受到徐复观历史地看待艺术和文化，是在时代的脉搏中感受时代赋予个人的那份审美能力。研究徐复观的文艺现象，必然要围绕徐复观的创作和他对前人创作所做的研究。我们要做的工作是真正走进他的内心、把握他的情感，了解他的文化观、哲学观和史学观，惟其如此，我们才能在综合分析和演绎的基础上理解他理论的延展性和相继性。

　　徐复观巧用自己的翻译功底，将外来理论引进大学的课堂，并推动了对中国艺术精神和文学性情的研究。1956 年他翻译了日本美学家萩原朔太郎的《诗的原理》，"文化精神概括的可以说是性情之教，而性情正是

诗的灵魂"。① 我们从中能看到徐复观的良苦用心，虽是借助外来理论来
开掘传统文化的艺术灵光，但其中包含的学术与思想、文学与艺术、古典
和现代，即使放到现在的时代背景下，也可见其大气磅礴的胸怀和情愫。
在这之后，除一些杂文和散文，徐复观还陆续出版了对中国文学艺术的研
究专辑：从哲学的角度研究中国艺术的本质问题的著作《中国艺术精
神》，对中国文学系统研究的《中国文学论集》《中国文学论集续编》，对
石涛画作的研究专著《石涛之一研究》和人物作品分析著作《黄大痴两
山水长卷的真伪问题》等。他在文学艺术方面的论文也逐渐增多。关于
抽象艺术的定义分析，结合象征主义的特点和多重解读意义的抽象艺术的
深层内涵思想的《论抽象艺术》，专门探讨艺术大师毕加索画作的评论性
和延展性作品《毕加索的时代》，对现代意识和现代思潮影响下艺术作品
在审美和理念重生角度上的作品《再论毕加索》等。

　　徐复观的学术生涯起步比较晚，应该说是人到中年，为学之路极为艰
辛，成果却相当丰硕，徐复观的一生是"孜孜矻矻，死而后已"。他在病
榻前还在口述自己学术思想的大概，在弥留之际还对儒道互补、殊途同归
的问题深忧不已，其悲悯天下的情怀让每一个炎黄子孙深感敬佩，其对学
术研究的勤勉和执着让我们后来者心存感动。在他著述的几百万字中，我
们依稀能够整理出他的学术脉络和对文化发展的沉重思考。他植根于传统
儒家道德律令之上，延伸生命艺术之维，试图找到破解中国传统文化的命
脉，现代化的思考、异化的蒙蔽、文化的多元和文学的价值，无不在他的
脑海中徘徊。

　　徐复观是一个矢志不渝的追逐者，他的内心有着难以超越的价值诉求
和理性追求。有人说他是中西文化的传播者，因为他学贯中西，知识渊
博，也有人说他是唯心主义的"心性论者"，因为他崇尚道家，羡慕老
庄，将老庄作为自己对中国艺术的客观把握，面对这样一些理论和观点，
"仁者见仁，智者见智"，"公说公有理，婆说婆有理"，我们要做的就是
在纷繁芜杂的材料中，找到真实的徐复观，我们要从徐复观所处时代的背
景中去体悟、去认识，更要把中国文化和文学的研究放置于中西背景下延
展，直至找到可期可观的精神价值。"衣带渐宽终不悔，为伊消得人憔
悴"，我们很难透过历史的橱窗用几本书概括一个人一生的思想，我们也

_____

　　① 徐复观：《诗的原理译序》，（台北）学生书局1989年版，第48页。

很难进入时光的隧道，反观时代的烙印。但是艺术精神永在，它在默默诉说时，我们的心也会随之而动，我们也愿意跟随一个人去研读他心灵下潜藏的力量，迸发的激情和活力。

徐复观的一生是传奇的一生，也是苦苦思索和勤勉实践的一生。徐复观对文化和文明、自由和道德、艺术和文化的探讨贯穿他学术生命的全过程。徐复观的女儿徐均琴曾经这样评价自己的父亲："我们民族真正得以生存的力量，是来自大众社会中胼手胝足、终岁勤苦的儿女。而我们民族中在黑夜中的一点光，该就是父亲一生所代表的一声声，'以百姓之心为心'所呼唤出的历史上的真是真非吧！"① 从她的描述中，我们感受到，徐复观的学术历程是深情而厚重的，他有着传统知识分子特有的"家国天下"的抱负和"悲天悯人"的情怀，也将一生的情感倾注给了自己所热爱的传统文化的追寻和思考中。

---

① 徐均琴：《大地的女儿》，曹永洋编《徐复观教授纪念文集》，台北时报文化出版事业有限公司 1984 年版，第 8 页。

第二章　追根溯源:徐复观文艺美学的
哲学基础和理论渊源

徐复观文艺美学思想有对中国传统美学思想的继承和发展，尤其建立在儒、道两家原典的释读之上的深化和提升。通过对孔、孟、老、庄经典著作的充分考据和发展性解释之后，徐复观将中国的艺术精神最终归结到由孔子思想而发展形成的以音乐为代表的艺术精神，以及由庄子精神演变而来的由中国文人山水画而表征出的艺术精神。徐复观通过对中国传统经典的考据、释读，站在思想史的角度上，将中国的学术精神归结到"人心"之上。从另一个方面看，受到研究视角的限制，很多人将徐复观文艺美学思想仅仅放到对中国传统经典的疏解和挖掘上，但实际上，徐复观除了对中国传统理论做了现代转换之外，还对西方哲学、美学理论的基本原理及逻辑框架做了中国式的吸收与转换，成为推动他艺术追求和文学理想的重要资源。

第一节　儒家思想的积淀和影响

我们通过本书第一章徐复观的生平学术经历来看，徐复观对中国传统文化典籍的研究是下了很深的功夫的。在古典哲学注重天人关系的思索中，他十分重视中国传统文化精髓的历史性和时代感，到先秦时代去寻求传统儒家思想产生的历史背景和深远意义，认为先秦儒家传统的人文主义和对人的高度关注成为先秦儒家人本主义肇始和人性论哲学的重要基础。在他看来，人性论是了解中国文化的总开关。"人性论不仅是作为一种思想，而居于中国哲学思想史中的主干地位，并且也是中华民族精神形成的原理、动力。要通过历史文化以了解中华民族之所以为中华民族，这是一个起点，也是一个终点。"① 他认为，就其影响和地位来说，对人性论的考察，是了解中国文化的金钥匙，我们要解开徐复观文艺美学思想的密码，必须了解徐复观对人性论的理解。

一 关于人性论

既然人性论如此重要，我们如何理解人性论呢？我们在徐复观的著作《中国人性论史·先秦篇》中看到了徐复观的解说，"人性论主要是以天、命、道、德、心、性、情、才等名词所代表的思想观念为其主要内容的"。② 人性论的基础是关注人本身，但仅仅关注人还不够，还要挖掘人的价值根源，也就是人是什么？为什么？这是哲学的基础，也是"成人""做人"的根本。从传统儒家来看，"性"是人最为本质的特征，"性"所产生的人的状态和价值被认为是天人合一的整体和统一。"天命于人的，即是人之所以为人之性"③。

我们可以这样理解，东西方思想家和哲学家思索的焦点是不同的，西方哲学家关注的是灿烂的星河，以寻求真理、探索未知为人生至高追求，而中国古代的哲学家关注的焦点是内心的道德系统，是在秩序之上的道德律令，寻求道德有序、尊严有为的历史生成。西方哲学家将世界作为生命的核心舞台，而中国哲学家关注的是人本身，是人的灵魂和尊严。对此，著名哲学家冯友兰曾经做过科学的论断，他说："中国哲学的特点就是发挥人学，着重讲人。无论中外古今，无论哪家的哲学，归根到底要讲到人，不过中国的哲学特别突出的讲人。怎样做人才是无愧于这个崇高的地位，在中国哲学史里，宋明道学对这点讲的多。"④ 面对同样的问题，北京大学的汤一介教授也做过专门分析，他说："中国传统哲学与西方哲学的不同，它并不偏重于对外在世界的追求，而是偏重对人的自身内在价值的探讨。由此，我们可以说中国传统哲学的基本精神就是教人如何'做人'。"⑤ 对此，徐复观也是在古文化的深入研究中，寻找人性论的关键，

---

① 徐复观：《中国人性论史·先秦篇》，李维武编《徐复观文集》（第三卷），湖北人民出版社 2002 年版，第 2 页。

② 同上。

③ 同上书，第 78 页。

④ 冯友兰：《论中国传统文化》，生活·读书·新知三联书店 1988 年版，第 140 页。

⑤ 同上书，第 59 页。

他认为这正是中华民族伟大精神的萌动和勃发的基础,他认为宗教的作用在人性的形成和发展中起到突出的作用,西方文化无不是孕育于宗教系统,中国人文精神的源头可以追溯到商代,只是我们缺少僧侣阶级,人的吉凶祸福就由"天命"所代行了。通过夏商周的更替后,人们也开始走出"天命靡常"的状态,人们开始"敬天地而远鬼神",开始把目光投射自身,在自我的认知和体察中,开始关注道德的律令和自我价值的存在,在这样的价值体系面前,人们开始关注自我行为的社会价值和社会认可度,逐渐开始关注道德在成就人和引导人方面的重要地位和关键作用。作为统治者,开始重视人民的意愿,因为关系到自身的稳定和根基的永续,他们开始关注人的修养和生息,从而在"敬天地"之外更加敬重人民,这就出现了自省的力量和忧患的意识,这就是曾子最早的"吾日三省吾身"的哲学思索。在徐复观看来,这种忧患意识正是基于个人对自身道德完善的美好愿望和人文传统的重要推动力而形成的。也是儒家传统道德人格形成的动力和最初遵循。对于个人来说,道德人格的完善和价值追求的完满正是基于道德基础的完善,所以特别注重修身养性和德行的提高。"为人"和"成人"变成了中国传统儒家对人格体系衡量的重要参照,这两者的完善状态成为"人"的完满状态的基础。传统儒家始终认为,人性是人道德体系的基础,人性的完善和完满状态是道德发展的基础,更是生命得以传承发展的重要精神支撑。人的价值根源是道德的外在表现,所以会出现"杀身成仁""志士仁人,无求生以害仁,有杀身以成仁"① 的现象。这种对人格完善的道德追求和人性论的精神启示正是传统知识分子和士大夫阶层所追求的。像屈原"长太息以掩涕兮,哀民生之多艰"的忧国忧民情怀,像文天祥"人生自古谁无死,留取丹心照汗青"的豪言壮语,像林则徐"苟利国家生死以,岂因祸福避趋之"的民族情怀,都是这种人性论演绎中最集中、最高度的体现。

二 孔子的人性论观

孔子是中国历史上最早探讨人性论的哲学家之一。孔子提出的"性

---

① 《孟子·公孙丑上》。

相近也，习相远也"①，对于我们理解人及人的自身价值具有重要的启发意义。在孔子看来，人乃万物之灵长，人与动物的差别在于人有道德的培养，人有意识的道德滋养是人成就自我的关键，人的道德修养成为人立足社会发展的完整状态。所谓的人格就是道德发展的内在体现。所以，在传统儒家思想中，对道德和修养的重视尤为重要。这种道德人格是如何完成的呢？孔子强调后天环境的影响和教育习惯的不同对人习性上的作用。"成人"成为孔子一生所探索的命题，尽管人具有"成人"的潜能，但是人也具有"不成人"的潜能，这就需要通过内生道德力量将不符合成人的习性整合成良性的推动力，将它转变为能够促使"成人成己"的重要力量。如果单凭人的天性发展，必然会走入随性而为的错误泥沼，难以达到完满的状态。孔子作为一代圣人，至圣先师，给我们提出了重要的问题，即人的本性和后天教育的关系。而他以"仁"为基础的伦理道德学说也因此影响深远。孔子也正是沿着这一方向，将中国文化发展成具有内在人文情感的文化类型。单纯的道德修养也是不够的，还需要乐教和诗教，这是基于他本人对人性论的认识。徐复观说："通过人生的自觉反省，将周公外在底人文主义转化而为内发底人生理的制约，为人类自己开辟出无限的生机，无限的境界，这是孔子在文化上继承周公之后而超越了周公制礼作乐的最大勋业。"② 这里我们看出徐复观对孔子人性自觉反省意识是极力推崇的，"自觉的反省"是基于道德律令的深层次剖析，而外在的展现是道德的根源性的展示。"仲尼，日月也，无得而逾焉"③。孔子给世人留下的印象是中和的，但并不缺乏严厉和威严，他的威严和严厉是恰如其分、严肃而活泼的，能够像日月一样普照大地，春风化雨般给人启迪和教育，具有化育天下的气魄和涵养。孔子所经常论及的"知天命"，是对人自身发展的规律性的总结和认识，是理性认知自我发展的经验世界的理性总结和道德约束的成果。人只有不断自律、沉思和求索，才能将内心的体察和外在的客观世界上升为超验性、普遍性的体认意识。将这种自律和道德约束融入到自我的经验世界和感性意识中，形成凝固化的认知理论和价值判断，才能超越常理中的经验认识，达到真理彼岸。孔子的

---

① 《论语·阳货》。
② 徐复观：《释〈论语〉的"仁"》，黄克剑编《徐复观集》，群言出版社1993年版，第7页。
③ 《论语·子张篇第十九》。

"五十而知天命",其本质意义是通过人性内在的道德律令,实现自己人性与天命的融合。是人文意义上的关注和人文精神上的提升,有着道德意识和忧患精神的深层内涵,是对人性论的内在认识和判断,易于形成自我理性的判断和认识。

在道德人格向审美人格的转化中,有一个关键性的因素,那就是感性的教育。为什么要对感性进行教育和引导,是因为阻碍道德完成的负面力量中,有欲望和感性的意识。"富与贵,是人之所欲也……贫与贱,是人之所恶也"①。"故人之情,口好味而臭味莫美焉,耳好声而声乐莫愉焉,心好利而谷禄莫厚焉。"② 要实现良性的审美人格就要将负面力量转化为支持道德完成的力量,使外在的道德转而为人的内心欲求。因此,孔子对于人的感性欲望非常关注,认为这个问题不解决,道德人格就可能得不到完成。而"乐教"正是针对着人的感性欲望而进行的潜移默化。孔子认为"成人"的一个重要的标准就是清心寡欲,孔子说:"爱之,能勿劳乎","士而怀居,不足以为士矣"。③ 爱一个人,就不要使他贪图安逸,而贪图安逸,就不配做君子。孔子倡导的"克己复礼",也就是克制自己的各种欲望,从道德修养上达到"非礼勿视,非礼勿听,非礼勿言,非礼勿动"④ 的状态,这就是对"礼"的本真回归,也是对"成人"的表现形态的简单概括。人成为人,人的道德追求就变成了对人自身的肯定,就是一种快乐,所以,对儒家来说,道德人格转化为审美人格,关键就是感性的教育。

孔子以礼说仁,就人性论的发展而言,他做出了巨大的贡献,"为仁由己",突出内心的世界,以自己下学上达道德实践,孔子"不仅奠定了尔后正统人性论的方向,并且也由此而规定了中国正统文化的基本性格"⑤。孔子将"仁"看作人道德生成的基础和核心,通过音乐、礼仪等外在的表现形式,将人内心的道德修养和价值体系形成独立的内在世界,实现外在与内在的有机统一,达到内外兼修、表里如一的人格表现形式。

---

① 《论语·里仁第四》。

② 《荀子·王霸》。

③ 《论语·宪问十四》。

④ 《论语·颜渊第十二》。

⑤ 徐复观:《中国人性论史·先秦篇》,李维武编《徐复观文集》(第二卷),湖北人民出版社 2002 年版,第 99 页。

这一人格表现的生成，需要人的感觉、知觉、修养、知识体系的理性判断和自我醒悟，需要涵容万物的能力，超越客观经验世界的独立判断和认知。当这一精神系统融入生命形式中才会逐渐形成人格化的道德体系和价值体系。

孔子倡导的关于"仁"的学说，其根源就是人的自我救赎和自我道德提升，是对人类灵魂的价值标尺和心灵深处的逻辑判断，是人在社会中安身立命的基本底线和道德要求。徐复观对此是这样阐述的："所谓内在的人格世界，即人在生命中所开辟出来的世界。在人生命中的内在世界，不能以客观世界中的标准去加以衡量，加以限制。因为客观世界是量的世界，平面的世界。而人格世界却是质的世界，是层层向上的立体的世界。"① 徐复观也认同孔子对"仁"的理解和认识，他认为"仁"是人格化的基础，是人的精神世界和人格内容的根本。徐复观对孔子所推崇的"仁"做了深刻的阐释，他认为传统儒家的创始人孔子所主张的"仁"由几个不同的层面构成。首要的一个层次是"忠"，对君主忠心耿耿，对国家忠贞不渝，忠诚地对待这个世界和这个国家，以自己的生命形式满足和奉献于滋养自己的社会和国家。第二个层次是"孝"，对父母孝顺，体现在家庭伦理的和谐层面，父慈子孝，兄友弟恭。家庭是社会的细胞，是社会良俗的表现形式，正是孝的存在，能够体现"仁"的普适性和广泛性。第三个层次就是"和"，真诚和气，平和温暖，是人与人社会关系的重要底线。作为社会关系的总和，为我们正确认识人类社会提供了和谐、中庸的遵循原则和评价标准。第四个层次就是"慎"，为人为事的基本操守，谨言慎行，体面行事，将涵养自己的人格高度看作成就自我的重要方式。这四个层次需要知识的积累和学识的积淀，需要道德的涵养和修养的提升，需要持之以恒、矢志不渝的价值追求作为支撑。徐复观对孔子提倡的"仁"还做了更高的提升，认为它不仅是人类社会遵循的处事原则，更是生活和生命的最高形式，是社会得以和谐共荣的重要基础。他认为"仁"是"人们要遵循的道德规范，而且是人们生活的最高原则。"② 徐复观将孔子的"仁"上升为普遍性和广泛性的行为和追求。

---

① 徐复观：《中国人性论史·先秦篇》，李维武编《徐复观文集》（第二卷），湖北人民出版社 2002 年版，第 61 页。

② 同上。

著名哲学家、历史学家庞朴先生对"仁"的解释和考察或许可以解释"仁"的本真意义。庞朴先生认为:"仁最早只是一种地区性、民族性的美德。正是孔子及其后学做了一项非常重要的工作,把这个地区性的美德提升为普遍性的美德,把这个民族性的美德推广成为人类性的美德。'从身从心'暗示了普遍性、人类性,它是任何身体都具有的一种心态。"①在这里,庞先生抽取出"仁"所本来就具有的普适性的价值内涵,将"仁"融入人的生命中。

徐复观指出,孔子"仁"的学说的现代意义和社会影响是深远的。他通过人性论的思考引导人们对自我生命的认识,这一"人性论"的认识影响到孟子"性善论"的思想,对中华民族众志成城、矢志不渝的民族自信心的确立,对自强不息、厚德载物的民族精神的培养,对和谐共荣、崇德向善的民族情怀都是具有启发意义的。

三 孟子的"性善论"

孟子以"性善论"作为自己终身哲学的基础和人性论学说的根本。他认为人生下来就是善良的,正是无知和无欲造成了人的善性,但这种善性不是一成不变的。他会随着道德修养的提升不断变化,最终使人成为具有独立意识和劳动能力的自在自为的人。他指明了人区别于动物的本质区别,还为执政者治国理政提供人性论的参照和依据。正是由于"人性论"的存在,才为"仁"的学说树立传承的可能,成为政令通行的政治依据。这种对人性的理解是基于对人的重要发现为前提和基础的,这里的"发现",具有原始性和创新性,可见徐复观对孟子"性善论"的重视。

孟子对"性善论"的理解是建立在对人情感和人性的把握之上的,孟子说:"乃若其情,则可以为善矣,乃所谓善也。若夫为不善,非才之罪也……人性之善也,犹水之下也。人无有不善,水无有不下。今夫水,搏而跃之,可使过颡,激而行之,可使在山。是岂水之性哉?其势则然也。人之可使不为善,其性犹是也。"②孟子认为"性善论"具有普适性和广泛性。对人类整体的善性是一致的,这是他人性论学说的根本,也正是他倡导实施"仁心"政治的基础。在道德的影响下,人性论中的善性

---

① 庞朴:《中国文化十一讲》,中华书局 2008 年版,第 103 页。
② 《孟子·告子上》。

会不断发展，成为一种修身之术，成人之能。对此，孟子还强调了人的主观意识的主导性作用，他指出："无恻隐之心，非人也；无羞恶之心，非人也；无辞让之心，非人也；无是非之心，非人也。"① 这段话对于人不同于动物的几个重要区别说得清楚明了，强调了道德和主观意识的重要作用，只有人的身体中充盈着意识的能动作用，才能够提升人的道德高度和人格修养，也正是这种内在的涵养和境界的提升才使人类异于动物而独立存在，人的气质、禀赋、正气和精神皆得于此，生于此。

孟子从人与禽兽的异同来分析人性论的存在基础，从观念和意识等精神主体与耳鼻口舌身的肉体层面做了区分，从而确定出人性主体道德和价值根源的存在价值，徐复观深入分析了孟子对"性善论"主体的主旨思想，"性善论"得益于"心善论"，由"心善论"导引而出，并反映于"性善"之上，具有"心性合一"的善性伦理和道德根源。这一论点为心性理论的发展奠定了强大的思想理论基础，徐复观认为："孟子性善论的实质是以心善来说性善。"② 在这里，徐复观强调孟子在心性论和善性论之间所达成的统一，心相对于生命主体而言，是人肉体生命的集中体现。而"性"作为人精神主体的重要集中，体现着人的生命价值和生存意境，成为心性主体活动的重要价值载体，为道德主体的架构奠定了理论基础。

徐复观认为，孟子提出的"性善论"是从对人自身生命的深刻把握和生命体验中总结出来的，不是形而上的逻辑演绎，更不是客观唯心主义的翻版，他的理论建构是在个人复杂的生命体察活动中，是在对生存状态和个人心性实践思考中探索出来的。孟子发现了心的独立和性的独立，心性合一的独立功能会造成道德价值的延续和提升。孟子对此做了深入而独到的说明："君子所性，仁义礼智根于心，其生色也，睟然见于面，盎于背，施于四体，四体不言而喻。"③ 孟子还说道："存乎人者，莫良于眸子；眸子不能掩其恶。胸中正，则眸子瞭焉；胸中不正，则眸子眊焉，听其言也，观其眸子，人焉廋哉。"④ 孟子的性善论是紧紧围绕人这一主体进行分析的，人的精神性理念和肉体性隐性意识是截然不同的。人的精神

① 《孟子·公孙丑上》。
② 徐复观：《中国人性论史·先秦篇》，李维武编《徐复观文集》（第二卷），湖北人民出版社 2002 年版，第 159—162 页。
③ 《孟子·尽心上》。
④ 《孟子·离娄上》。

性理念是支撑感性观念发生发展的主要依托,人的感性意识和肉体敏锐体察恰恰是人生体验的一部分,这样,就将人性论的性善论思想建立在生命体验和生存个体之上,直指人的内心,形成以人性论为主导的生命体。

孟子的"性善论"强调的是人的先验的道德体验和价值判断,是以人的生命元素和生存状态的基础做铺垫的。这种道德体验和德行修养就是让人成为"有德行"的人,德行体现了人的善性和良心。孟子所谈到的"善恶之心、是非之心、恻隐之心、辞让之心"都是对"善心"的广泛意义上的表达,是对人的"善端"的详细分析。他还强调,人人都有善的良缘,"人皆可为尧舜"①突出强调人的德行所具有的普适性。"善恶之心、是非之心、恻隐之心、辞让之心"构成"心善"理论的四大主体,成为传统儒家思想中"仁、义、礼、智"的对应表达。这是一种品性修养,更是一种道德修养,潜藏到人内心中,形成一种天地之间的浩然气质,是一种天地涵养,顺乎人性的正气和精神状态,充满着天人合一的哲学意蕴和"物与我融"的境界。这种人间正气是道德境界的重要体现,成就了一个人善良、正直的品行,也成就了一个人巍然挺立于社会的独立存在。所以,孟子十分强调滋养一个人的"浩然之气"②,并具体解释道:"其为气也,至大至刚,以直养而无害,则塞于天地之间。其为气也,配义与道,无是,妥也。是集义所生者,非义袭而取之也。行有不谦于心,则妥也。"③孟子对气的概念做了详细的界定和分解,并对其基本特点做了概括,作为涵养人的品性气质的"气",具有浑然、刚强、直接的风格,直接贯穿于自然与个人主体之间,能够不断增长个人的气质内涵。所谓浑然,可以培养人的整体包容性,"海纳百川,有容乃大",浑然一体是传统儒家对天人合一理论的阐释;所谓刚强,可以培养人的勇气和执着之气,"无限风光在险峰",培养敢于直面苦难和困境的勇气;所谓直接,可以培养人的正义感和正气精神,涵养"顶天立地大丈夫"的品性。这都是完善的人的精神内涵和外在表现,他们都统一于孟子所大力提倡的"仁政"思想,人只有在"仁"的驱使下,才能把浑然、刚强和直接的三种要素统一于个体精神之中,形成人立身处世的重要法则。

---

① 《孟子·告子下》。
② 《孟子·公孙丑上》。
③ 《孟子·告子下》。

传统儒家思想中的"仁、义、礼、智、信"与古代哲学中的"金、木、水、火、土"五行概念是具有对应性的。徐复观对中国传统文化思想的认识是深刻的，他从中国传统人性观的理解中不断抽取出"心性"的美学思想，并从个人到社会发展的角度，形成了他心性的理论体系。他接受了孟子"性善论"思想的启发，也做出了自己的判断："每一个人的自身，即是一个宇宙，即是一个普遍，即是一个永恒。可以透过一个人的性，一个人的心，以看出人类的命运，掌握人类的命运，解决人类的命运。每一个人即在他的性、心的自觉中，得到无待于外的、圆满自足的安顿，更用不上夸父追日似的在物质生活中，在精神陶醉中去求安顿。"①他也高度评价了"性善说"对人的终极关怀和人文视域的影响，这正是人类社会人与人交往的重要法则和主要基础，也是使社会充满仁爱和谐氛围的重要社会基础。这就是说"仁、义、礼、智、信"都根源于心，是对自然美和人格美的化育和成就。这一思想对徐复观心性美学的阐发起到了借鉴作用。

第二节 庄子哲学的认同和超越

作为现代新儒家重要代表人物，徐复观对道家哲学的认同和超越是显而易见的。20世纪50—80年代，中国大陆和港台地区的庄子文艺思想研究出现了分流。大陆有几本批评史著作出现，但这些著作"左"的思想痕迹明显，基本没有摆脱以"唯心论""不可知论""神秘主义"论庄的束缚。港台地区的学者则利用中西学术前沿的优势将庄子研究向前推进了一大步，尤其是20世纪70年代后期和整个80年代，掀起了"比较文学"的研究热潮，学者们视庄子为中西文化交流的使者，以西方最新的文学批评观念来理解庄子、发现庄子，并从庄子与西方当代美学的沟通中寻找庄子影响。徐复观在这方面用力很深，对庄子哲学实现了超越性的阐释。徐复观在《中国人性论史·先秦篇》和《中国艺术精神》两部著作中，分别设立专门章节论述庄子，通过运用西方美学思想（尤其是现象学美

---

① 徐复观：《中国人性论史·先秦篇》，李维武编《徐复观文集》（第三卷），湖北人民出版社2002年版，第169页。

学),将康德、卡西尔、海德格尔等西方哲学美学家的思想与庄子思想作沟通比较,从而塑造了一个全新的庄子形象,凸显出庄子在道德自由和艺术审美两方面的重要作用。并且徐复观发现致使庄子思想源远流长且熠熠生辉的正是庄子的"心",这颗心与新儒家所倡导的从心性出发,发掘道德和人生价值的根源具有高度的一致性,因此庄子就成为徐复观在儒家思想之外的另一救世良药,这在其他新儒家代表人物那里是很难见到的。

在庄子哲学之前的道家代表人物是老子,徐复观是这样理解的,"道家的宇宙论,实即道家的人性论。因为他把人之所以为人的本质,安放在宇宙根源的处所,而要求与其一致"。① 徐复观认为道家哲学是关注人性和宇宙的相合性,都是从根源处寻找人性论的极致。在对庄子人性论综述的时候,徐复观指出:"一方面,他好像是超脱于世俗尘滓之上,但同时又无时无刻,不沉浸于众生万物之中,以众生万物的呼吸为个人精神的呼吸,以众生万物之自由为个人的自由,此即他所说的'独与天地精神往来,而不敖倪于万物'(《天下篇》),他所欲构建的,和儒家是一样的'万物并育而不相害,道并行而不悖'(《中庸》)的自由平等的世界,只有达到此目的的途径。"② 在这里,徐复观看到了道家和儒家精神的相融性,并且对道家所倡导的物我交融、天人合一做了深刻地解读,徐复观认为道家精神是中国艺术精神的源头,这一思想体现在了徐复观对庄子哲学的认同上。

一 道德与艺术

徐复观对庄子哲学的研究分述于两本不同的专著,一本是讨论中国人性问题,即道德问题,也上升为自由问题;一本是讨论中国艺术精神,即审美问题。因此对庄子"心"的论述也就侧重于不同的方面,庄子的"心"之于人性和艺术的呈现也有着不同之处。《中国人性论史》论述的重点是自由问题,这和徐复观等新儒家代表人物倡导的人性自由和解放是一致的。而《中国艺术精神》重点论述的是庄子思想如何实现和艺术的契合。徐复观论述问题,并没有就思想论思想,都是将其与庄子的政治、

① 徐复观:《中国人性论史·先秦篇》,李维武编《徐复观文集》(第三卷),湖北人民出版社 2002 年版,第 288 页。
② 同上书,第 367 页。

死生观进行联系，由此可见人性和艺术精神都具有和世界观同等地位的意义，它能够影响人对其他问题的认知和判断，指导人的其他行为，从人性角度出发认知世界，成就的是道德和有价值的人生，从艺术精神角度出发认知世界，成就的是艺术的人生。这似乎才是徐复观写这两本书的初衷，他要引导不同的人们追求不同的人生，这才符合他说的"中国文化，在三大支柱中，实有道德、艺术的两大擎天支柱"。① 另外，从徐复观所认同的道德和艺术的现实价值看，两者之间也是有区别的。写人性论史，徐复观是要"在人的具体生命的心、性中，发掘出道德的根源、人生价值的根源，不假借神话、迷信的力量，使每一个人，能在自己一念自觉之间，即可于现实世界中生稳根、站稳脚，并凭人类自觉之力，可以解决人类自身的矛盾，及由此矛盾所产生的危机"②。写艺术精神史是要"在人的具体生命的心、性中，发掘出艺术的根源，把握到精神自由解放的关键"③。徐复观认为，中国传统文化注重道德自由和艺术自由两方面的表现和成就，这两方面虽然各自价值独立，却能够交相呼应，相互融合，具有互相不可替代的作用。

　　但无论探讨道德，还是艺术，徐复观都是从"心"的角度出发的。因此从根源上讲，道德和艺术确实统一于文化之中，统一于人心之中。道德和艺术的呈现的过程也是人心呈现的过程，道德水平和艺术水平的高低亦与人的心智密切相关。徐复观甚至认为庄子达到"道"的最高境界的过程正是艺术精神的实现过程。"当庄子从观念上描述他所谓的道，而我们也只从观念上去加以把握时，这道便是思辨的形而上的性格。但当庄子把它作为人生的体验而加以陈述，我们应对于这种人生体验而得到了悟时，这便是彻头彻尾的艺术精神。"④ 他解释这种描述方式的转变，正是从形而上学到实践理性的转变，也便是将形而上的思辨落实到现实人生的过程。由此出发，道德和艺术又是紧密联系在一起的。

二　"游心"和"虚静"

　　从"游心""虚静"两个名词的阐释看，庄子艺术精神中呈现的庄子

---

① 徐复观：《中国艺术精神·自叙》，华东师范大学出版社 2001 年版，第 2 页。
② 同上书，第 1 页。
③ 同上书，第 2 页。
④ 徐复观：《中国艺术精神》，华东师范大学出版社 2001 年版，第 30 页。

之"心"确实是在人性之"心"基础上发展而来的。"心斋"是"心"达到的状态，要实现"虚静"，就要"心斋""坐忘"。"游"是"心"的活动，要实现"游"，就要摆脱束缚，追求自由。对于"游"和"虚静"这对词，徐复观是极其喜爱的。

在《中国人性论史》中，徐复观论述的重点是自由问题。而体现自由的关键词就是"游"。"游"是得到自由解放的精神状态，"游心"就是将心灵释放，祛除一切私心杂念，排斥一切逻辑准入和知识解读，让心能够在无功利的时空中尽情遨游，形成自在自为的精神散步。要实现自由，徐复观认为要"独""忘"和"化"。庄子的"独"是人见"道"以后的精神境界，不与他物相对立，也不受其他因素的影响，是一种"无对待的绝对自由的精神境界"①。要做到"独"，就要懂得"忘"，要学会"化"。"忘"是把具体事物之间的分别乃至存在相忘掉，即所谓的忘己忘物。能忘就能够"从形器界各种牵连中超脱上去而无所待，而能见独"②，能忘才能够"化"。"化"就是随着变化而变化，既指自身的化，也指自身之外的化。"忘"和"化"是由"虚静之心"达到的效验，在这种效验上方能见"独"，就能够得到绝对的自由，心灵自由便能实现"游"。"游"的概念到了《中国艺术精神》一书得到进一步的阐释，徐复观直接以"精神的自由解放——游"作为节标题。为了使"游"表现为艺术性的自由，徐复观利用西方哲学美学观念，将之与"自由的快感""心境愈是自由，愈能得到美的享受"等情感体验对照，从而使庄子精神自由解放的"游"找到与其所论述的艺术精神的契合点。在这里，徐复观对"游"字的含义做了说明，"游"并不是指简单的游戏活动本身，而是通过"游戏"这一具体活动，找到自由释放的精神状态，让人的心灵状态和外在行为达成一致。关于"游戏"这一精神自由的外在表现形式，得到过德国哲学家席勒的高度重视，他认为只有在游戏状态中，才会得到心灵净空，得到真正自我的认知，这也成为审美教育的重要启发。徐复观认为"游"的基本条件是"无用"与"和"。"无用"的概念与之前提到的"忘"有相似之处。"用"是因为带有社会价值系统的评判，要实现心的

---

① 徐复观：《中国人性论史·先秦篇》，李维武编《徐复观文集》（第三卷），湖北人民出版社 2002 年版，第 350 页。

② 同上。

自由，就要不受这些社会评判标准的影响，就要"忘"，就要"无用"于社会。"无用"不代表没有用，而是要摆脱束缚，这便可以达到精神的自由。"和"则是徐复观提出的一个新的观点，并且将之视为"游的积极根据"。提及"和"，我们最先想到的是儒家思想。但徐复观认为"和"即是谐和、统一，因此庄子所谓的"一"从某种意义上就是"和"的极致。而"和"是艺术最基本的性格，于是通过"无用"与"和"，徐复观实现了庄子思想和艺术精神的又一契合。究其根本，"和"也是"忘"的状态，唯有消除对立，忘却差异，才能够实现统一，才能将一切矛盾调和于统一，而这是最高的美。

　　"虚静"的概念更是被徐复观认为是道家思想的核心部分。什么是"虚静"呢？徐复观认为，"虚静乃是从成见欲望中的一种解放、解脱的工夫，也是解脱以后，心所呈现的一种状态，亦即是人生所达到的精神境界"。① "虚静之心"是庄子追求的最高境界，保持虚静之心，就能实现道、德、人的统一。保持虚静之心能够消除差别，实现谐和统一。徐复观在《中国艺术精神》中让"心斋"具有艺术性，有了美学意义。并且，徐复观还将心斋与知觉活动、现象学的纯粹意识作对比参照，认为"心斋之心的本身，才是艺术精神的主体，亦即美的关照得以成立的根据"②。其实"虚静"和"心斋"是同一状态，庄子载"唯道集虚，虚者心斋也"。徐复观只是用不同的说法为不同的观点服务。心斋之心也就是虚静之心，虚静之心就是由欲望与心知得到解放后的心的呈现。虚静与精神相连，只有虚静的状态才能最接近精神核心，也只有真正把握精神实质才能达到虚静的状态。"精"指的就是虚静之心，"神"指的是虚静之心的活动。因此在越接近艺术精神之本质的地方，徐复观越多地运用"虚"和"静"，虽然自然是对"心斋"的延伸，实际上是对他在人性论中说的"虚静是道家工夫的总持"相一致的。要实现中国艺术精神，仍要使"心"达到虚静的状态，这样才能"明"，才能体悟"物之本质"，才能实现自然合一。

　　从"游"和"虚静"两个概念来看，徐复观的道德精神和艺术精神

---

　　① 徐复观：《中国人性论史·先秦篇》，李维武编《徐复观文集》（第三卷），湖北人民出版社 2002 年版，第 343 页。
　　② 徐复观：《中国艺术精神》，华东师范大学出版社 2001 年版，第 45 页。

之间确实存在着密切的联系,但徐复观并没有对两者的关系作出明确的界定。正因此,才有"道德精神和艺术精神何以并列"① 的疑问,才会有"《庄子》的'道'与中国艺术精神的最高意境是否相同"② 的质疑。其实有质疑、有争论才会有进步,诚如徐复观先生所言"自己宁愿多做一点开路筑基的工作,而期待后人铺上柏油路面"③。这话虽是谦虚,也是对学术研究不断发展深入的一种预期,旧的观念总会随着学科体系的不断完善而发展。笔者认为,道德和艺术就像是心房和心室。虽然心房位于心室的上方,虽然血液的流动只是从心房流向心室,但这并不能说明是心房主导着心室,不能说心房的作用比心室大,它们各有分工,但却又密不可分,任何一方停止工作都会让心永远静止。道德和艺术也一样,虽然徐复观极言体道的过程就是艺术精神实现的过程,但这也不能说明艺术是从道德产生的,道德决定艺术。道德往往是形而上的说教,而艺术却是充满吸引力和活力的。但人们似乎对说教的东西更感兴趣,很少有人通过内在的修养达到艺术的境界,因此这个社会总是不乏道德的说教者,却很少有艺术家。

三　自由与审美

从《中国人性论史》中对庄子"心"的发现到《中国艺术精神》中对庄子的再发现,徐复观实际是在"形""心""精神"这三个重要概念的阐释中,逐步将形而上的"道"落实到与现实人生紧密相连的艺术精神上。诚如最高概念的"道"之于具体的道,"形""心""精神"这一组概念是徐复观思想的基础。无论是从道德层面,还是艺术方面探讨庄子的思想,徐复观的落脚点和庄子当时的思想根基一样,都是注重现实的功用和价值,注重追求人性的解放。而徐复观立足庄子所提倡的明心静性,实际上是延续了中国传统文化十分注重"体验""感悟"等主体综合感受的特征。所以,他说: "中国文化最基本的特性,可以说是'心的文化'。"④ 徐复观这里强调了中国传统文化对人的价值的重视和对心性文化的推崇。通过《中国人性论史》这部著作,他为我们提供的是"心"的

① 孙琪:《台湾新儒家"中国艺术精神"阐释的悖论反思》,《陕西师范大学学报》2012 年第 1 期。

② 章启群:《怎样探讨中国艺术精神》,《北京大学学报》2000 年第 2 期,第 37 卷。

③ 徐复观:《中国艺术精神·自叙》,华东师范大学出版社 2001 年版,第 6 页。

④ 黄克剑主编:《徐复观集》,群言出版社 1993 年版,第 603 页。

世界观指导，通过《中国艺术精神》徐复观为我们提供的是"心"的方法论指导，而后者在徐复观看来尤其重要。徐复观是要通过引导人们"心的活动"，实现世人心性的解放。这里的"心性的解放"，强调的是心的主体的觉悟和主观意识，并不是简单的心理反应，也不是心灵上简单的回应，它需要通过精神的引导，需要本心的参与，将感性意识和生理欲望等掺杂在本心之内的东西摒除掉，升腾为一种纯净的心灵。只有这样，心的活动才会直接关涉对道德自由、价值根源和纯粹客观的思想认识，成为一种虚静状态，形成真正的虚静之心。徐复观想要成就的是虚静之心，是不为认知所干扰，不为诱惑所左右。要达到这样的状态，就需要花费"工夫"，就要由技入道，忘形游心。

徐复观所言的"工夫"不是与生俱来的，也并非一蹴而就的，而是要通过日积月累的沉潜升华。庄子中诸如"庖丁解牛""轮扁斫轮""梓庆削木为镶"的寓言，都是讲述如何由技入道的。徐复观将之视为《庄子》艺术精神的呈现方式，集中体现在艺术欣赏和艺术创造两方面。上述三个寓言的共同点：一是体道的都是下层士人，二是与之对话的都是君王，三是"工夫"的实现都是通过不懈的努力，四是三人在表现技艺时都心如止水。这样的例子在《庄子》中还有很多，这是庄子有意构建的一种对话场景。他本意是要告诉世人"道"并不高深，"道"无处不在，"道"是可以体悟的。与之对话的君王很明显是没有领悟到这种道的。徐复观沿用这些寓言想要告诉世人一个很简单的道理"世上无难事，只怕有心人"。就"工夫"的修养而言，徐复观认为儒家和道家是没有什么差别的，其差别在于儒家用此"工夫"治世，而道家借此"工夫"实现人的解脱，追求精神的自由。当然这种"工夫"的修养最终还是落实到心上。三位工匠已经陶醉于自己的技艺当中，甚至视之为表演，他们有一种"心无旁骛""心如止水"的精神状态，实现了艺术创造和欣赏的统一。"技"是通往"道"的手段，由"技"体悟到的"道"才是真正价值所在。

此外，要实现"虚静之心"还要"忘形去知"，实现"游心"的状态。"故德有所长，而形有所忘。人不忘其所忘，而忘其所不忘，此谓诚忘"①，"汝游心于淡，合气于漠，顺物自然而无容私焉，而天下治矣"②。

---

① 《庄子·德充符》。
② 《庄子·应帝王》。

上述寓言故事中的主人公已经实现了一种"忘"的状态,他们在"物我两忘"中"游刃有余",体现"心"的自由驰骋。"忘形去知"也是徐复观先生一再强调的。"形"和"知"于现世,就是"障"。在"障"的干扰下,人心很难达到虚静。"忘形游心"就是要摒弃具有社会价值的批判标准,而去追求与"自然"合一。当然,徐复观并没有否定人的欲望和要求,但对人们的欲望提出了限定,那就是要节制、控制自己的欲望。徐复观认识到不可能让世人都"清心寡欲",他所想要实现的是"心"的解放,让心不要过于劳累。要达到"诚忘",要"游心于淡",就是要保持心的虚、静、明,这便是徐复观先生所说的"要通过文化以把握人类命运的前途,则必须从文化现象追索到文化精神上去"[①]。而精神的载体就是人心,或者说是虚静之心,因此徐复观先生又将这线索落实到人心上,从根本上而言是要发掘世人和庄子一样的"心"。

在西方文明的冲击下,人心被物欲牵引而脱离本性,传统文化被西方文化充斥渐失本位。徐复观先生对庄子"心"的发现,既实现了对人的心灵的救助,也实现了对中国传统文化的救助。徐复观先生和众多新儒家代表人物一样走的是"精神救国"的道路,他坚持着以道德和艺术解救文化。他所倡导的"心的文化"重视心灵的修炼和生命的安顿;他以心性之学解读中国传统道德和艺术,在某个方面和某种程度上唤醒了世人对心性的关注以及对人格修养的重视;他对于中国艺术精神的探索,实乃在对中国传统文化道德力量论述的基础上探讨人的心、性,人的心灵,人的品格,并引导世人如何实现人生的价值。对艺术精神的探索和对"心的文化"构建方面,徐复观先生的学术成就都令后世难以望其项背。

第三节　西方美学理论的借鉴和吸收

徐复观年轻的时候曾经在日本留学,他精通日语。他在日本阅读了大量的西方文艺美学理论著作,从中借鉴、吸收了大量的理论资源,并在中西文化的对比研究中加深了对中国传统文化和艺术精神的认识,对其文艺美学思想的形成奠定了理论基础。徐复观在国内的教学和研究中,对西方

---

① 徐复观:《西方文化之重估》,(台北)学生书局1991年版,第27页。

理论的研究也是颇费工夫，"读与功课有关的西方著作，为了教《文心雕龙》，便看了三千多页的西方文学理论的书，为了写《象山学述》，先把西方伦理思想史这一类的东西摘抄过三十多万字"①，因为他认为，"中国的文学、史学，在什么地方站得住脚，是要在大的较量之下才能开口的。"② 徐复观将中西文学和文化理论进行融会贯通，比较整合，在中西文化的研究中吸收有益理论的滋养，成为学贯中西的著名学者。

一　对康德美学理论的批判和吸收

康德将人内心的全部能力划分为认识能力、愉快和不愉快的情感以及欲求能力三个部分，与之相对应的诸认识能力是合规律性的知性、合目的性的判断力以及作为终极目的的理性。知性指向自然，判断力指向艺术，而理性则指向自由。徐复观首先接受了康德从质的角度为美下的定义。康德曾经为美下了严格的定义，康德认为："美的判断不是认识判断，而是趣味判断。趣味判断的特性，乃是'纯粹无关心的满足'。所谓无关心，主要是既不指向实用，同时也无益于认识的意思。"③ 这里所说的"纯粹无关心的满足"，也就是今译本《判断力批判》中所谓"通过不带任何利害的愉悦或不悦而对一个对象或一个表象方式作评判"④，康德认为，这样的愉悦的对象就叫做"美"。徐复观对于"无关心"的解释，是值得注意的，他认为"无关心"是"不指向实用"以及"无益于认识"，这两点事实上都只是相对于知性的功能而言。但是康德对于规定鉴赏判断的愉悦不带利害的分析，却并非仅此一端，他指出了这种愉悦既不同于"对于快适的愉悦"，也不同于"对于善的愉悦"，因为后两者都关乎利害。"快适是在感觉中使感观感到喜欢的东西"，所对应的是知性。善则是"借助于理性由单纯概念而使人喜欢的"，所对应的是道德。很明显，徐复观在此回避了"美"之愉悦与"善"之愉悦的差异问题，也就是艺术与道德的关系问题。何以如此？这与徐复观对康德关于鉴赏判断中"静观"说的发挥有直接关系。

① 徐复观：《我的读书生活》，李维武编《徐复观文集》（第一卷），湖北人民出版社 2002 年版，第 294 页。

② 同上。

③ 徐复观：《中国艺术精神》，华东师范大学出版社 2001 年版，第 38 页。

④ 康德：《判断力批判》，邓晓芒译，人民出版社 2002 年版，第 45 页。

康德认为,鉴赏判断是"静观"的,"它对于一个对象的存有是不关心的,而只是把对象的性状和愉快及不愉快的情感相对照"①。至于这种"静观"如何实现,康德并没有给出答案。徐复观却在庄子的精神中,找到了与康德思路的会合点,他认为要真正达到心斋、坐忘的状态和境界,一方面要减少和摒除各种欲望,让心有本真的状态,不受到功利性的影响和约束。另一方面要顺从天人合一的观念,在认知客观事物的时候不进行逻辑上的分析和演绎中的总结,要形成物我同一的美学境界,不能受到主观精神的约束和影响,要同时摆脱掉各种欲望与逻辑判断。徐复观认为:"消解由生理而来的欲望,使欲望不给心以奴役,于是心便从欲望的要挟中解放出来,这是达到无用之用的釜底抽薪的办法。"② 这里强调心与物的客观统一,不着意自己的肢体,不摆弄自己的聪明,和大道融通为一。这实际上就是徐复观对庄子《大宗师》中关于"堕肢体,黜聪明"所做的现代阐释。

康德从量和方式的角度为美下了另外两个定义——"凡是那没有概念而普遍令人喜欢的东西就是美的"③,以及"凡是那没有概念而被认作一个必然愉悦的对象的东西就是美的"④。既然美的东西需要普遍地、必然地令人喜欢,同时又不涉及概念,那么这种普遍的有效性从何而来? 康德假设了一种"共同感觉力",即人类心灵中的共通感。这种共通感,是情感普遍可传达性的前提,而且"无须立足于心理学的观察上,而可以把这种共通感作为我们知识的普遍可传达性的必要条件来假定,这种普遍可传达性是在任何逻辑和任何并非怀疑论的认识原则中都必须预设的"⑤。并且,徐复观期望在对庄子艺术精神的疏通中,为康德的这一假设找到确证。他认为在虚静之心内,通过感情与想象的自由活动,将个人的私心杂念和功利欲望去除掉,形成与天地共融共处的大情怀,从而去体察自然之大,品味社会之性,形成一种独特的艺术精神,在心性中形成物我合一的"共感"。徐复观非常注重"共感"形成的过程和要素。他认为:"从整个人格所发出的共感,其中实有仁心的活动,所以感到'与物有宜''与物

---

① 康德:《判断力批判》,邓晓芒译,人民出版社 2002 年版,第 44 页。
② 徐复观:《中国艺术精神》,华东师范大学出版社 2001 年版,第 43 页。
③ 康德:《判断力批判》,邓晓芒译,人民出版社 2002 年版,第 54 页。
④ 同上书,第 77 页。
⑤ 康德:《判断力批判》,邓晓芒译,人民出版社 2002 年版,第 75 页。

为春',这是最高的艺术精神与最高的道德精神自然地互相涵摄。"① 徐复
观认为,相对于康德所假设得出的"共通感",庄子发自虚静之心的共
感,更能得共感之真,保持共感的纯粹性,这种方式也最能接近中国艺术
精神的实质。

康德在这部分论述中提到"自由的美"和"依附的美"的区别,以
及对美的理想的论述,都给了徐复观很大的启发,开启了他区分儒家与道
家艺术精神的思路。康德将美分为两种:"自由美"和"只是依附的美"。
自由美"不以任何有关对象应当是什么的概念为前提",而依附美则"以
这样一个概念及按照这个概念的对象完善性为前提"。前者是独立存在
的,而后者则是有条件的,它是"被赋予那些从属于一个特殊目的的概
念之下的客体"②。在对自由美作评判时,鉴赏判断是纯粹的,而在对依
附的美作评判时,由于审美的愉悦与智性的愉悦相结合,善与美的结合造
成了对鉴赏判断的纯粹性的损害,尽管这种结合也会有所收获,即"在
其自身得到固定方面,以及它虽然不是普遍的,然而却能就某些合目的地
被规定的客体来给它颁布规则这方面有所收获"。③ 徐复观在对儒家艺术
精神和道家艺术精神的区分问题上,受了康德对自由美与依附美的划分直
接启发。徐复观没有将儒家和道家关于艺术形象和艺术精神的分析和认识
完全割裂开来,而是将两者联系起来考察,挖掘思想的根源性,这样就为
艺术和道德两个不相关的内容找到了互通有无的桥梁。对于艺术和道德的
关系,他是这样认为的:"由孔子所显出的仁与音乐合一的典型,这是道
德与艺术在穷极之地的统一,可以作万古的标程;但在实现中,乃旷千载
而一遇。而在文学方面,则常是儒道两家,尔后又加入了佛教,三者相融
相即的共同活动之场。"④ 徐复观立足传统文化的根基,在人的心性生命
和道德价值方面,直接关涉中国艺术精神的实质,具有较高的启发意义和
艺术鉴赏的借鉴价值。

二　对弗洛伊德的批判和吸收

弗洛伊德的精神分析理论,把人的精神分成三个部分,即本我、自我

---

① 徐复观:《中国艺术精神》,华东师范大学出版社 2001 年版,第 55 页。
② 康德:《判断力批判》,邓晓芒译,人民出版社 2002 年版,第 65 页。
③ 同上书,第 66 页。
④ 徐复观:《中国艺术精神·自叙》,华东师范大学出版社 2001 年版,第 4 页。

和超我。弗洛伊德将人们的行为归因于深植冰山下的"本我",并将人们的艺术、创作和社会活动归结为"性欲"的活动。针对弗洛伊德的精神分析学说,徐复观一方面赞赏其在心理学上的贡献,认为其对人类心理趋向的把握深邃而真切,有着像达尔文的"进化论"一样的社会影响。另一方面,认为弗洛伊德的理论很快对文学、艺术、宗教、人类学等领域产生影响,但是大家不善于从心理学的角度上去探究问题,而容易造成断章取义和牵强附会,形成"唯性的人生观"。对此,他极为批判,认为这一理论忽视了人生另外的意义。

弗洛伊德的理论很快影响了西方文化的观念及文学艺术,甚至有人公开认为:"性欲是人类文化的最基本的因素,也就是认为无意识是人类文化最基本的因素。"[1] 在这一思想的影响下,人们认为解放的"性欲"和释放心中的"欲望"成了个体本身最大的自由。对此徐复观引用了"人欲"和"无明"来解读他们深层的心理和意识。前者,徐复观将孔子所说的"仁"来解读,那就是"人欲"不是无度的,是要在"仁"和"礼"的约束下进行。而对于后者,所谓"无明",就是黑暗。"一个认识主体本来就是黑暗的、盲目的"[2]去寻找和探寻,其结果可想而知,既不可能突然顿悟也难以发现艺术真谛。徐复观的批判有其伦理学上的思考,但弗洛伊德的这一理论不仅影响了伦理道德,也影响了西方文化中的传统与崇高的艺术,曾一度引起美与丑、爱与美的争执和讨论。徐复观认为"美"是文学艺术的第一要义,也是艺术的生命,爱与美是不可分割的,因为有美,所以才有爱。而更重要的是,人因为有爱,才能发现美。这两者是相辅相成的,弗洛伊德也承认"美",但是他把美建立的基础放到了"性欲"之上,而不是"爱"之上,按照他的逻辑,人们的文艺创造、文艺欣赏,就成了拿起性欲的标杆把玩吟咏的结果了。据此,徐复观认为当代艺术具有两个特征:"一是主张破坏艺术的形象,二是反对合理主义。"[3] 包括合理主义所作的解释和建立起来的传统和秩序。在文学领域的超现实主义和抽象派就是他们的表现形态。

---

① 徐复观:《一个中国人文主义者所了解的当前宗教(基督教)问题》,李明辉、黎汉基编《徐复观杂文补编·思想文化卷(上)》,台北"中央研究院"中国文哲研究所筹备处 2000 年版,第 159 页。

② 同上。

③ 同上书,第 215—217 页。

　　以劳伦斯为代表的宣扬无意识的性欲，反抗传统的小说，在视觉艺术领域，则产生了超现实主义作品和抽象主义作品。徐复观认为当代的超现实主义和抽象主义的艺术是一种重大的文化现象，抽象是离开自然，超现实是离开人生、社会。这种抽象与超现实主义把以前一切艺术的观念与传统，完全解体、粉碎了。艺术已经不是美的，也不是生命，也不属于精神。它断绝了对全人类的责任或关系，而与之背驰、反抗。它放弃了人类底线的良知，使价值体系的根基失去了牢固的基础，让本来明晰的社会状态变得混沌无序、毫无章法。他对艺术形式的变化及现代艺术风格做了大胆的批判，他指出："站在艺术自身立场，这是为新艺术开路的先锋，它破坏了传统艺术，但它本身还不能代表艺术建设性的一面，所以它有如陈胜吴广一样，能亡秦而自身并不能立国。"① 而当今的艺术家，将现代的苦闷与绝望，认定为西方文化自身所孕育的苦果，而且在西方文化中找不到突破苦闷与绝望的道路。因此，他们便否定整个文化，并否定由文化所建立的生活秩序，有意地走向非人的世界，从而陷入一种不可名状的孤独之中。

　　徐复观并没有将所有的责任都归之于弗洛伊德一人。他认为弗洛伊德的理论之所以能产生如此深远的影响，并非其自身有大的"魔力"，而是有着深层的历史背景。"而实在更有文学自身的问题及时代的问题，作其强大的背景，因而因缘时会，大家便不知不觉的都在时代的十字路口上碰上了面。"② 从文学自身的角度来看，19 世纪欧洲的自然主义的表现手法，到了 20 世纪已近穷途末路，作家要寻求突破，则必须要有新的文艺理论的支撑，也需要对新技巧的探索。而弗洛伊德的理论一出，无疑替很多作家、艺术家开辟了一个新的世界。从时代特征来看，19 世纪以来资产阶级生活的奢靡，使得艺术家们感到传统道德伦理的虚伪，世界危机的产生，则让他们感到传统文化的脆弱。"于是人们除了沉透到自己的深层心理中去，以把握住一个原始而幽暗的内在生命，以为人生的实体以外，觉

---

① 徐复观：《艺术与政治》，《徐复观文存》，（台北）学生书局 1991 年版，第 218 页。
② 徐复观：《一个中国人文主义者所了解的当前宗教（基督教）问题》，李明辉、黎汉基编《徐复观杂文补编·思想文化卷（上）》，台北"中央研究院"中国文哲研究所筹备处 2000 年版，第 175 页。

得更没有什么值得相信的东西，更没有值得依恃的力量。"① 这里需要提及并澄清的一个问题是，徐复观并不是认为当代艺术的产生仅有弗洛伊德理论这一唯一根源，他同时指出了 20 世纪文化的另一个特征，那就是人们对科学技术的过分依赖，却不注意它可能达到的界限，以致随意扩大使用科学上所得的结论。这一现象愈益破坏了文化中的价值系统，愈益销蚀掉了文化中的人类爱的成分。导致"科学者压倒了一切宗教、哲学、艺术者的地位，技术的效用，取代了一切思想家的效用"②。徐复观对弗洛伊德"无意识"理论的批判，并不仅仅是出于学理上的探究，为批判而批判，而是将其作为一个重要的参照系，与中国文化中所讲的"心"作比较，从而为中国的艺术精神在根源之地找到载体。他指出，在中国的传统文化中，也有对人的深层心理的认识，但这种认识与弗洛伊德的"无意识"的深层心理在性质和方向上是完全不同的。这个"心"和西方"唯心论"所说的形而上的"心"，完全属于不同的性质。将这种"心"的作用落实于文学艺术，在儒家传统看来，"经由乐教的发扬，使潜伏于生命深处的'情'得以发扬出来，使生命得到充实，这即是所谓'气盛'"。③ 徐复观认可儒家乐教理论对人的道德价值的促进作用，在论述儒家乐教对人格修养的作用时，徐复观认为："如实地说，道德之心，亦须由情欲的支持而始发生力量，所以道德本来就带有一种'情绪'的性格在里面。乐本由心发，就一般而言，本多偏于情欲一方面。但情欲一面因顺着乐的中和而外发，这在消极方面便消解了情欲与道德良心的冲突性。同时，由心所发的乐，在其所自发的根源之地，已把道德与情欲融合在一起，情欲因此而得到了安顿，道德也因此而得到了支持。此时情欲与道德圆融不分，于是道德便以情绪的形态而流出。"④这里不仅将道德和情感的逻辑关系分析清楚了，还将情感和道德的统一方式和共鸣路径做了详细的说明，将两者都统一于心的集中活动。

根据以上的分析可以看出，徐复观并非不谈情欲，他只是将情欲融入进艺术作品的"心理场"的视域中，他反对将艺术的根源建立在纯意识

---

① 徐复观：《弗诺特对现代文学的影响》，李明辉、黎汉基编《徐复观杂文补编·思想文化卷（上）》，台北"中央研究院"中国文哲研究所筹备处 2000 年版，第 176 页。

② 徐复观：《爱与美》，《徐复观文存》，（台北）学生书局 1991 年版，第 221 页。

③ 徐复观：《中国艺术精神》，华东师范大学出版社 2001 年版，第 16 页。

④ 同上书，第 17 页。

主体的"潜意识"和情欲之上，而是将艺术之根培植进心性主体和人的认知之上，让艺术成为实践理性的重要展现，这样就使情欲有了解释的力量和释放的方向。并且，这种情欲必须向内沉潜，与根源深处的良心融合在一起，情欲成为艺术化了的感情表达，"于是此时的人生，是由音乐而艺术化了，同时也由音乐而道德化了"①。同时，这种人心深处之情不仅是在向外发，而且也经由音乐（艺术）向上提，不断提升，不断提高实现艺术真实和艺术形象的突破，徐复观说："层层提高，层层向上突破，突破到为超艺术的真艺术，超快乐的大快乐。"② 学者陈昭瑛对此是这样评价的："如此强烈地肯定情欲在道德实践中正面的积极的作用，可以说先秦以后，徐复观先生是第一人。"③ 这一论断是不错的。儒家思想由音乐的教化发扬而来的艺术之心，最终还是要向上提高到"性善"的道德之心，但这并非中国艺术之全部，亦非主体，徐复观在《中国艺术精神》中所着重论述的，是庄子虚、静、明的心，他认为这才是真正的艺术心灵，才是艺术价值的根源。因为"艺术要求美的对象的成立"，而"纯客观的东西，本来无所谓美或不美。当我们认为它是美的时候，我们的心此时便处于虚、静、明的状态"④。

徐复观对弗洛伊德"无意识"理论的批判，不是纯粹学理上的判断，而是根植于中国传统文化的理解和智慧，因此，他同弗洛伊德将人类活动和艺术的价值归因决然不同，徐复观认为，中国传统文化，也有对人深层次心理的认识，但这种认识不是"性"而是"心"。中国文化认为人生价值的根源即在人自己的"心"。这里的"心"不是抽象的形而上学的概念，而是人们自身灵肉的一部分，徐复观从孟子的"恻隐之心、是非之心、羞恶之心，辞让之心"生发出去，这里的"心"带有善的成分，认为中国文化中的"善"是我们民族的集体无意识。

三　卡西尔符号学理论的启发

随着西学东渐思潮的影响，徐复观对 20 世纪西方思想家的理论有深

---

① 徐复观：《中国艺术精神》，华东师范大学出版社 2001 年版，第 16 页。
② 同上书，第 18 页。
③ 陈昭瑛：《一个时代的开始：激进的儒家徐复观先生——徐复观先生逝世七周年》，《徐复观文存》附录二，（台北）学生书局 1991 年版，第 372 页。
④ 徐复观：《心的文化》，李维武编《中国人文精神之阐扬——徐复观新儒学论著辑要》，中国广播电视出版社 1996 年版，第 114 页。

刻的理解，他对德国哲学家卡西尔的符号理论有着深入的研究，在他的著作中，经常引用卡西尔关于符号理论的一些论述，通过对符号学在文艺学领域的应用，来体会中国艺术精神的象征性影响。

卡西尔是一个多产的作家和哲学家，他的经典代表作品《人论》影响深远，而成就其哲学功底的是《符号形式的哲学》，他关注的"符号"，实际上就是我们常说的"象征"，但是从含义上更全面，侧重点放在象征性上，严格来说，这里的符号是指"象征性符号"。卡西尔认为人是"符号的动物"①，关于艺术，卡西尔认为"它不是对实在的摹仿，而是对实在的发现"②。强调艺术对客观世界的形象性反映。他用知识来涵盖艺术和科学，从功能和作用上区分艺术和科学的不同，强调"艺术教会我们将事物形象化，而不是仅仅将它概念化或功利化"③。这一分析对艺术家从情感上理解艺术的本质奠定了基础。卡西尔还在这一认识的基础上，逐渐形成了自己的哲学体系，为苏珊·朗格和克罗齐等艺术家对艺术直觉的把握和情感符号的创造性阐释打下了坚实的理论基础。

徐复观对卡西尔关于艺术符号化的认识是深刻的，我们在认识卡西尔在人文精神和艺术情感化解读中，契合了徐复观关于人性论和文化观的理解，他们都从人的心灵出发去认识艺术的形成主体，将艺术这一复杂的情感符号和艺术符号整合体衍化出新的意义和具象特性，都将艺术中符号关涉外在事物，留住人性体验的特性挖掘出来，这一结果对重塑艺术精神，强调艺术本身的规律性认识是有直接作用的，对后来发展起来的唯美主义也有一定的影响。

徐复观在中国艺术精神中，探讨了具体艺术形式中的艺术精神存在方式，也强调作为艺术鉴赏和艺术创作者主体的整体创作和欣赏意识，实际上是契合了中国传统文化中强调系统性、完整性的浑然统一理念，更是对天人合一的道家观念的弘扬，同时也强调了"虚静"和"坐忘"等艺术方式，是心灵主体和客观事物达成物我相合的整体状态。卡西尔在谈到人类艺术家在创作过程的时候，强调:"艺术家的灵感并非酩酊大醉，艺术家的想象也不是梦想或幻觉。每一件伟大的艺术品都以一种深的结构统一

---

① ［德］卡西尔:《人论》，上海译文出版社 1985 年版，第 62 页。
② 同上书，第 182 页。
③ 同上书，第 216 页。

为特征，我们不可能靠着把它归之于两种不同的状态而来说明这种统一，像梦幻和大醉这样的状态完全是散乱而无秩序的。我们不可能把模糊不定的东西结合为一个有结构的整体。"①这里既对符号象征性的反复强调和论证，也对艺术家创作理念和创作方式做了高度的概括，既渗透着艺术家艺术创作中的情感投入，也彰显了优秀作品所包含的哲学逻辑和丰富的哲学观念。

徐复观对东西方文化的关注是热烈的，这一关注倾注了他无限的热情和极深的感情。他能够从不同社会思潮的撞击中去研究和把握文化的形态，从而确定好自己的文化坐标，无论是面对传统人文主义的倾泻还是面对现代主义的横空出世，他都秉持自己的根性追求，坚定自己的信念之路。尤其是面对西化思潮和现代主义思潮的冲击，他依然坚持中学为体，洋为中用，坚持返本开新，破除任何条框分割的二元逻辑，站在人类实践的基础上去把握艺术和文化发展的规律，揭示了中国传统文化的价值根源。

---

① ［德］卡西尔：《人论》，上海译文出版社1985年版，第208页。

第三章　心性美学:徐复观文艺美学的主体建构

　　徐复观用力于中国传统文化的根性追求，这既是他对中国哲学心性传统的发掘，更是从心源上寻觅中国艺术精神的建构基础。他说："中国文化最基本的特性，可以说是'心的文化'。"① 这里的"心"在中国文化精神体系中，是涵盖天地万物、突出人的主体意志的重要哲学范畴，是弥漫人生、文学、艺术的独特境界。徐复观的心性文化受到了熊十力等人的影响，也吸收了庄子对"心"的阐发，吸收中国古典文化的"心性"滋养并借力西方理论，在理想与现实双重人生中开创了新境界。"心"在中国文化精神系统里被赋予了深广的精神意蕴和内涵，它一方面具有形而上的知性和理性层面，另一方面具有形而下的直觉与感性的特点。这无不体现了中国美学和艺术理论源于人的心理和精神结构的显著特点。现代新儒家的另一位哲学家钱穆曾指出："中国文学亦可称之为心学。②"中国文艺的宗旨是呈现人的性情以养心。徐复观的心性美学就保持着对人的心性主体的关注，带着理性的探索和超越的气魄，通过涵养德行、体认生命意义的方式，强调对"工夫"的涵养，通过"工夫"直达人心，在"心"字上下工夫，将"心"的精神演绎到极致，用中国艺术精神来"达心"，做到文本、文心、人心三者之间的交融。徐复观的整个美学阐释中，他所尽力彰显的是文化意义上的人生价值之思，是艺术精神中的哲学解读，是哲学思想的艺术化思索。无论是心性美学还是人性论的扩展研究，都是对中国艺术精神审美主体的心性思考，建立独特的文艺美学主体工程。

---

① 黄克剑主编：《徐复观集》，群言出版社 1993 年版，第 603 页。
② 钱穆：《现代中国学术论衡》，生活·读书·新知三联书店 2001 年版，第 245 页。

第一节 作为本体的"心"

一 心为思之本

"心"是中国文化和文学艺术活动的基本范畴。"凡音之起，由人心生也。人心之动，物使之然也。感于物而动，故形于声……乐者，音之所生也，其本在人心之感于物也。"① 人们对自身的自我感觉，首先是意识到"心"的存在，因为"心"是每个人身体内部具体存在的，"心"字出现得早，运用得也非常广泛。现代学者朱东润先生很早就关注到"心"字，他著有《诗心论发凡》，其中提到："读诗者必先尽置诸家之诗说，而深求乎古代诗人之性情，然后乃能知古人之诗，此则所谓诗心也。能知古人之诗心，斯可以知后人之诗心，而后吾民族之心理及文学，得其大概矣。"② 他在此所说的"诗心"，在理论意义上可以泛指很多方面，但都是立足于人的主体意识而言的。

现代新儒家认为，"心"是主客体相交融而产生的一个具有包容性、直观性和混沌性特征的独特观念。传统儒家的代表人物也对"心"做了概括。孔子指出"人者，天地之心"。孟子指出"心者，天地万物之主""万物皆备于我也"。宋明儒家指出"心即理，人心之理即天地万物之理。一人之心，即天地之心，一物之理，即万物之理，人同此心，心同此理，心与理合一，心自万理，万理于一心"。王阳明认为："人者，天地万物之心也，心者，天地万物之主也。"他在《大学问》中总结到，良知是人心之本体，良知实为高度自觉之心灵本体。这一观念一直延续到现代新儒家的经典作家们，梁漱溟认为心之义包含"主宰"之义。方东美认为，中国的心性学是"高度心理学"，是用"立体观"看待人类心性，所看到的"不是平面的表层，也不是黑暗的深度"，而是人性的崇高价值。唐君毅在谈到心灵之发展时肯定了"心"的能动性，他说："当你经验桂子花香时，你之经验此时开始，而桂子花之如是之香，亦在此时开始。"③ 也

---

① 《乐记》。
② 朱东润：《诗心论发凡》，《诗三百篇探故》，上海古籍出版社 1981 年版，第 115 页。
③ 唐君毅：《人生之体验》，广西师范大学出版社 2005 年版，第 72 页。

就是说，桂子花之如是之香，并不是先于你的经验而存在，而是与你的经验之存在同时的。王阳明和唐君毅都强调"心"的能动性，在认识论上可能会有区别，但是就审美活动而言，离开了人生和人心，离开了审美主体，客体就不会有审美价值的存在。同样，牟宗三在《心体与性体》中论及康德的审美的概念时，也发挥了王阳明的见解，他认为，美的花是心无耦合的花，而非分解的花，是人之特有的明慧与气化的光彩相遇的结果。徐复观则认为，美是庄子所说的"天地之美，神明之容"，是人的全部精神生活之实践过程中融化天地之光彩所致。

二　"心"为情之境

徐复观十分注重从人生体验来认识心性主体的审美功能，所以，他在文艺美学思想中抓住"心"的主体作用。用心性文化解读人性真意和人生真谛，"心"具有"一夫当关，万夫莫开"的关键作用，统摄了作为审美主体的美学追求和作为价值主体的道德追求，是两者的根源和基础。"心"是庄子书中一个重要的概念，徐复观在《中国艺术精神》中，传承并超越了庄子关于"心"的哲学意义，将它对艺术精神的阐释更接近于心性的探索，把艺术的本质和人文精神的根源紧密结合在一起，把"心"的把握上升到更加出神入化的境界。我们通过《中国艺术精神》和《中国文学续编》两部著作都看到了徐复观对庄子"心"的把握，更能理解徐复观的"心"的艺术哲思。笔者根据陈鼓应先生《庄子今注今译》①，对"心"这一名词进行了以下梳理（见表3-1）。通过梳理我们可以看到徐复观对庄子"心"的把握和超越。

表3-1　　　　　　　　《庄子今注今译》中"心"的考察表

《齐物论》	1. 其形化，其心与之然，可不谓大哀乎？（精神） 2. 夫随其成心而师之，谁独且无师乎？（知）
《人间世》	3. 夫以阳为充孔扬，采色不定，……以求容与其心。（内心） 4. 虽然，止是耳矣，夫胡可以及化！犹师心者也。（成心，同2） 5. 有心而为之，其易邪？（成心，同2） 6. 夫徇耳目内通而外于心知，鬼神将来舍，而况止。（心机） 7. 且夫乘物以游心，托不得已以养中。（精神，同1） 8. 形莫若就，心莫若和……心和而出，且为声为名，为妖为孽。（内心）

---

① 陈鼓应：《庄子今注今译》，中华书局2009年版，本文中庄子引文皆出于此注本。

《德充符》	9. 固有不言之教，无形而心成者邪？（内心） 10. 若然者，其用心也独若之何？（心智） 11. 夫若然者，且不知耳目之所宜而游心乎德之和……（心灵） 12. 彼为己，以其知得其心，以其心得其常心，物何为最之哉？（内心） 13. 一知之所知，而心未尝死者乎！（内心） 14. 使日夜无郤而与物为春，是接而生时于心者也。（内心）
《大宗师》	15. 受而喜之，忘而复之，是之谓不以心损道，不以人助天。（心智）
《应帝王》	16. 汝游心于淡，合气于漠，顺物自然而无容私焉，而天下治矣。（同1） 17. 列子见之而心醉，归，以告壶子……（内心）
《马蹄》	18. 及至圣人……踶跂仁义以慰天下之心。（心灵）
《在宥》	19. 不治天下，安臧人心？女慎无撄人心。人心排下而进上……其唯人心乎！（内心） 20. 同于己而欲之……以出乎众为心也。夫以出乎众为心者，曷常出乎众哉！（心理）
《天地》	21. 通于一而万事毕，无心得而鬼神服。（心思） 22. 故其德广，其心之出，有物采之。（心思） 23. 大圣之治天下也，摇荡民心……举灭其贼心而皆进其独志（思想/心念）
《天道》	24. 其动也天，其静也地，一心定而天地正；一心定而万物服。（内心） 25. 昔者，吾有刺于子，今吾心正却矣，何故也？（心智）
《天运》	26. 心穷乎所欲知，目穷乎所欲见，力屈乎所欲逐。（内心） 27. 天机不张而五官皆备，无言而心说，此之谓天乐。（内心） 28. 夫仁义憯然乃愦吾心，乱莫大焉。（内心）
《刻意》	29. 悲乐者，德之邪……好恶者，心之失。故心不忧乐，德之至也……（内心）
《缮性》	30. 德又下衰……然后去性而从于心。心与心识知……无以反其性情而复其初。（心机）
《达生》	31. 不上不下，中身当心，则为病。（心中，生理方面） 32. 臣将为锯，未尝敢以耗气也，必斋以静心。（心灵） 33. 工倕旋而盖规矩，指与物化而不以心稽，故其灵台一而不桎……忘是非，心之适也……（心思/心灵）
《山木》	34. 吾愿君刳形去皮，洒心去欲，而游于无人之野。（内心） 35. 行贤而去自贤之心，安往而不爱哉！（心念）
《田子方》	36. "吾游心于物之初""心困焉而不能知，口辟焉而不能言……"（内心） 37. 且万化而未始有极也，夫孰足以患心！（内心） 38. 夫子德配天地，而犹假至言以修心，古之君子，孰能脱焉？（内心） 39. 百里奚爵禄不入於心，故饭牛而牛肥……有虞氏死生不入于心，故足以动人。（内心）

《知北游》	40. 形若槁骸,心若死灰,真其实知,不以故自持。(内心) 41. 汝斋戒,疏瀹而心,澡雪而精神,掊击而知!(心灵) 42. 其用心不劳,其应物无方。(心智)
《庚桑楚》	43. 心之与形,无不知其异也,而狂者不能自得。(人心,生理方面) 44. 备物以将形,藏虞以生心,敬中以达彼,若是而万恶至者,皆天也……(心神) 45. 彻志之勃,解心之谬,去德之累,达道之塞。(心灵) 46. 欲静则平气,欲神则顺心,有为也欲当,则缘于不得已……(心意)
《徐无鬼》	47. 形固可使若槁骸,心固可使若死灰乎?(内心)
《则阳》	48. 其于人心者,若是其远也。(心灵) 49. 其声銷,其志无穷,其口虽言,其心未尝言,方且与世违而心不屑与之俱。(内心) 50. 今人之治其形,理其心,多有似封人之所谓……(心神)
《外物》	51. 心若悬于天地之间,慰暋沈屯,利害相摩……(人心,生理方面) 52. 心彻为知,知彻为德……胞有重阆,心有天游……心无天游,则六凿相攘(心灵)
《寓言》	53. 使人乃以心服,而不敢蘁立,定天下之定。(人心) 54. 吾及亲仕,三釜而心乐……(内心)
《让王》	55. 故养志者忘形,养形者忘利,致道者忘心矣。(心机) 56. 身在江海之上,心居乎魏阙之下,奈何?(内心)
《盗跖》	57. 顺其心则喜,逆其心则怒,易辱人以言。(心意) 58. 若弃名利,反之于心,则夫士之为行,不可一日不为乎!(内心) 59. 且夫声色滋味权势之于人,心不待学而乐之,体不待象而安之。(内心)
《列御寇》	60. 忍性以视民而不知不信,受乎心,宰乎神,夫何足以上民!(内心) 61. 凡人心险于山川,难于知天。(人心) 62. 贼莫大乎德有心而心有睫,及其有睫也而内视,内视而败矣。(心机/内心)
《天下》	63. 恐其不可以为圣人之道,反天下之心,天下不堪。(心愿) 64. 语心之容,命之曰心之行……(心理) 65. 桓团公孙龙辩者之徒,饰人之心,易人之意,能胜人之口,不能服人之心。(内心)

"心"这一名词分布于《庄子》33篇中的25篇，共计65处①。而"心"的内涵也是极为丰富的。它既指"不上不下，中身当心，则为病"②的生理之心，亦指"养志者忘形，养形者忘利，致道者忘心矣"③的心理之心；它既与"知"相连，"心穷乎所欲知，目穷乎所欲见，力屈乎所欲逐"④，又与"形"相伴，"其形化，其心与之然，可不谓大哀乎"⑤；它可以是个人主体心灵意识的一己之"心"，亦可以是人们普遍心灵意识的"常心"，"彼为己，以其知得其心，以其心得其常心，物何为最之哉"⑥。庄书中"心"的复杂性，不亚于"道"、"德"。毋庸置疑，"道"是庄子追求的最高概念，但就庄子思想的立足点看，他依然是在拯救人的心灵，引导人们获得心灵的解放，从而减轻人们现世中的痛苦，庄子把老子高深的"道"落实到人的内心，向往心灵的向内转化，并为之构建了一套完整的修心、养心的方法。庄子所追求的最高层次的"心"实乃体道之后的虚静状态，它无为、无欲、无争，忘知、忘形、忘言。当然，要把握这种虚静之"心"要消耗很多的工夫⑦。徐复观先生对庄子的发现与再发现，其本质就是对庄子"心"的哲学的承继和超越。通过《中国人性论史·先秦篇》和《中国艺术精神》两本专著，徐复观从自由和审美两个方面，为我们呈现了一颗完整的庄子之"心"。

徐复观对庄子"心"的重视，从《中国人性论史·先秦篇》第十二章的标题"老子思想的发展与落实——庄子的'心'"就可见一斑。徐复观认为"心，在《庄子》一书中是一个麻烦的问题"⑧。对于这样一个重要而又麻烦的名词，徐复观并没有开门见山地为大家给庄子的"心"下一个定义，而是在梳理完"道"、"天"、"德"、"情"、"性"、"命"、"形"的基础上开始关注庄子的"心"。对于"心"的疏释，徐复观先是

---

① 这只是就提到"心"的段落而言，并不是指"心"字出现的次数。由于篇幅问题，大部分段落只是摘录最先提到"心"字的句子。

② 《庄子·达生篇》。

③ 《庄子·让王篇》。

④ 《庄子·天运》。

⑤ 《庄子·齐物论》。

⑥ 《庄子·德充符》。

⑦ "工夫"一词，是徐复观先生在论及庄子思想时频繁使用的一个名词，《中国人性论史·先秦篇》，李维武编《徐复观文集》（第三卷），湖北人民出版社2002年版，第343页。

⑧ 徐复观：《中国人性论史·先秦篇》，李维武编《徐复观文集》（第三卷），湖北人民出版社2002年版，第340页。

梳理了"心"与"知"的关系。徐复观认为,庄子追求的"心"其根本是在避开心知的作用。避开心知不代表反心知。庄子是承认某种性质的知,如果没有心知,则赋予人寂寞无为的本性,将无法通窍,人也无法自觉。"庄子心的本性是虚是静,与道、德合体的"①,这正是庄子也是徐复观要倡导的"心"。这样的"心"不被物诱向知的方面而脱离原来的位置,更不被物欲所扰动,能保持虚静,则此时之心"即是道之内在化之德,即是德在形中所透出的性,亦即是创造天地万物的道,而人即为道合体之人"②。

在此基础上,徐复观对"虚静"、"游心"、"独"、"自由"等观念进行了进一步的阐释,这都是就"心"的状态而言的,都是要摆脱束缚和欲望,使"心"达到虚、静、止的状态,这样的心是"超越一切差别对立,而会涵融万有之心"③。这样的"心"是具有超越功能的,涵容世界万物而保存内心本性的能力。到了《中国艺术精神》第二章,"游"、"心斋"等概念得到进一步的阐释,庄子所把握到的作为人之本质的"心"就成了艺术之"心",而"心斋之心"被徐复观认为是庄子艺术精神的主体。在艺术之"心"的阐述方面,徐复观赋予这颗"心"以"游"、"虚"、"静"、"明",并且将其与知觉活动、现象学美学思想进行了比对阐释。融入西方思想进一步解读庄子之"心",就是徐复观对庄子再发现的核心部分。而这种艺术之"心"所要追求的境界就是"一",就是"忘"或"化",用美学术语就是实现主客两忘的境界,要实现一种艺术的共感。说到底,庄子之"心"之所以能够称为艺术之"心",是庄子追求"天人合一"的自然流露,是庄子探索"艺术之真"的审美感知。

"心"的本性就是把客观世界所寄予内心的东西,统一于全体之中,所以"心"是"一",同时也是"多"。从人性论到艺术精神,徐复观所论述的一切关于庄子的命题都离不开庄子的"心"。"心"是一个载体,庄子思想的精髓都凝聚在此,这才能够让人既体会人性之光,又能感受艺术之辉。

---

① 徐复观:《中国人性论史·先秦篇》,李维武编《徐复观文集》(第三卷),湖北人民出版社 2002 年版,第 342 页。

② 同上书,第 351 页。

③ 同上书,第 343 页。

第二节　"心的文化"与价值根源

一　"心的文化"的提出

1973 年，徐复观在香港新亚研究所为学生做了一次题目为《心的文化》的演讲。对"心的文化"的理论进行了详尽的阐述，而且结合中国传统文化精神和艺术特征解读"心的文化"在中国文化发展脉络中的历史地位和价值定位。从历史地位上看，"心的文化"构成了中国传统文化的基本精神；从价值定位上看，对"心"的理解，是解答华夏民族艺术精神的活的灵魂，能够在纷繁芜杂的思潮流变中拨云见日，开出中国传统文化的根基和命脉。历史地认识他的这一思想，辩证地看待他所倡导的"心的文化"的哲学意义，对理解他的美学思想是有价值的。徐复观强调了人的生理机能的浑然一体，在耳鼻口舌身的感性认识中去体悟"心"的重要作用，"心的作用正是生理中某一部分的作用"①。同时，我们要紧紧把握住中国文化的特点，整体性、普遍性和系统性的特点，让"心"在人的生活中，发挥主体鉴别和超体验的功能，强调了人的生命意义的社会属性。并将"心的文化"区别于西方思潮中的同名词汇所附带的意义，对"心的文化"建立的哲学基础做了区分，它不是形而上的哲学判断，也不是形而下的感性体验，而是介于两者之间的"形而中学"。这似乎是传统儒家"中庸"思想的体现，说明了徐复观对传统儒家思想的继承和发展，也具有高度的哲学思辨和价值意义。

我们在看到徐复观关于"心"的解读后，如何理解他所认识的"文化"呢？就"文化"的定义而言，很多哲学家或者艺术家都做过专业的说明。徐复观说："文化是人性对生活的一种自觉，由自觉而发生的对生活的一种态度（即价值判断）。文化是由生活的自觉而来的生活自身及生活方式这方面的价值的充实与提高。"② 从这个定义看，徐复观对文化的界定至少有两层含义：一是文化是人性的特征，二是文化是对生活本身的

---

① 徐复观：《中国思想史论集》，（台北）学生书局 1983 年版，第 243 页。
② 徐复观：《中国人性论史·先秦篇》，李维武编《徐复观文集》（第二卷），湖北人民出版社 2002 年版，第 32 页。

评价，是一种价值判断，离开价值根源来谈文化是没有意义的。徐复观的这一认识，对我们清楚认识"心性文化"理论无疑是有帮助的。"在人的具体生命的心性中，发掘出艺术的根源，把握到精神自由解放的关键，并由此在绘画方面，产生了许多伟大的画家和作品，中国文化在这一方面的成就，不仅有世界的意义，并且也有现代的、将来的意义。"① 他强调了"心的文化"对中国文化本身的重要意义，从精神内涵和价值根源上看，只有全面掌握了"心的文化"才能真正了解中国传统文化的真正意义和根本内涵。

　　关于文化的界定向来是"仁者见仁，智者见智"的。威廉斯对文化曾经有过一个宽泛的说明，"智慧、精神和美学的一个总的发展过程"②。而且将文化的定义衍化过程做了详细的分解，但焦点规定在"心灵的培育"，并将 18 世纪后期的文化类型分为五大类别，注重心灵的普遍状态和习惯的形成。英国著名文化学者伊格尔顿的文化概念则直接关注大众文化的忧虑，从精神面貌上寻求文化研究二元论的对立。如果从中西文化背景下去思考徐复观所阐发的"文化"，从价值根源的意义上去找到"心的文化"对传统道德价值的判定和疏解，那么，我们看到了徐复观"心的文化"的宏阔性和涵容性。现代新儒家的另一位杰出代表钱穆先生一生都在以阐明中国文化的生命精神为己任，形成了独特的历史文化观。他站在史学的立场上，以历史的眼光看文化，从历史发展的脉络中找寻中国传统文化的独特系统和流变，既是他学术思想史研究的结晶，也是反驳全盘西化思想的有力武器。他认为："文化是全部历史之整体，我们须在历史之整体内来寻求历史之大进程，这才是文化的真正意义。"③ 他是从历史和文化相贯通、相融合的角度上去发现文化的根源，这对我们从价值根源上去探究徐复观的"心的文化"也是有启发意义的。

　　如果我们从价值论上去探讨徐复观关于"心的文化"的真正内涵，首先需要看清楚徐复观对人生价值的重视和经验世界的认识。在他的文化视域下，他将生活分成了经验世界和价值世界两大方面，前者是生活世界，后者是道德世界；前者存在于人们的自在生活中，后者存在于人们自

① 徐复观：《中国艺术精神·自叙》，华东师范大学出版社 2001 年版，第 1 页。
② ［英］吉姆·麦克盖根：《文化民粹主义》，桂万先译，南京大学出版社 2002 年版，第4 页。
③ 钱穆：《中国历史研究方法》，生活·读书·新知三联书店 2001 年版，第 132 页。

身价值的确认中。人们的意识和思维除了用在满足基本的经验生活外，大量的时间和精力都用在了对价值世界的探索和追寻中。这种生活的态度和价值的根源性探索，在马克思等唯物主义学者眼里，就是人的价值和本质，是社会关系的总和。在经验世界中，动物起到了主导世界的作用，它们靠简单的直觉和感性意识谋得生活的技巧。而人类却能够在价值世界中运用意识和主观能动性，巧妙认识人的心灵，探索人"从哪里来，到哪里去"的哲学命题，也能够寻得文化所带来的文明状态和精神参与所得到的神妙之思。

二　心的文化与价值理性

既然看到了徐复观所说的"心的文化"注重从价值根源的角度上去分析中国文化和艺术精神，那么我们有必要对心的文化和价值理性做简单的梳理。

"心"是现代新儒家论述的一个重要概念，依据学者蔡仁厚教授的看法，"心"可以分为三种：习心、智心和仁心，仁心是德行层面的道德心，智心可以分为两个层面，在超智性层包括道心（道家之虚静心）和般若智心（如来藏心），在智性层面则指认知心。同时，他还把"心"分为自由无限心和有限心两种。① 这一观点对我们认识徐复观"心的文化"是有理论指导意义的，要从"心的文化"和"价值根源"中找到一个相互沟通的桥梁，才能找到生命的价值和道德的力量，而这个桥梁就是桥梁本身，要把握和理解中国传统的文化，就是要从"心"出发，去把握生命价值和道德理性。理性价值就显得尤为重要，关于理性价值的判断，焦点往往放在对根源性的探讨之上，也就是人的最终意义和立足点的问题，这会引导着人将走向哪里去？这样的立足点会引导着艺术家和创作者在艺术追求上的路径和方向。徐复观对此阐述道："一个人必须有他最基本的立足点，否则便会感到漂泊、彷徨，没有方向，没有力量，故必要求有一立足点，然后才有信心，有方向，有归宿。"② 这里的"立足点"，实际上是对价值理性的判断，这一判断会导向价值根源的追求，最终走到"心"

---

① 蔡仁厚：《儒家心性之学论要》，（台北）文津出版社1990年版，第6—8页。
② 徐复观：《中国人性论史》，李维武编《徐复观文集》（第二卷），湖北人民出版社2002年版，第31—32页。

的命题里，探求生命的意义和艺术的真谛。

对价值根源的探讨，自古受到中西方艺术家和哲学家的热切追捧。由于不同民族和不同文化背景的影响，表现出不同的结果。有的将价值根源归结到上帝、天神等抽象概念上，有的将价值根源归结于绝对理念、抽象精神，有的将价值根源归结于宗教观念上，有的将价值根源归结到道德和艺术之上。由此产生了多种多样的艺术形式。中国文化是从传统儒家文化思想发展而来的，他们主要是从道德观念上对价值根源进行探讨的。关于"心的文化"恰恰与人生终极意义产生了共鸣和关联，这也成为中国传统文化的主要特点。

"心的文化"中"本心"的呈现是在任何人的生命中，随时随地都在发挥作用。关于徐复观对"心的文化"所呈现的特点可以做如下的概括：第一，"心"的产生或者存在的方式都是客体自身具备的，不是主观强加或者"形而上"强加而出现的。第二，"心"的功能发挥或者凸显具有引导性，可以对其他生理功能产生影响，同时也受到他们存在方式的影响，具有实践的本质和价值的理性。第三，"心"的维系是依托生命和人生本身的，具有生命价值的探源性思考和人生意义的探索性追寻。它的根基必然要建立在现实生命和生活当中，是具体的、历史的和实践的。徐复观推崇"心的文化"合乎传统儒家思想的基本精神，也是对中庸之道的遵循。传统儒家思想中的"中庸"思想就是这种文化形态的表现，不激进、不猥琐、不盲目。没有绝对理念的抽象和冥想，没有天神观念的神乎其神、出神入化，也没有宗教观念的遁入和抽象精神的夸张，有的是现实的实践性，理性的现实性。身体能够感知，精神能够体会，达到了心领神会的绝好境界。

我们通过上面的分析，可以看到，徐复观对"心的文化"的焦点还是放在"心"上，他正是将中国文化的研究建立在"心"的基础上，由"心"延伸到"性"的探索中，这样才找到了人性论和心性论的结合，找到价值根源所在。从先秦开始形成的人性论思考一直延续了几千年，也就是中国人对"命"的思考。中国人常常谈命，有的谈"天命"，天命实际上指的是自然天性，而掌管"天命"的被常人成为"天姥爷爷"，这里的"天命"实际是自然之道，是天地间的日出日落，花鸟虫鱼，自然乃是善意的天性，这样在"命"和"性"中能发现道德的规则和价值的源泉，这种规则性的"天命"，发展到后来成为人格性的渗透，这为"心的文化"找到了思想基础的根据。

徐复观综合了中西文化思想史的内容和指点，在中西文化思想的辩证关系中，找寻中国文化的根基。"以西方文化作为参照，能更清楚地从中国历史里看出中国文化的个性特征"①。西方文化从观念意识上侧重于对真理的探知，对未知的探索，在科学上用力很深，成就卓著。而中国文化注重从人的生命和生活现实去体察生命意义和价值根源，在道德和艺术方面做出了难以企及的贡献，无论是具有丰富德行的儒家文化还是古典诗词的艺术形式，都为世界人民树立了价值的高地和艺术的丰碑。这是因为中国文化对价值根源的探索常常归因于对现实生活的态度，我们所说的人文精神都是从艺术作品中探讨出来的姿势和形态。中国文化注重内外兼修、虚实结合、中外相合等文化探讨方式，这种方式最大的成果就是将知识和道德紧密地联系在一起，通过对知识的探讨，我们能了解到文明的程度，也能掌握到道德的水准。这种立足生命和现实生活、注重道德修养的学问被称为"为己之学"和"修身之学"，它的根源在于寻求人生存的价值，找到生命的真正价值和意义。

从文化的价值根源探索文化的本质是现代文化学者经常探索的方式之一。英国著名的文化哲学家伊格尔顿在《文化的观念》一书中，对文化的观念进行了解读，他说："文化具有内心确认意识，文化是一个既自我克服又自我认识的问题，如果它赞美自我，那么它惩戒自我，美学与苦行并举。"② 这一说法恰好说明了文化对"心"的作用力和反作用力的重要逻辑关系，在中西方文化背景中，有着对外在世界和内在灵魂的不同，但是生命关注和价值探索却是不变的时代主题。在自我价值形成的过程中，行动与被动、积极进取与被动给予，都一次次被统一起来，靠着"心"的自身价值，或优雅或自然地将文化代表人天性的一面发挥出来，其深藏其中的潜能也发掘出来。徐复观对人的"心性"挖掘或者是从"心的文化"出发所探索到的根本的还是"心"的潜能，也是人达到道德完善与否的关键因素。

从这个角度上看，笔者想起了德国著名哲学家、诗人、教育家席勒在

---

① 张毅：《儒家文艺美学——从原始儒家到现代新儒家》，南开大学出版社 2004 年版，第 351 页。

② ［美］伊格尔顿：《文化的观念》，周宪译，南京大学出版社 2003 年版，第 7 页。

《美育书简》中的一段话，对我们认识"心的文化"和人"心性"的教育观念是有启发意义的。席勒说:"每一个个体的人身上都潜在地、规定性地包含一个理想的人，一个人的原型，而且，通过他所有不断变化的表现形式，与这一理想不变的统一保持和谐，这是他毕生的任务。"① 我们所探知的人的价值根源，说到底是由于人生命意义的存在而产生价值的。文化本身不是游离于社会之上的，也不是对社会生活的约束，文化不仅仅是一种意识形态的武器，更会在隐蔽的社会批评形态下找到人的价值和人的生命意义。也就是说，无论孔孟确立的儒家人性论还是西方哲学家的言说，都道出了从价值根源来理解"心的文化"的真谛。

第三节　"心的文学"与生命之情

一　"心"、"性"、"情"

徐复观在文学艺术的创作和研究中如何实现"心的文化"所倡导的生命主体和价值理性的统一呢?

徐复观在《中国艺术精神》中为我们呈现了这样一幅图景:从对现实生命的关注开始，以孔孟为代表的先秦儒家成就了道德精神，从对客观世界的倾听开始，以庄子为代表的道家促进了纯粹艺术精神，这两种精神相映成趣、水乳交融，绘就了中国文化的风景画。在这幅风景画中，浓缩了"心"、"性"、"情"几大要素的核心命题，产生了相互影响、相互交织的审美情景。

关于"心"、"性"的关系层面，这是徐复观在分析艺术精神中的重要概念，他在《中国艺术精神》中指出:"在人的具体生命的心、性中，发掘出艺术的根源，把握到精神自由解放的关键，并由此而在绘画方面产生了许多伟大的画家和作品，中国文化在这一方面的成就，不仅有历史的意义，并且也有现代的、将来的意义。"② 从心性中把握艺术精神，从艺术中把握精神自由，这似乎始终是徐复观研究中国文学和艺术的基本思路。

---

① 席勒:《美育书简》，商务印书馆 2012 年版，第 28 页。
② 徐复观:《中国艺术精神·自叙》，华东师范大学出版社 2001 年版，第 1 页。

　　我们在研究徐复观的《中国文学论集》和《中国艺术精神》两部著作的时候，发现徐复观特别强调了艺术创造的动因——"情"。"情"是艺术生发和艺术创造的主动力。徐复观是站在先秦儒家"乐教"理论的基础上定位"情"的作用的。他指出："乐的三基本要素，是直接从心发出来，而无须客观外物的介入，所以便说它是'情深而文明'。'情深'，是指它乃直接从人的生命根源处流出。文明，是指诗、歌、舞，从极深的生命根源，向生命逐渐与客观接触的层次流出时，皆各具有明确的节奏形式。"① 从这段文字看，儒家的乐教文明或者说"礼乐"传统不是道德至上的形而上，而是以关注生命和现实社会为基础的，他们源于"心"，动于"情"，成于"文"，达于"艺"，"情"成为艺术产生的动力基因和艺术欣赏的共鸣点。

　　从审美情态上看，"情"是审美主体心理变化中最活跃的因素。因为"它广泛地渗入其他心理因素中，使整个审美过程浸染着情感色彩，它又是触发其他心理因素的诱因，能推动它们的发展，起着动力作用。"② 从对艺术审美研究的过程中，情感因素的作用和特点，向来是艺术家和哲学家们探讨的重点。徐复观受到了传统儒家美学思想的影响，在他的审美体系中，"情"为动因，"心"为基础，"性"为依托，最终得以艺术展现。他是这样阐述的："从心向上推一步即是性，从心向下落一步即是情，情中含有向外实现的冲动、能力，即是才。性、心、情、才都是围绕着心的不同层次。"③ 情感是动因，也是依托，都归于艺术的发生、生成和表现中。情感是艺术家对生命之情的礼赞和无限寄托，但生命之情不是无缘无故的出现，它需要人类情感的基础和心性的阐发，看似简单的问题，有着曲折的生成过程。情感在生成中需要道德的约定，需要社会力量的推动，是综合因素推动的结果。"耳目等功能的情欲，亦必在心的处所呈现，而成为生活中一种有决定性的力量。情欲不是罪恶，且为现实人生所必有、所应有。宗教要灭情欲，也等于是要灭现实的人生。如实地说，道德之心，亦须由情欲的支持而始发生力量，所以道德本来就带有一种'情绪'的性格在里面。"④ 徐复观看到了情感在艺术创作过程中和生命形态中的

①　徐复观：《中国艺术精神》，华东师范大学出版社 2001 年版，第 16 页。
②　刘叔成、夏之放等：《美学基本原理》，人民出版社 1994 年版，第 308 页。
③　徐复观：《中国人性论史》，华东师范大学出版社 2001 年版，第 106 页。
④　同上书，第 33 页。

地位和作用。强调情感同人的要求、愿望、理想密切相关,带有强烈的主观倾向性。情感需要"心性"的约束,才能在艺术欣赏和美感产生中起到推动作用,因为"作为美感物态化形式的艺术品,不论是侧重于抒发情感的表现艺术,或者是侧重于描绘现实的再现艺术,作者的情感脉络,都会作为作品的内在结构线索潜藏在作品之中"。① 这就是说,我们在欣赏艺术的时候,实际上不仅仅看到艺术家的情感经历,更是在读"心","心性"始终是情感表达的关键和保障因素。

徐复观对"心的文化"的弘扬和传播,在文学上的表现是浓缩到"心的文学"寻求"生命之情",这是儒家传统,是传统知识分子"悲悯天下"的伟大抱负,这种崇高的难以逾越的道德支撑是对"情感"的冲突和限定,也是对"情感"的疏通。在"性"和"情"的关系中,将感情的个体化行为融入社会化的场域中,在"心性"的整体性中展现情感的广泛性和多样性,寻求情感的"真"和"正",寻求平淡温和的感情风格和艺术魅力。徐复观说:"总结的说,人的感情,是在修养的升华中而能得其正,在自身向下沉潜中而易得其真。得其正的感情,是社会的哀乐向个人之心的集约化,得其真的感情,是个人在某一刹那间,因外部打击而向内沉潜的人生的真实化。在其真实化的一刹那间,性情之真也即是性情之正,于是个性当下即与社会相通。所以道德与艺术,在其根源之地常融和而不可分。"② 从这里我们看到,徐复观继承了传统儒家心性伦理观点,强调道德对艺术约束和引导,并对艺术的引导和情感的寄托做了深入的分析。"修养"和"沉潜"是艺术表现的两种方式,"修养"内在情感的道德根基,"沉潜"心性的情感之路,融汇于个人感情的群体意识,包含群体意识的个人情感,这种情感是对世间万物关切之情。以情感的方式关切现实命运、国家前途和社会境况。情感的表现一旦"沉潜",便会呈现出沉郁顿挫的特征,成为文艺美学的实践基础。徐复观对"情"的限定是以道德的限定为依托的,受其心性观的影响,对"情感"的限定和约束成就了其文艺美学的思想外延。作为审美情感的基础,就是要在情感认知的基础上,找准更为丰富、更为深刻的社会内容。

审美情感来自主体对自身本质力量的直观,它已从直观的、狭隘的个

---

① 刘叔成、夏之放等:《美学基本原理》,人民出版社 1994 年版,第 311 页。
② 徐复观:《中国文学精神》,上海书店出版社 2006 年版,第 18 页。

人功利主义升华出来，蕴含着对社会功利的把握。因此，在某种意义上，它不仅在色调上比普通的情感更加充实和深刻，也能够在审美情感和丰富意蕴上净化人的心灵，激发人们对美的热爱和追求，从而提高自身修养的饱满力和真情实感度，也能够成就艺术的社会性和人民性，不至于在情感的把握中，丧失基本的道德遵循和社会评判。鲁迅先生曾经这样说过："我以为感情正烈的时候，不宜做诗，否则锋芒太露，能将'诗美'杀掉。"[①] 情感的支配需要情绪的反应，情绪需要道德的成就，也需要主体能动性和综合能力的蕴蓄。

"生命之情"是艺术家运力的关键点，抒发生命之情，讴歌个人情感，"以情感人"、"以情化人"是我们艺术作品的思想阐发方式。情感的共鸣往往与作家和艺术家的情境认可有极大的关系。在"情"和"景"的关系中，徐复观认为："情为景之本，这是写景的关键。"[②] 景物的描写，境地的白描，都是为了突出感情的表达，中国作为诗词王国，在诗词歌赋中，情景交融的生动画面不胜枚举。无论是对唐诗宋词的情景分析还是对曲辞歌赋的分析中，都能看到情景一体，升华提高的关键所在。这也是传统儒家思想的传递和延续，孔子的"比德"观，就是将无生命无情趣的自然生物，描摹成有丰富情感的人伦意象，成为艺术形象中经典之作。我们在艺术欣赏中，也是利用"心"的内在加工、心性体会，找到主观情感和客观物象融为一体的审美态度。我们常常欣赏于艺术家"感时花溅泪，恨别鸟惊心"的情感共鸣，也惊叹于"鸟宿池边树，僧敲月下门"的情感共染，也会倾心于"一枝红杏出墙来"的生动的表现。情怀，这些都是我们通过"心"的情感体验，追寻不同的生命之情和现实关怀。

在追寻生命情感和艺术精神的时候，作为审美主体，情感因素常常充当感知和想象的动力，这就涉及情感和想象的问题，这也是达到"生命之情"的关键一步。徐复观对比了文学的想象和历史的想象的不同，在《中国文学中的想象问题》一文中指出："在文学与史学的想象中，假定要作质的区别，我可简单说一句，不挟带着感情的想象是史学的想象。文

---

① 鲁迅：《两地书》，《鲁迅全集》第 11 卷，人民文学出版社 1981 年版，第 97 页。
② 徐复观：《中国文学精神》，上海书店出版社 2006 年版，第 73 页。

学的想象，可以说想象的自身便构成文学。"① 这里强调的是，这种想象
不是平白无故的纯客观的想象，是浇灌了感情的想象，是浓缩了主体情感
认知的敏感性关照。这里的"敏感"不仅涉及外在的客观物象，也涉及
内在的主体感知。黑格尔关于这个问题有着经典的说明："充满敏感的观
照并不是把这两方面分别开来，而是把对立的方面包括在一个方面里，在
感性直接观照里同时了解到的本质和概念。"② 黑格尔在这里不仅肯定了
艺术审美和欣赏过程中的主客统一性要素，也说明了这种感情介入的重要
作用。"文学的想象"也需要"心的文学"的能动性作用。我们经常讲
"一叶落知天下秋"，这里讲的就是一个细节、一个眼神、一个动作都能
感知生命的过程，一片飘零的叶子，就是对世界万物的延展性提示。借助
人们的想象、感知和体悟，让世界尽收眼底，让岁月流进生命情感的长
河中。

在徐复观看来，想象和感情是一体的，这一点与黑格尔的理解是一致
的。这对打开想象的翅膀，找到生命的情感和"心的文学"是有益的。
他在强调情感和"心的文学"的本质联系时说："由感情所推动的想象，
与感情融合在一起的想象，这才是值得称为'文学的想象'。不是由感情
所推动的想象，不是与感情融合在一起的，这便不是想象而是空想。"③
徐复观不愧是中国传统文化的推崇者，他深深扎根中国文化的血脉，他在
肯定这一艺术情感在想象中确认的方式中，不断地加以固化和提升。实际
是强调主体和客体的统一性和逻辑自主性。他说："想象的合理性，不应
当用推理、考证的眼光来加以衡量，而是要由想象中所含融的感情与想象
出来的情景，是否能够匀称得天衣无缝，来加以衡量的。"④ 在徐复观三
部纯粹文学论文集中，我们看到他对情感和想象分析的实证研究，体现了
他深厚的文学功底和文学审美能力，这一能力镶嵌进中国传统文化的情景
交融、情景统一中，形成了独特的文艺美学的审美功能论，这将在第四章
中做出全面的分析和研究。

这里我们需要注意的是，徐复观关于"心"、"性"、"情"的分析和
关系研究，是基于传统儒家心性美学为基础的，这里渗透了道德和艺术的

① 徐复观：《中国文学精神》，上海书店出版社 2006 年版，第 18 页。
② 黑格尔：《美学》第一卷，商务印书馆 1997 年版，第 167 页。
③ 徐复观：《中国文学精神》，上海书店出版社 2006 年版，第 83 页。
④ 同上。

双重变奏。既重视客观物象和主观内涵的完美统一，也融合了对关注生命之情的"心的文学"的关注。但是，我们是不是可以说，徐复观的文艺美学思想中不需要理性的贯注呢？那显然是不对的，但是理性如何关注生命，体察生命之情？这成为我们继续思考和研究的焦点问题。

二 理性贯注生命

徐复观对理性和生命的连接点关注已久，他通过艺术的精神和美的产生来找到理性关注生命的真谛。艺术精神是主客相融的共相产生，美生成于主客体相互感应的思想。从人性的角度分析，生命中有理性的贯入，理性中有生命的渗透，理性贯注生命是有深刻意义的。

文学艺术的理性来自哪里？从某种程度上说，它们来自生命本体，无论是荣格的集体无意识还是弗洛伊德的"潜意识"都是对人类生命本体的思考和总结。从中国传统文化看，对生命的关注包括对大自然的热爱成为文学艺术的描述对象。我们从中国古人的生命意识中，能够找到中国古典美学审美原则的形成，也有助于解释一些人文的现象。徐复观强调这一点，他对中国文化中的人文现象进行了详细的分类，而诗歌是艺术门类中的"生命整体的自我呈现"①，注重从生命的源头探讨艺术的根源，徐复观所谈到的"广度的学问"，实际上是逻辑层面的知识类学问，相对于知识的产生，属于发明创造类的理性知识层次，是对世界形式的分析和判断。他所谈到的"深度的学问"，实际是体验层面的学识类知识，从中国传统的道德观念、宗教习俗和山水诗词等方面的知识和认识，属于人类心灵内部的开掘，有着深厚的体验性认识和开掘性命题。我们从这一角度看，文学和艺术偏重于深度知识的开掘，是潜藏在生命之中的诗性认识和本质性知识。无论是诗词歌赋，都是对生命本身的认识，发现生命的意义，并将价值根源建立在生命之上，无论是对生命的"感动"，对大自然的咏叹，还是对社会生活的无限感情，都属于对生命的认识，渗透着生命的理性。文学对世界的认识是对世界本身客观事物的反映，照亮人生的意念性理性将文学镶嵌在历史的观念中，理性存在于生命之中，潜伏于生命之内，对于艺术家而言，往往将生命的理性认识贯通于艺术世界中。

从艺术的真、善、美三个层次看，追求艺术的真实是对客观世界的真

---

① 徐复观：《中国人性论史·先秦篇》，上海三联书店 2001 年版，"自序"第 1 页。

实性描绘;追求艺术之善,是通过艺术的表现展现人类社会的良知;追求
艺术之美,既有对形式的无限完善的追求,也有对美感体验的提升和升
华。生命的本真在理性中得以贯通,从"至诚至爱"到"性真性善"都
体验出客观世界的生命精神和生态意识。艺术家和哲学家在生命艺术的镌
刻中,需要彰显历史责任和社会担当,充满着理性的价值判断,为人类社
会忧虑,为生命之树礼赞,是他们的责任。

　　理性贯注生命,这里的理性常常表现为一种责任意识,一种生命的价
值。艺术家是社会的良知,是社会的净化器,他们承担着社会责任,是推
动社会向善发展的动力。而艺术的核心价值是彰显人文精神,从不同的艺
术趣味和艺术表现形式中发现人格、尊严、道德、宗教、观念等,让社会
因为有了精神世界的浸润而丰富。从这一点上看,徐复观在对"达达主
义"的研究中,显示了自己对中国传统文化饱满的文化精神的热爱和艺
术精神的开拓。我们抛开现代艺术,分析后现代的种种艺术形式,可以对
"理性贯注生命"这一命题有更深的理解,意大利哲学家巴斯琴诺·汀帕
纳在《关于感性主义》一书中写道:"在形形色色的历史性确定的社会
里,爱、人的存在的短暂和脆弱、人的渺小和弱点与宇宙的无限,这些在
文学作品中以非常不同的方式得到表达,但仍然不是以如此不同的方式,
结果对于诸如性本能、老年造成的虚弱、对自己死亡的恐惧和对别人死亡
的悲哀这样的人的境况的持续体验而言,所有的参照都已丧失。"① 这段
话从反面证实了与我们人类相联系的受难的境况、贫困的境遇、会导致生
命理性意义的丧失,从而成为人的另类状态。

　　在徐复观看来,文学艺术本就是生命本体的价值性表现,是理性艺术
的再生性产物。他在对当前艺术形式的分析和研究中,对理性和非理性都
强调了价值性。他说:"当前流行的'意识流'的小说和'白日梦'的
诗,从他们要把生命的原始感情,不折不扣地表达出来的这一点来说,这
也可以说是更迫近到小说、诗的本质。他们的问题是,只承认原始的感情
(即潜意识、意识流)是出自人的生命,但道德理性与认识理性,为什么
不是出自人的生命?而一定要贬斥于人性之外呢?"② 他的这一反思更是

---

① 〔英〕特瑞·伊格尔顿著,方杰泽,《文化的观念》,南京大学出版社2003年版,第
127页。

② 徐复观:《环绕李义山(商隐)锦瑟诗的诸问题》,《中国文学论集》,(台北)学生书
局1982年版,第184—185页。

对道德理性在艺术作品中渗透性的揭示，人的生命和精神性的价值是一体的，生命的成长性伴着道德理性的存在不断地发展，道德和精神的内隐性潜藏在人的生命中。徐复观在《中国文学论集》中深入分析了这一焦点问题，他指出："古今中外真正古典的、伟大的作品，不挂道德规范的招牌，但其中必然有某种深刻地道德意味以作其鼓动地生命力。道德实现的形式可以变迁，但道德的基本精神，必为人性所固有，必为个人与群体所需要。西方有句名言是'道德不毛之地，即是文学不毛之地。'这是值得今日随俗浮沉的聪明人士，加以深思熟虑的。"① 从这一阐述中，我们很清楚地看到，道德也是有生命的，而贯通道德理性的生命精神，往往贯穿于文学艺术中。这种道德意味也有着深刻的情感性体验。没有实际的生活体验，不可能有刻骨铭心的体验和感受，自然也不可能创作出艺术作品。不进入反常的世界，就不可能从本体的意义上去理解反常世界的种种现象。在别人熟视无睹中发现艺术之真、追寻艺术之善、描绘艺术之美，既是道德价值的渗透，也是对生命价值的体认。苏联作家陀思妥耶夫斯基之所以能写出震撼人心的艺术作品即在于他对所描写的生活有着切身的体验和感受，为我们呈现出充满价值趋向和道德意义且极具价值的文艺作品。我们看到那些带有生命力的作品，像《白痴》《被侮辱和被损害的》《卡拉玛佐夫兄弟》都是富有感染力的经典之作。

理性贯注生命的价值内涵促使徐复观作反省性的哲学思考，这一艺术的评鉴方式"一方面透露了背后的理性支持，另一方面又强调了其感情质体"②，既渗透着生命意义的生成，也有着理性精神的引导。对艺术情感的把握融进了哲学思索和理性探索，也充满着艺术家能动性的艺术感情和生命追寻。这里有情感的因素也有理智的因素，属于情感与理智的综合体。理性贯注生命，这里的理性除了社会责任和道德意识，需要理智的逻辑推理和精神取向分析。从历代艺术家的创作体会来看，我们可以辩证地看待这一逻辑关系。英国文学大师奥斯卡·王尔德曾经指出："人生因为有了美，所以最后一定是悲剧。"③ 他道出了人类生命世界的终极命运：

---

① 徐复观：《儒道两家思想在文学中的人格修养问题》，《中国文学论集续篇》，（台北）学生书局1981年版，第18—19页。

② 徐复观：《释诗的比兴——重新奠定中国诗的欣赏基础》，《中国文学论集》，（台北）学生书局1982年版，第105页。

③ 李明滨：《二十世纪欧美文学简史》，北京大学出版社2000年版，第78页。

人类生活在其中的世界,是一个非人本位的自在世界,这个世界有着自己的法则,人受制于它的掌握。它既给予人欢乐,将美赐予人类,又将人所追寻的最有价值和意义的生活以终极悲剧宣告结束。徐复观在《中国艺术精神》中,针对这一问题进行了宏观和微观上的综合研究,透过艺术本身体现出丰富的理性魅力和价值根源,这就是艺术本身的价值所在。

三　生命投射理性

在文学艺术中,徐复观看到了理性关注生命本身的价值和意义。但同时,艺术生命也通过作品反映出的"格调"和"意味"投射到理性之中。如果说前者是文学作品中的价值论,那么后者则是艺术中的格调篇。徐复观倡导的"心的文化"在文学作品中表现为"心的文学",这一文学的塑造形式构成了基本的创作理念和文学欣赏论,从某种意义上讲,"心的文学"实际上是讲究"工夫"和"酝酿"的,是具有牵一发而动全身的敏感性意识体系。

"工夫"和"酝酿"都是对作家道德品性的具体化,徐复观对此专门提到了其中的重要性。他指出:"文学艺术的高下决定于作品的格,格的高下决定于其人的心,心的清浊深浅广狭,决定于其人的学,尤决定于其人自许自期的立身之地。"① 每一部作品都有其本有的品格,品格的产生得益于作者内在的道德和品性,而决定这一高低水平的,恰恰是作者的"心","心"是人的灵魂栖息地,正是通过"心"的昭示,给人们带来的是人格魅力的展现。作为"工夫"和"酝酿",这是作者向来推崇的创作理念,也是"为文"和"为人"的结合点。这种以自身为焦点,将自身"心"的成长作为客观把握的对象,体现人性论的本真状态。用徐复观的话来讲就是:"为了达到潜伏着的生命根源、道德根源的呈现——而加内在的精神以处理、操运的,这才可谓之工夫。"②这里的内在的精神是在心的引导下进行价值观念的恒定和把握,将心的细微品鉴、性灵关照不断地塑造出来。

徐复观是现代新儒家的重要代表,他在传承先秦儒家思想和宋明心性

---

① 徐复观:《溥心畬先生画册序》,《徐复观杂文——忆往事》,台北时报文化出版事业有限公司 1980 年版,第 157 页。

② 徐复观:《中国人性论史·先秦篇》,上海三联书店 2001 年版,第 409 页。

理学方面是有坚实功底的，不管是将"工夫"拿到自己的艺术创造中，还是放在文化哲学上，都用力极深。我们抛开这一命题，去看王阳明、熊十力、徐复观对"工夫"的理解，实际上也都是对传统儒家重"心"传统的推崇。传统儒家强调"天人合一"和王阳明所强调的"工夫即本体"是同宗同源的。这种通过"工夫"所发掘出精神内核中的精神性阐发是一脉相承的。我们强调"天人合一"是对大自然的回归和渴望。人类长于自然，进化于自然，和其他生命一样，在大自然中繁衍生息。自然是人类生存的摇篮，人的本性就是亲近、向往自然。从天人的和谐关系中，我们人类找到生命的本源。这一本源促使了艺术的产生。山水也好，精神也罢，自古就是中国文化特有的美学精髓。情之所依，灵之所系，面对浩瀚山水，人可以从中获得深厚的人生感悟，无论是面对生命个体的"沧海一粟"，还是面对生命精神的"逝者如斯夫"，都是生天地之念，求宇宙之思。

艺术家的思考，是一种理性提升的过程。往往通过对生命体察和生活感悟，悄悄走进艺术家自己的理性生命中，在大自然无限性展示面前追寻自身有限性的领悟，在外在世界的博大庞杂中追寻自身的价值意义。这时候人格和修养就会走进作品中，走进读者中，走进互动的人的世界。无论是儒家还是道家在面对这样一个命题的时候，都表现出对涵养人格的重视和注重。徐复观在《中国文学论集》中是这样概述的，他指出："中国只有儒、道两家思想，由现实生活的反省，迫进于主宰具体生命的心和性，由心性潜德的显发，以转化生命中的夹杂，而将其提升，将其纯化，由此而落实于现实生活之上，以端正它的方向，奠定人生价值的基础。所以只有儒、道两家思想，才有人格修养的意义……禅所给予文学的影响，乃成立于禅在修养过程中与道家——尤其是庄子，两相符合的这一阶段之上。禅若向上一关，便解除了文学成就的条件。所以日本人士所夸张的禅在文化中，在文学艺术中的巨大影响，实质是庄子思想借尸还魂的影响。"[①]这段文字是客观的，是徐复观对儒、释、道关于文学中人格修养的价值意义的高度概括，当然这里的"释"并不是指佛教本身，而是仅仅就禅宗中的现象进行说明，但是表达的意义是丰富的。徐复观主张中国思想文化是儒道共鸣的，在他的思想中，禅宗可归入庄子所倡导的"道"中，无

① 徐复观：《中国文学论集续篇》，（台北）学生书局 1981 年版，第 4—5 页。

论是"空静""虚空"都是认识主体对客观世界的融合再造，具有涵盖性，无需做出特殊性说明，所以只要都是从"真、善、美"上做文章，其影响是一致的。

所谓文学正是基于这一读"心"的传统，古往今来，人们将文学看作"心学"，是从心性的发生展开的。儒家的"至诚至性"是最好的注解，但就道家而言，其含义是宽泛的，如徐复观而言，"由道家所开出的艺术精神，则是直上直下的，因此，对儒家而言，或可称庄子所成就为纯艺术精神"①。我们可以看到庄子精神中的"道法自然"，但是如何理解在自然中的精神力量呢？山中岁月静长，精神在这里可以放空一切，沉浸其中，感悟灵魂的洗礼，香茗在手，鸟兽虫鱼都是自然界平等之众生，心中悠然的确实是无限的力量。生命就是在这样的力量中不断沉潜、凝练，这种追寻"真善美"的力量最终成就了艺术带来的力量，这里有创造者的力量，也有欣赏者的力量。现代新儒家的另一个重要代表人物熊十力则更看重这一点，他将儒、释、道三大家融会贯通，将虚静之心凝练成"追寻本心"的彻底"修心之术"，成就的不仅仅是艺术精神，还匡正了人类的行为，用修养和人格照亮文学的世界，产生更加纯正的艺术况味。

我们都知道，儒家是在"仁政"上做文章的，而道家是在"无为"上做文章，佛家归结在"自在"上，三者看似截然不同，这是否就意味着三者就是泾渭分明、老死不相往来呢？在文学艺术上，答案至少是否定的。我们在研究刘勰《文心雕龙》关于"修养"的内涵可以看出，徐复观从来不使用"功夫"，而是以"工夫"来表达。文学中的工夫，有其扩展的意义，具体推及作家心灵综合的整体的修养，其内容自然附带文学的特殊意义，变得更加丰富多彩。这也可以说是两个层次，正如刘勰《文心雕龙》中所论述的，"何哉？意翻空而易奇，言征实而巧也。是以意授于思，言授于意。密则无际，疏则千里。或理在方寸而求之域表，或义在咫尺而思隔山河"②。从这个角度上看，无论是神思的凝结还是对艺术世界的把握，都有着一致性，那就是让"心"在综合游离中不断穿梭，或引领着走向无边的旷野，或引申为巨大的力量，形成感悟生命和理性能量的力量之源。

① 徐复观：《中国艺术精神》，华东师范大学出版社 2001 年版，第 82 页。
② （南朝梁）刘勰：《文心雕龙》，上海古籍出版社 1986 年版，第 121 页。

　　徐复观在分析诗歌的时候，阐述了这一观点："一个人把自己所遭遇的内、外问题，不诉之于理智的分析，也不诉之于意志的行动，而只是酝酿在心里头，有如把葡萄密封在罐子里，等它发酵倒出来时，便不是水而是酒。酝酿在心里的东西也会发酵，这种发酵，是'问题的感情化'，把感情化了的东西，加上自己的想象力，用文字表达出来，表达得恰与原有的感情相合，这便是诗。"① 从徐复观对诗的产生做出的判断，我们可以看到，他十分注重"问题的感情化"，既然是感情化，也就是情感化了的心灵，或者说是情感化了的思想，这种思想的情感化的产生，并不是认识主体的主观创造，更多是一种精神的酝酿和"工夫"的积累，那是心灵和客观外在的紧密结合，凝结形成的根源性的探索，在心灵上辗转反侧之后的固态化结构。徐复观特别欣赏李义山（李商隐）的诗歌，我们在后面做了一个章节的分析。徐复观看重人生力量和生命价值对艺术产生的导引性作用，审美主体和客观事物本身之间不是简单的依附关系，而是在不断酝酿反复凝练中形成的。正如他所言："客观中有主观，主观中有客观，主客观是融合而为一的。"②

　　生命投射理性实际上还是将"生命和理性的合一"③在更高层次上的展现。这就是徐复观对"心的文化"进行精神性的指引和灵魂性的展示，是对文学艺术精神的本质阐发，逐渐形成了他独特的文学观念和美学理念。

---

　　① 徐复观：《环绕李义山（商隐）锦瑟诗的诸问题》，《中国文学论集》，（台北）学生书局1982年版，第180页。
　　② 同上书，第251页。
　　③ 徐复观：《中国文学论集续篇》，（台北）学生书局1981年版，第4—5页。

第四章　人文精神与艺术意味:徐复观
文艺美学的思想特征

徐复观不是抱残守缺的儒者或士大夫,而是学贯中西、关心国家命运和前途的知识分子。他具有广阔的文化视野和相当的科学文化知识,怀着"家国情怀",坚守着中国传统思想中的人文精神。中国的人文精神源远流长,"人文"一词最早出自《周易》,《周易·贲卦·象传》曰:"关乎天文,以察时变,关乎人文,以化成天下。""人文"最早就有教化天下的意味,中国传统文化始终洋溢着浓厚的人文主义精神,始终贯穿着重视人伦、崇尚人格、关注人生这一人文主义的主题。中国古代美学以人为中心,基于对人的生存意义、人格价值和人生境界的探寻和追求,旨在说明人的精神境界和审美境界的建构和提升。现代新儒家始终立足于人文价值点关注艺术精神,坚守人文精神,他们所强调的,正是传统儒家对人本主义的探索,是对人文精神的召唤。

作为现代新儒家的杰出代表,徐复观从传统儒家的"礼乐并重"的观念出发,阐发孔子的乐教理论和艺术精神,认为历史上的"礼乐并重"强调了人格涵养和艺术修养之间的融合和贯通,总结并阐发了美善相兼的美学理论和心灵主体的审美原则。徐复观还从庄子哲学中挖掘出审美的性灵观和艺术自由的审美品读。他对庄子哲学中艺术自由精神的开拓和审美情感的发挥,都具有深刻的意义。针对孔子所主张的"仁乐合一"的审美典范,徐复观有着自己的解释:"这是道德与艺术在穷极之地的统一,可以作万古的标程;但在实现中,乃况千载而一遇。"① 这里徐复观强调了孔子对艺术精神创造过程的审美解读。针对庄子艺术精神中的纯艺术形式,认为是一种"虚静"状态下艺术人生化的美学追求和人生艺术化的

---

① 徐复观:《中国艺术精神》,华东师范大学出版社 2001 年版,"自叙"第 4 页。

审美探索，是一种纯粹艺术化的精神品格，这一艺术精神引导着艺术家和
欣赏者走进创作主体内部，探知"虚静之心"、"自由之心"，把握住中国
艺术精神的核心和主旨。

第一节 为人生而艺术

徐复观的艺术论以及他整体的美学思想都是根植于他对中国文学和艺
术进行的思想史研究中。他对艺术的深刻体察和深入体悟促使他在艺术价
值论上注重空阔的视野和内在的反省，他对中国古典文化的深邃体察是一
以贯之的。这一研究为他的艺术论研究注入了源头活水。徐复观是坚定的
"知人论世"者，据此，他认为艺术的品格高下，就在于欣赏者通过艺术
感受艺术家的高尚之心。这也是徐复观在艺术本质论上坚持"为人生而
艺术"的内涵。

一 何为"艺术精神"？

徐复观的专著《中国艺术精神》通篇没有离开对"艺术"和"艺术
精神"的探索。他在自己的文学研究专辑《中国文学精神》中，也通过
文学、艺术的研究，反复揣摩和总结艺术精神，他指出："文学、艺术，
乃成立于作者的主观（心灵或精神）与题材的客观（事物）互相关涉之
上。①"这里的"互相关涉"巧妙地将文学艺术的精妙之处以点睛之笔揭
示出来。文学艺术是心灵的艺术，它是通过文学和艺术的客观形式，来
表现人的心灵和精神，同时对客观事物产生各种影响。实际上，文学和
艺术是艺术家将内在心灵和外在事物巧妙结合、互动传达的结果。外在
事物是他们的参照系，内在心灵是精神的栖息地。英国作家、学者蒲伯
曾经对这一文学精神和艺术精神以诗的形式做了精妙的说明："自然永
远灵光焕发，毫无差错，它是艺术的源泉、目的和检验的标准，就像自
由，她让自定的法则，给自己以限制。②"从这首充满智慧的诗歌中，我
们看到文学和艺术是描绘客观事实的，是描绘自然所彰显的力量、生

---

① 徐复观：《中国文学精神》，上海书店出版社 2004 年版，第 6 页。
② 蒲伯：《批评论》，《文学理论学习参考资料》，春风文艺出版社 1992 年版，第 157 页。

命、善良和美的,正是通过这一艺术形式的描摹,我们从中找到美,找到艺术的生命之光,找到精神的巨大力量,找到人类的精神食粮。徐复观在专门讨论"文学精神"的文章中,又对艺术作品连接创作者和艺术精神的互动性和关涉性上做了详细的说明:"艺术作品,既不是纯主观的,也不是纯客观的。是把主观生命的跃动,投射到某一客观的事物上去,是借某一客观事物的形象,把生命的跃动表现出来,以形成晶莹朗澈的内在世界,这就是艺术的精神境界。因此不仅未被主观所感所思的客观事物,根本不会进入文学、艺术的创作范围之内,而且作者的人格修养和理想追求,对客观事物的价值或意味的发现有着重要的影响,从而使艺术作品所表现出来的生命跃动有不同的层次,使艺术精神有不同境界。"① 徐复观也是关注到艺术世界主客体的起承转合,互动融合的作用,在对客观外物的逼真性描述中,贯注生命的精神,注重文学艺术的根基和艺术精神的生成。他的这一思想对自己的文学研究、艺术探讨起到了提纲挈领的作用。这一思想的产生,也得益于他对中国传统文化深入的研究和探讨。我们在回顾古代文学理论的代表作品中,会经常找到这一思想的影子,无论是《尚书·尧典》的"诗言志"还是《文赋》中的"诗缘情而绮靡"都是对艺术精神的探索,是对文学精神的高度概括。就连哲学家萨特都提出了尖刻的观点:"艺术是一种逃避,对一个人来讲,是一种征服的手段。②"他是基于写作的目的,也就是艺术创作的终极目的来探索艺术的,但无论是"逃避"还是"征服",都是对心灵解放的研究,是对艺术精神的深层次把握。

中国传统文化始终洋溢着浓厚的人文主义精神,始终贯穿着重视人伦、崇尚人格、关注人生这一人文主义的主题。中国古代美学以人为中心,基于对人的生存意义、人格价值和人生境界的探寻和追求,旨在说明人的精神境界和审美境界的建构和提升。徐复观始终立足于人文价值去关注艺术精神。他指出:"真正有生命力的文艺作品,一定是从现实人生中酝酿而来,实际也是对现实人生负责。这即所谓'为人生而艺术'"③。他

---

① 徐复观:《从艺术的变,看人生的态度》,李维武编《徐复观文集》(第一卷),湖北人民出版社 2009 年版,第 265 页。

② 萨特:《为什么写作》,《西方思想家研究述评》,中国社会科学出版社 1998 年版,第 2 页。

③ 徐复观:《中国知识分子精神》,华东师范大学出版社 2004 年版,第 216 页。

所强调的，是传统儒家对人本理念的重视，对人文精神的召唤。中国的人文精神源远流长，《周易》曰："关乎天文，以察时变，关乎人文，以化成天下。"徐复观把周代初期看作人文精神的酝酿期，这一时期开始了人性论的培育。周人建立了一个由"敬"所贯注的"敬德""明德"的观念世界，以明察和指导自己的行为，对自己的行为负责。周初的"忧""敬""命""德"等概念的出现，标志着中国人文精神的最早出现。到了春秋时代，人们开始在"礼"上体现人与人的价值关系。孔子将"礼"安放于内心的"仁"之中，他提出"仁道"的理念，是对人性论思想的积极倡导，也是对中国传统文化中人文精神的积极弘扬。"仁"的精神成为我国传统文化中最富有魅力、最有持久性影响的传统文化观念。孟子是以"性善论"为核心的，所以当孟子说"仁，人心也"的时候，实际上是说"仁，人性也"。这正是继承了"孔子人性论"的核心思想。徐复观认为道德和艺术同属于民族文化，二者都属于文化艺术的两大支柱，都会在文化的根基下相互渗透、相互转换，因此，他说"儒家所开出的艺术精神，常需要在仁义道德根源之地，有某种意味的转换。没有此种转换，便可以忽视艺术，不会成就艺术"。① 这里的"转换"就是指人格修养，艺术家的个人品质、性情都会在艺术作品中得以表现。这说明徐复观已经在儒家和道家之间寻找到了共通之处。无论是积极进取的儒家，还是追求恬静平淡的道家，他们的哲学基础都根植于对"人"的关注，根植于人与社会的关系。

徐复观将道家尤其是庄子的艺术精神归结为"为艺术而艺术"。值得注意的是，徐复观所说的"为艺术而艺术"并不能简单认同为西方的"为艺术而艺术"，他在《中国艺术精神》一书中明确指出："西方所谓的'为艺术而艺术'，常指的是带有贵族气味、特别注重形式之美的这一系列，与庄子的纯素的人生，纯素的美，不相吻合②。"而只因为庄子思想相对于以孔子为代表的儒家思想而言是不需要转换的，"由道家所开出的艺术精神，则是直上直下的，因此，对儒家而言，或可称庄子所成就为纯艺术精神"③。庄子所追求的"逍遥游"是艺术家所期待的创作状态，道

① 徐复观：《中国艺术精神》，华东师范大学出版社 2001 年版，第 82 页。
② 同上书，第 81 页。
③ 同上书，第 82 页。

家提出的"心斋"、"坐忘"是艺术家摆脱知识和欲望的方式，而庄子的"虚静"之心是中国艺术精神的主体。

徐复观的艺术精神论第一次将孔子和庄子作了明确的定位。孔子的伦理哲学主要落实在道德学说上，庄子的"虚静说"落实在艺术创造上。中国文化包含了儒家思想的伦理道德哲学和道家的人生哲学、艺术哲学，将中国文化的多元性和复杂性展露出来。《中国人性论史·先秦篇》是徐复观对孔子思想的阐扬，其目的在于高扬儒家的道德理性，这也是港台新儒家的一贯主张。在《中国艺术精神》中，徐复观将重点转移到道家，尤其是庄子思想，其目的是进一步发掘庄子思想所包含的艺术精神，道家对"道法自然"及"大道自然"等自然主义的推崇也从根本上彰显了人本主义。在自由的审美观和艺术精神的挖掘上，道家和儒家都看到了审美主体对艺术对象的深入挖掘的内在动力。

二　礼乐精神

先秦儒家对"礼乐"尤为重视，孔子就是通过音乐找到自己"仁"的立足点，将礼乐文化作为中国传统文化的重要脉络。"礼"和"乐"成为儒家哲学的两个基本观念。礼乐文化延伸至礼乐文明，"礼"是文明的躯壳，也是"乐"文化的外在表现，而"乐"通过孔子的乐教理论逐渐衍生为独特的艺术门类和艺术精神。"礼乐精神"是人们对自身认识的精神反映，"礼乐精神"也体现了孔子在道德传统和艺术形式上的结合和创新。徐复观恰恰看到了孔子对"礼乐并重"和"礼乐精神"的重视，将"美善相兼"的艺术审美精神演绎到极致。礼乐精神与艺术精神从本质上来说是不矛盾的，艺术精神就是在"乐"中不断展现出来，而音乐因为有了"仁"的渗透，才显示出更加强大的力量和审美功能。

由"礼乐精神"推演出来的"礼乐文明"的不断发展，造就了"礼乐文化"的大发展、大繁荣，成为中国传统文化的重要因素和发展基因。以孔子为代表的儒家先贤延续先秦的优良传统，传承良好的艺术精神，推动了儒家文化的繁荣和发展。儒家正是对周文化的极力推崇和不断发展，促进了华夏文化的丰富和博大精深。"儒家以尧舜禹汤文武周公之道为楷模，特别是从制'礼'作'乐'、以'德'辅'天'，极大地发展了伦理观念的周文化中吸取了思想营养，它表现为对周文化的较多的正面的继承和发展。"① 以"乐"来辅佐"礼"是周文化的鲜明特点，礼乐一体、礼乐并重是对我国传统文化的普遍认识。但徐复观提出了不同的观点，他认为，从艺术的起源来看，"游戏说"更契合艺术的本性，而音乐、舞蹈等形式都是不需要凭借其他工具的艺术形式，因此他认为音乐可能是较早的艺术形式。其次，他认为在甲骨文中已经多次出现了"乐"字，"乐"的意义和写法都日臻完善，史料记载已经充分说明"乐"比"礼"出现得更早，或者"乐"比"礼"更能显出艺术性。直到周王朝的发展初期，"礼"开始注重各类仪式的规范和发展，"乐"开始演变为朝廷的乐章仪式，"礼"、"乐"在特性上属于不同的文化类别，"礼"的重要性超过了"乐"。徐复观在《中国艺术精神》中对此作了较为完整的分析和判断，他说："礼的最基本意义，可以说是人类行为的艺术化、规范化的统一物。"② "礼"是一种秩序的反映，更是对人伦秩序做出更多的要求和约束。具体的"礼"表现出更多的制度性的要求。"礼的规范性是表现为敬与节制，这是一般人所容易意识到的，也是容易实行的。乐的规范性则表现而为陶熔、陶冶。这在人类纯朴未开的时代，容易收到效果；但在知性活动已经大大地加强、社会生活已经相当地复杂化了以后，便不易为一般人所把握，也是一般人在现实行为上无法遵行的。"③ 这种对"礼"的传承和发展，一直到了春秋时代，孔子面对"礼崩乐坏"的社会现实，认识到"礼"的外在性和强制性已经难以发挥应有的功用，为了对当时奢侈糜烂的社会风气加以矫正遂将乐教置于"礼"之上。孔子后来提出了"文质彬彬，然后君子"，这既是对君子政治德行上的要求，也成为艺术精神的重要审美标准。正如徐复观强调的是："文质彬彬，正说明孔子依然把规范性与艺术性的谐和统一，作为礼的基本性格。"④ 他在内容和形式中寻求和谐统一，在德行和艺术中寻求共鸣和谐。这一点在哲学史家冯友兰那里也得到了赞同，后来很多美学家对此都是欣然认可，并对美学的审美标准和美感建立做出了丰富的判断。"礼乐并重，并把乐安放在礼的上位，认定乐才是一个人格完成的境界，这是孔子立教的宗旨。所以他说

---

① 赵明、薛敏珠：《道家文化及其艺术精神》，吉林文史出版社 1991 年版，第 34 页。
② 徐复观：《中国艺术精神》，华东师范大学出版社 2001 年版，第 2 页。
③ 同上书，第 3 页。
④ 同上。

出了'兴于诗,立于礼,成于乐。'（论语·泰伯）的话。"① 这是孔子"乐教"伦理推演出的"乐教"文明,成为孔子艺术精神中的核心和关键。

如上所述,徐复观认为,孔子及其弟子都认为音乐的艺术境界与人的精神状态会自然而然融合,这是儒家如此重视乐教的原因之一。此外,孔子认为音乐在政治教化中有积极的作用。而"儒家在政治方面,都是主张先养而后教。这即是非常重视人民现实生活上的要求,当然也重视人民感情上的要求……儒家的政治,首重教化;礼乐正是教化的具体内容。由礼乐所发生的教化作用,是要人民以自己的力量完成自己的人格,达到社会（风俗）的谐和。"② 荀子虽然是性恶论者,特别重视礼的功用,但他也充分肯定了乐的作用,因此作了《乐论》,徐复观认为荀子"虽然认定性是恶的,因而情也是恶的;但他了解,性与情,是人生命中的一股强大力量,不能仅靠'制之于外'的礼的制约力,而须要由雅颂之声的功用,对性、情加以疏导、转化,使其能自然而然地发生与礼互相配合的作用,这便可以减轻礼的强迫性,而得与法家划定一条鸿沟"。③ 孔子的哲学思想是政治伦理型哲学,因此,乐教成为除了礼之外的政治教化的工具和手段。

其实,孔子及其弟子之所以重视乐教,最根本的原因在于他们看到了"乐教"对规范个体人格精神和陶冶情操上的积极作用和有效功能。徐复观对此在审视孔子对音乐探索而上升为艺术精神的时候指出:"艺术是人生重要修养手段之一;而艺术最高境界的达到,却又有待于人格自身的不断完成。这对孔子而言,是由'下学而上达'的无限向上的人生修养,透入到无限的艺术修养中,才可以做得到。"④ 徐复观认为,从荀子的《乐记》中"乐也者,动于内者。礼也者,动于外者也",足以看出儒家的乐教思想。在徐复观看来,音乐的三个基本要素——诗、歌、舞,这三者都是不需要假借于外物就可以成立的,他们是"三者本于心",他们只需要跟随内心的感情而自然流露出来,因此他认为"乐"本来就是由内心生发出来。情感和心灵是互动的感性脉搏,情欲是支配音乐内在感情性

---

① 徐复观:《中国艺术精神》,华东师范大学出版社 2001 年版,第 3 页。
② 同上书,第 14 页。
③ 同上书,第 13 页。
④ 同上书,第 18 页。

的重要基础。徐复观在分析艺术和情感的关系时强调："情欲一面因顺着乐的中和而外发，这在消极方面，便消解了情欲与道德良心的冲突性。同时，由心所发的乐，在其所自发的根源之地，已把道德与情欲，融合在一起，情欲因此而得到了安顿，道德也因此得到了支持；此时情欲与道德，圆融不分，于是道德便以情绪的形态而流出。"① 从某种意义上来说，欲望可以消解情欲，使情感得到净化。徐复观认为从孔子学习音乐的过程可以看出他对音乐的学习主张从外在的技术层面深入内在的精神层面，更重要的是体会精神具有者的人格和修养。而这种精神的体会需要欣赏者自身具有高尚的人格，而提升自身人格也是乐教的根本目的，因此人格的提升成为孔门乐教的起点，也是最终的目标。孔子将"仁"引入礼乐文化，其目的就是要人们以"仁"为乐，成为"文质彬彬"的仁者。

　　徐复观对道德和艺术的系统整合是他基于对中国传统文化精髓的深入研究，是他对中国传统文化注重德行和人文精神的深刻理解。他对比了东西方文化的异同点，做出了自己的判断。中国传统文化的特点是对人生境界和道德理想的培育，是对天人之际与人际和谐的追求。在现代新儒家的心目中，中国文化主要表现为从理想上创造人、完善人。要使人符合理想，有意义，有价值。而西方文化则以物为主体，以自然为本位，倾向于追求外在表现，表现为一种物质形象化的文化精神。西方文化重物质、重物理，偏重在物质功利方面，不脱自然元素性。中国文化精神最注重的，乃是教人怎么样做人，践行人道。究其根源，美学家李泽厚说的好："人类中任何个体自我实践都是主动地创造历史，其中充满大量偶然因素，注意研究这些偶然因素，才能更深刻地理解人作为伦理学主体性意义所在。"② 从历史上看，礼、乐是周代文化的两大干系，都来源于原始宗教。礼，原为先民敬奉神仙的仪式，后来变成敬祖祭天的礼仪，进而成为文明社会人与人之间的规范礼则。这样，礼就由原来的自然形式逐渐被赋予了文明的政治道德意识，原始宗教的大量成分也被保存了下来，进而渗透到后代的道德哲学之中。在后来的历史中，伴随着礼与乐，产生了各种道德与艺术的文化形式，而道德精神和艺术精神贯注其中并据以渗透到传统文化的各个角落。在道德和艺术的关系中，两者相互联系，不可分割。用徐

---

① 徐复观：《中国艺术精神》，华东师范大学出版社 2001 年版，第 17 页。

② 李泽厚：《中国近代思想史论》，人民出版社 1987 年版，第 213 页。

复观的话来讲，就是:"乐与仁的会通统一，即是艺术与道德，在其最深的根底中，同时，也即是在其最高的境界中，会得到自然而然的融合统一，因而道德充实了艺术的内容，艺术助长、安定了道德的力量。"① 道德和艺术是中国文化的两极，二者的汇通成就了中国文化的"智"性和"哲"性。这既是对"生生之德"传统的弘扬和传播，也是对"美善相兼"的审美风格的深化和发展。

徐复观受传统儒家思想的影响，坚守人文精神和儒家文化，他的人文主义倾向就是要做到"合内外之道"。"内外之道"既是内在精神的支撑，也有外在规范性的引导，他用中国人性论的基本思想来坚守人文主义的底线。他认为"人性论"不仅在思想上奠定了中国传统文化的哲学史地位，也在精神和灵魂上支撑了中华民族的伟大力量和凝聚力，成为民族精神和时代精神发展的强大动力。从这个意义上讲，"人性论"是我们认识历史、文化和中国哲学的逻辑起点和哲学基础。也是中国古代文化中，"命、道、心、性"等重要概念的意象解释，所以理解中国传统文化，必须站在人本主义的角度上，把握"人"，理解"人"，体会"人"。人文精神不能局限在理念的追求中，它还应该表现在艺术、诗歌、礼乐等具有人类情感渗透的艺术形式的创造性活动里。中华民族深厚的人文传统，具体积淀在文艺家的精神深处，铸成其骨髓和肌质。

文学和艺术是人文精神状态的审美书写和表达。中国古代文论家主张文学艺术联通文化价值和道德理想，体现人文主义的基本精神，中国文学就是这样，在人性的光照中产生，承载着人性的内容，体现了人情的意味。人性与文学在历史发展中，两者相伴而生，构成了中国文学艺术的审美系统。以人性观照文艺，以文艺彰显人性，是现代新儒家的重要立场之一。诗者，中国文学之主干。中国古代诗歌以抒情为主，诗家园地重在性情。儒家倡导文艺中的忠厚之情、正义之气、恢博之度。杜甫诗歌的最大特征是"沉郁顿挫"。徐复观认为这与杜甫的"情深"有关。杜甫能在短短的五个字、七个字的一句诗里面，沉浸下自己许多感情，使读者觉得情感幽深，探之不尽。"杜诗在意境的深度中，涵融着诗人的感情世界。之所以能达到身纯博雅的境界，是因为杜甫在生命历程中，对人生、社会、政治吞纳许多感情化了的问题，偶然一发泄，便一发不可收拾，自然挥之

---

① 徐复观:《中国艺术精神》，华东师范大学出版社 2001 年版，第 11 页。

不尽。杜甫在表达的技巧上，则常出之以‘顿挫’，不使自己的感情顺着字句的韵律一滑而过。在杜甫那里，顿挫是形成沉郁、表现沉郁、以达到感情深度的必需而自然的技巧。"① 沉郁顿挫的风格，来自杜甫感情蕴蓄的精深与厚重。例如，"永夜角声悲自语，中天月色好谁看"，两句诗第五字的"悲"字和"好"字，是把上面由两件事物连贯而成的四字嵌入作者的主观判断中，在转出"自语""谁看"的作者的感情世界。因此，每一句话都含有几个层次，一层一层地向内转，这当然是了不起的成就。杜甫之所以为杜甫，是因为在他的五律、七律中，有许多这样成功的作品。徐复观对文学传统的省察，赞赏中国文学艺术中所表现的主要精神，即"温柔敦厚的诗教"和"广博易良的乐教"。徐复观指出："孔门为人生而艺术的精神，唐以前是通过《诗经》的系统而发展；自唐起，更通过韩愈们所奠基的古文运动的系谱而发展。"② 徐复观对"乐教""诗教"理论所涵养的人文精神给予了高度的关注和极高的评价。

徐复观的中国艺术精神的深邃在于，他强调了古往今来的优秀文艺作品，大多"画以立意""乐以象德""文以载道""诗以言志"。人们可以通过文艺所表现的人文精神，深刻地理解中国文化和中国人生。

第二节　虚静之心与自由之境

从上面的分析来看，以孔子为代表的儒家所弘扬的"为人生而艺术"的精神追求，本质上是通过追求艺术精神而探寻人生的意义。但人生价值的探求又浓缩进艺术精神的探寻中，他立足于道德伦理，经过艺术化的起承转合，推演出艺术精神，找到某种"意味"和"神韵"。这种转化的能力和转化的方法也成为艺术精神的重要载体，是"乐教"文明的文化展示。以庄子为代表的道家，在艺术精神的追求方式上，所走出的探寻方法是"大道至简""道法自然"，创造了更为简洁明了的艺术精神。

---

① 侯敏：《现代新儒家美学论衡》，齐鲁书社 2010 年版，第 48 页。
② 徐复观：《中国艺术精神》，华东师范大学出版社 2001 年版，第 24 页。

一　虚静

在中国古代的美学和艺术理论中,"虚静"是一个很重要的范畴,审美心境的诞生源自于"虚静"。"虚静"之概念起源于道家,老子倡导"道法自然",强调道化生成万物,这是自然而然,不带任何人为的痕迹,即"无为而不为"。老子认为人要"体道",就要按照道的本性去做,复归于人的自然本性。以自然之心体自然之道,复归于"虚无",复归于虚静的心灵状态。庄子把老子的"虚静"主张进一步作了发挥,特别是把它延伸到审美对象化的创造过程中,把"虚静"视为从"无为"而达至"无不为"的主体条件,由虚至实的必经途径。"虚静的自身,是超时空而一无限隔的存在;故当其与物相接,也是超时空而一无限隔的相接。有迎有将,即有限隔。不将不迎,应而不藏,这是自由的心,与此种自由的天地万物,作两无限隔的主客两忘的照面。"① 这种"虚静"的心境表现为从日常心理向审美心理的转移,"虚静"可以促进艺术家创作灵感和兴会的产生。

"虚静"说萌芽于先秦,奠基于庄子。它的发展以道家为主线,但也不断得到儒家和佛学思想的融入。"虚静"作为一种生活和审美态度,既充满着人生观的意味,又关乎心理学的内涵,既是一种人生的境界,也是一种审美境界。所以,"虚静"说具有深刻的学理根据。

审美主体要回复到静态的心理状态,使纷杂定于纯一,对外必须去物,对内必须去我,做到物我相融。徐复观指出,审美主体在关照"美"的时候,要达到主客合一、物我两忘的境界,让逻辑判断和演绎推理都走出个体的精神世界,达到"虚静"的饱满状态,审美主体沉浸在精神虚空的状态中,以平静之心去体悟和把握生命之真谛和艺术之魅力。这种艺术的审美方式,需要人对自我心灵的高度控制和把握。庄子为了排除世俗的纠缠,舍弃欲念,得以呈现出"虚静"的心,去体会世间万物,追寻艺术精神,这是常人难以达到的。以"虚静"涵养人的"心斋",以"心斋"涵养万物,将美的事物融入主体的意念和"虚静"之心中,既完成了审美主体的美学关照,也将自然外物美感化,实现虚静状态下的把握和提升。从这一角度上讲,"心斋之心"即是艺术精神的主体。"心斋之心"

---

① 徐复观:《中国艺术精神》,华东师范大学出版社 2001 年版,第 49 页。

将欲望、欲念全部去除，以"虚静"之心"接人待物"，以"心斋"之心"虚以待物"，以至于"静"，以达到"明"。徐复观已经深入到庄子玄学理论的根底与西方现象学理论的底蕴。"虚静中的知觉活动，是感性的，同时也是超感性的"①，这种超越是感性和理性的双重过渡，而"庄子的所谓明，正由忘我而来，并且在究竟义上，明与忘我，是同时存在的"②，这里的"忘我"恰恰是审美主体的艺术境界。

道家的心境理论，不像西方哲学中的知识论，求的是人类理性的知识秩序。而是直面事物的真实状态。庄子的由"虚静之心"所把握到的，是事物的本质，通过"虚静"，摒除心理上的负累，心灵主体达到高度的单纯与明净，这样才叫"即景会心"。

在本体论方面，现代新儒家重视"真心"和"本心"。这是因为在审美思维活动中，心态只有由"虚静"而至"游心"，方能进入精神创造活动。徐复观认为，精神的创造活动是以"虚静之心"为审美基础的。从欲念和功利主义解放出来，达到"澄明"的效果，"澄明"就是满足心斋的"虚以待物"，真正做到对艺术的容纳和对"美"的艺术关照。这种虚静和澄明，类似于禅境，禅宗以三种境界的比较来说明禅境。第一境是"落叶满空山，何处寻行迹"，寻找禅的本体；第二境是"空山无人，水流花开"，主体渐入客体，并未彻悟；第三境是"万古长空，一朝风月"，一刹那妙悟，进入物我合一之境，心胸澄明，涵盖万物，这就是审美的境界。所以说，由老庄"虚""静""明"之心去寻观照的世界，一定是清明澄澈的世界。主体精神体悟到时空的无限、永恒的自然本性，使个体与宇宙生命合一，从而取得对个体局限性的超越，最大限度地扩展主体的胸襟和思想境界。

心灵舒展，境界深厚，徐复观"以心为美"的观点，突出了心灵在文艺创作中的主体性、澄明性和创造性。文艺家只有以澄静的情怀为前提，摆脱个体有限的感性生命的束缚，才能发现生命之大美。新儒家重视心灵的自由，强调不为物拘，不为物役，不为俗染，提倡心灵雅洁和心灵的解放。就是将束缚在自身外在的东西，外在的压力统统抛掉，获得一种内在的超越，进而获得灵性的点化和创造的喜悦。

---

① 徐复观：《中国艺术精神》，华东师范大学出版社 2001 年版，第 50 页。
② 同上书，第 51 页。

重体悟、重体验的批评方式的出现，只说明传统审美意识的高超，而不意味着审美理论的严密。它内在的直觉思维特点、形象思维特点、整体把握特点以及外在的形象化、诗意化、美感化的表述倾向有着很多的妙处，但也造成了批评话语处在永远需要解读的文本之中。我们如何构建我们中国自己的文艺美学呢？当然要考虑中国传统美学的现代转型问题。徐复观说:"我国的诗歌，则常常是把主观的情绪，通过客观事物的形象以表达出来。由'情象'与'描写'的合一，以构成主客两忘、浑然忘我的境界……假定能通过概念性的思考，把几千年诗的遗产中所蕴含的真正精神发掘唤醒，借以激发人生内在的性情，润泽人们枯槁的生命，因而增进民族精神的活力，我想这将是一件有意义的工作。"[①] 在他看来，诗歌的发展需要在尽展体悟思维特色的基础上，适当配以理性的架构思辨，在两者交汇和融通上取得审美体系的突破。

从我们的艺术实践中看，审美活动中的虚实、情景、形神的辩证关系，往往通过内在的体悟，方能心领神会。比照西方注重知性分析和逻辑推理的审美方式，中国传统的艺术批评具有重感悟、重体验的特点。正是因为中国传统艺术批评中的"重体验"这一具体思维取向，批评家们以"自得"与"体道"的自然融通合一为美学理论中最高理想和归宿。怀着对中国诗性智慧的无限热爱，现代新儒家追根溯源，不断发掘中国艺术精神中的"意味"和"兴致"。

二　自由的意味

中国艺术精神对"自由"和"审美"给予了丰富的关注。审美只有在人的完全自由状态下才能找到艺术的意味。徐复观对中国的绘画艺术做了系统的梳理，在总结其创作风格和意象把握的时候，找到了庄子精神渗透作品中"艺术况味"的丰富内涵，也逐渐找到了艺术精神的"自由之味"。

"味"在我国是一个源远流长的审美概念。它代表了个人从审美感受的角度来鉴赏艺术的倾向，所以一直是中国艺术理论中的核心概念。在相当意义上说，唐代以后所出现的"境""趣""神韵""性灵"等概念，都是在"味"的基础上建立起来的，并与之在深意上血肉相连。"味"的产生需要艺术精神的高度自觉。徐复观认为，中国绘画受到庄子精神的浸

---

① 徐复观:《诗的原理·译序》，(台北)学生书局1989年版。

染和影响，又经过魏晋玄学思想的洗礼，既有对绘画艺术的精神观照，也有对绘画艺术性的不断反省。他在《中国艺术精神》中概括道："深入于对象之形以得其神，因而得到气韵与形似统一的方法，这是中国大画家共同走的一条路。"① 这里的"一条路"，指的就是透过作品本身找寻艺术精神的思维和模式。他还援引明代画家王履在《华山图序》中的话来说明意味之"意"，韵味之"意"。"画虽状形，主乎意。意不足，谓之非形，可也。虽然，意在形。舍形何所求意？故得其形者，意溢乎形"②。这里的"意"本就是艺术中的"味"，而"形"是对"意"的外在诱导和疏通，是深入作品之内的肌理。中国绘画只有在精神高度自觉和认知完全释放的背景下，才能找到艺术本就存在的自由之味。

徐复观还探索了中国绘画艺术的寻"味"之旅，并由此推演出文学艺术的"况味"性颠覆。他认为："这与东汉以经学为背景的政治实用主义的陵替，及老庄思想的抬头，有密切的关系。"③ 东汉对玄学的推崇，倡导自由净空，再到魏晋崇尚清谈，都在老庄"逍遥游"的状态下寻求生命的意味和艺术的精神。玄学之士中的竹林精英，在思想上实系以《庄子》为主，并由思辨而落实于生活之上，这可以说是性情的玄学。他们虽然浪荡形骸，但都流露出深挚的性情。在这种性情中，都含有艺术的性格。所以竹林名士，实为开启魏晋时代艺术自觉的关键人物。"悟"作为审美感受的体验方式，其对象不是客体的实境本身，而是寄之于实境之中的意趣、神韵，中国古代文艺美学名之为"味"。李泽厚认为："这个时代是一个突破百年的统治意识，重新寻找和建立理论思维的解放历程④。"

钟嵘的《诗品序》从美学的角度，提出"使味之者无极，闻之者动心，是诗之至也"。晚唐司空图进一步提出味在"咸酸之外"的命题，要求人们"辨于味"，辨味，就是审美。味的实质就是主体的生命感受。它是浑然一体的，不是分析的，它是灵境的，不是概念的，是"言外之意""象外之旨"，这是一种生命的体验，是一种形而下与形而上结合诗情画意。它是很难用概念来表达的。牟宗三指出，中国历来重视文学的鉴赏或

---

① 徐复观：《中国艺术精神》，华东师范大学出版社 2001 年版，第 121 页。
② 同上书，第 123 页。
③ 同上书，第 90 页。
④ 李泽厚：《美的历程》，文物出版社 1981 年版，第 89 页。

品题,"品诗品文和品茶一样,专品其气味、声色、风度、神韵。品是神秘的、幽默的,所以会心的微笑,但却不可言诠"。① 这种情况,只有透过媒介和形象的表层,想象其情状,才能领悟其旨趣。钱穆十分欣赏王维的两句诗:"雨中山果落,灯下草虫鸣",他认为此十字中包含诗情画意,此十字之神韵,正在于作者之冥心妙语。诗人将自己完全融入优美的自然环境中,达到物我两忘的境地。诗中没有体现自我的存在,却潜藏着一个自我。于是读者遂见天地全是一片化机,于此化机中又全是一片生机,而此诗人完全融入此一片生机盎然中。

"自由之味"在中国传统文化里,既担负了"物质"范畴的功能,又担负了"精神"范畴的功能,经历了一个由物质实体向审美感觉的转变过程。品味文艺的方式,由来已久,以味论诗,以味论文,就在这个意义上找到了美的归宿。所谓诗文有味,并不是语言文字本身和艺术形象本身真的具有酸甜苦辣的滋味,而是指那种只可意会、不可言传的审美感受。你只要获得了美的感受,也就尝到了作品的滋味。由于这种滋味体现在虚实相生、神于言外的深邃的意境中,所以只能通过涵泳、体会去领悟,司空图所说的"辨于味而后言诗",的确抓住了中国诗学和审美心理的精髓,把味的审美范畴的内蕴升华到了中国古代美学所能达到的最高层次。

玄学盛行之时,人们的观念随之也受到影响。在侧重点上开始由日常生活中的实用理性向常态化中的艺术欣赏转变。玄学和庄学不断融合,相互砥砺,互相推动,成为中国审美艺术的重要评鉴基础。在音乐、绘画、书法、文学艺术上,都开始重视"味"的产生。徐复观指出:"我国的绘画,是要把自然物的形相得以成立的神、灵、玄,通过某种形相,而将其画了出来。"② 所以开始在崇尚清谈和意象遥远中凭借意念和想象完成艺术创作。高明的画师开始在精神指导下凭空作画。在审美的功用上,开始将美感、味觉等感性认识相沟通,以实用理性驱动艺术精神的发挥。徐复观对这种细微的转变做出了评判:"在前一阶段的人伦鉴识,实近于康德之所谓认识判断;而竹林名士以后,则纯趋于康德之所谓趣味判断。"③ 这是他对康德在绝对理念的逻辑认识中体会到的感性应和。

---

① 牟宗三:《红楼梦悲剧的演成》,《牟宗三先生全集》第 26 卷,台北联经出版公司 2005 年版,第 1062 页。

② 徐复观:《中国艺术精神》,华东师范大学出版社 2001 年版,第 154 页。

③ 同上书,第 91 页。

徐复观对"味"的探索与中国古代以农业立国有关。他的认识是有深度的，中国人最能体验饮食之味，故烹调技术之高，食物品种之多，世界无能相匹。由于中国人善于调和味道，遂形成品味意识。味是无形质的，存在于饮食之中，又是可以尝到、品出的。美，甘也，美是味道好，故于味觉中生出美感。这种若即若离、具体精微的美感享受，让中国人流连忘返，陶醉无比。西方美学倾向于对审美感受做精细的分析，中国美学注重从"味"的本质向更大范围升华，品评活动不仅体现在文学领域，如品诗有钟嵘的《诗品》、司空图的《二十四诗品》、袁枚的《续二十四诗品》，还体现在其他艺术门类中，出现了画品、书品等。

第三节　"生生之德"与美善相兼

徐复观对传统儒家思想的承继是非常重视的。在本书第一章的知人论世中，我们看到了徐复观的生命历程和学术经历。他对中国社会充满着浓厚的感情，对生命本身充满着敬畏，这恰恰是儒家思想的重要传统。儒家文艺美学对生命的珍视和道德的重视，构成了独特的美学体系，其中"生生之德"与美善相兼最具有普遍意义。"生生之德"源自《周易》，在现代新儒家的学人推动下，不断发展，无论是"日新之谓盛德，生生之谓易"[1]，还是"天地之大德曰生"[2]，都是对宇宙繁衍生息，孜孜不倦的生动描述。徐复观恰恰从这一思想中找到了自己的逻辑基点，涵泳和发展了"生生之德"与美善相兼的美学追求。

一　"生生之德"

徐复观认为，在先秦儒家甚至诸子百家，都确立了以生命价值为主体的价值追求，并将这一价值追求作为根本追求。什么是命？人生意义何在？都成为他们思考和探究的命题。从探索的角度上看，以孔子为代表的儒家代表人物试图从人性论的角度上去发现"仁"，从音乐艺术的普及中发现"乐教"的真谛，推崇"寓教于乐"的生动实践，作为伟大的教育

---

[1] 《周易》。
[2] 同上。

家、哲学家,孔子倡导"有教无类""循序渐进"的教育方法,既是对生命本身的尊重,也是对生命个体的呵护。他通过音乐发现艺术的伟大精神所在,他说:"三百零五篇,孔子皆弦歌之,以求合韶、武、雅颂之音,礼乐自此可得而述。"① 在他这里,只要用音乐的方式去把握,就能找到灵魂深处的美,就能实现"乐教"的根本目的。抓住了"礼"和"乐",就找到了中国传统文化的脉搏,他认为"乐"是人格完成的重要途径。徐复观在《中国艺术精神》专著中,也通过音乐、绘画、书法、美术等艺术载体,寻求中国艺术精神的真谛,这是对传统儒家思想很好的承继和创新。

现代新儒家秉承先秦儒家的生机盎然、活泼健动的生命气象,广泛又深刻地彰显了中国式的生命哲学,揭示生命的本质和意义。梁漱溟受到了西方柏格森的影响,但他强调的不是个体的生命而是宇宙的大生命,试图挖掘宇宙大生命美学的广泛道德性和体验性。他指出:"生命本性要通不要隔,事实上本来亦一切浑然一体而非二。吾人生命直与宇宙同体,空间时间俱无限②。"牟宗三在生命的学问中,探索生命的价值和意义,他指出:"人所观照之物亦不能外在化为知识所对的客体,它必内在化而与自家生命息息相通。因此,自然既富有艺术的情味,亦弥纶之以道德的意义。"③ 牟宗三认为达到宇宙本体,要靠艺术的体验和道德的实践才能完成。他主要是从生活伦理的角度去阐释生命的价值。唐君毅对生命哲学的体悟和艺术精神的把握注重人的灵性,强调客观主体的审美能动性,他认为:"中国之自然文学,则所重视者,在观天地之化机、生德、生意。"④唐君毅将艺术家的灵气作为审美和创造的主观动因,艺术的创造就在于能有这样一种灵性统摄宇宙的自然元气与人灵之气,并将其巧妙的融合进自己的作品中。"将宇宙人生视为有机整体,而以生命一以贯之,乃东方美生命本体论的基础"⑤。他爱用"生生之德"来说明其生命哲学思想,他是这样理解并说明自己的"生生之德"的:"宇宙乃普遍生命流行的境界,天为大生,万物资始,地为广生,万物咸亨,合此天地生生之大德,

---

① 《史记·孔子世家》。
② 梁漱溟:《梁漱溟全集》,山东人民出版社 1994 年版,第 572 页。
③ 牟宗三:《道德的理想主义》,群言出版社 1993 年版,第 167 页。
④ 唐君毅:《中国文化之精神价值》,广西师范大学出版社 2006 年版,第 237 页。
⑤ 张毅:《从原始儒家到现代新儒家》,南开大学出版社 2004 年版,第 378 页。

遂成宇宙，其中生趣盎然充满，旁通统贯，毫无窒碍，我们立足宇宙之中，与天地广大和谐，与人人同情感应，与物物均调笳合，所以无一处不能顺此普遍生命而与之全体同流。"① 在文艺美学思想中，方东美从对"天地之大美"的角度，深化了庄子对美的理解。他说："天地之美寄于生命，在于盎然生意与灿然活力，而生命之美形于创造，在于浩然生气与醞然创意②。"方东美在梳理了道家和儒家美学思想的异同后，找到了自己文艺美学的基点，主观创造和客观描摹，以生命为导引，渗入美的艺术精神，使人的生命意义融入美的艺术境界，这是中国艺术精神的基本原则。从方东美的生命美学观可以得出两点结论：一是中国艺术整体上是象征的，是在品读意味中完成的意象再造；二是中国艺术精神能涵容人文主义的精神。这一思想直接影响到近代美学家从生命的本源来探究中国古典美学思想。

　　生命问题是中国哲学的基本问题，也是人类栖居在世俗社会所要面临的客观价值对象。中国文化自古重生贵生，儒家把自然大生命视为"仁"的生生不息，中国古代的生命一元论的宇宙观，成为中国传统文化思想的基石。《易传》对宇宙的总规律提出了一系列独特的命题，如"天地之大德曰生""一阴一阳之谓道""生生之谓易"，强调天地伟大的德行给予客观自然以生行。"生生"就是让生命顺利开展，以厚生和明德，增强物质生命的精神德行。现代新儒家的代表人物对西方哲学有一定的研究，他们立足于中国传统文化，在中西文化的比较中，建立自己的理论体系。

　　以徐复观为代表的现代新儒家通过自己所掌握的中西对照的哲学观，构建起以"生命美学"为逻辑基点的文艺美学思想，他们探索艺术之美，寻求艺术之善，将艺术之美融入生命之美的气势中，使之充满着气韵生动的无穷魅力，深化了对艺术精神的理解，对我们因现代化带来的生存危机、生命意识甚至生态美学都有很好的指导意义。他们深化中国哲学关于本体论和价值论的认识，打通人性论和艺术论的藩篱，不仅仅从生命意象中寻求突破，并且要从艺术精神和生命价值中找到"真、善、美"的真正意义所在。

　　徐复观正是站在这一高度上，在《中国艺术精神》《中国文学论集》等著作中专门讨论山水画。我们知道，山水画是中国传统艺术形式的重要

---

① 蒋国保、周亚洲：《生命理想与文化类型》，中国广播电视出版社1992年版，第83页。
② 同上。

组成部分。按照徐复观的考证:"中国山水画的出现早于西方一千二百多年,而且不同于西方绘画所描绘的'五花八门''种类繁多',中国古代绘画主题范围'狭窄得多',它主要集中在自然山水上。"① 没有对大自然和生命的敬畏之情、亲近之情,中国传统山水画、田园诗的异常繁荣是不可想象的。中国古人的生命意识不仅表现在对生命和自然的崇敬之上,而且表现在对生命和自然的欣赏之上,这意味着自然和生命是他们心中敬畏的对象,不是凌驾之上的超验存在,而是生命主体的一部分,是可供分享的审美对象。中国古代的美学家和艺术家始终保持对生命感怀和对自然世界的热爱。也表现在书法和绘画等艺术形式中。欧阳修就曾经指出,文章必得自然,文章必爱生命。在古人意识深处,自然和生命是一体的,自然甚至高于人类本身,敬畏自然,爱惜生命,构成了人们生生不息、孜孜矻矻的思想根源,成为艺术发展的审美原则和标准。

二 美善相兼

现代新儒家在秉承先秦儒家许多文艺观的基础上,表现出对"文质彬彬"和"美善相兼"文艺思想的肯定。徐复观在自己的文艺美学体系中,更加看重艺术本身的德行和美感生成,同时对艺术家在艺术创作中的人格展现和艺术形式的有机结合分外重视,他认为艺术生成于人格和价值的深层揭示,展现于作品内容与形式的和谐一致。其实,对"美善相兼"这一传统文艺美学观念的重视和推崇的不仅仅有徐复观,像其他现代新儒家的代表人物也都表现出共同的美学追求。钱穆在《中国文化与中国文学》一文中指出:"中国文学家之最高的理想境界,此亦君子无入而不自得之境界。而中国文化关于人文修养之一种至极高深之意义与价值,亦即可于文学园地中窥见之。"② 他将文学修养和人文精神置于作家、作品之上,浓缩成人文修养的顶层评判标准。他还指出:"中国文学之理想最高境界,乃必由此作家,对于其本人之当身生活,由一番亲切之体味。而此种体味,又必先悬有一种理想上之崇高标准的向往,而再起内心,经验了长期的陶冶与修养,所谓钻之弥坚,仰之弥高之一境。"③ 可见,钱穆赞

---

① 樊美筠:《中国传统美学的当代阐释》,中国社会科学出版社 1997 年版,第 69 页。
② 钱穆:《中国文学论丛》,生活·读书·新知三联书店 2002 年版,第 47 页。
③ 同上书,第 48 页。

同"为人"与"做人"相统一的传统。一方面推崇人的道德修养和品性
基础，另一方面推崇对艺术本身的底蕴和内在灵魂的思考，他将两者的完
美结合看作是对艺术及创作能力和艺术鉴赏的基本标准。钱穆很注重在中
西美学理论学养比较中看中国美学的特色："中国人论美，在德不在
色。"① 钱穆秉承"尽善尽美"的思想，在文艺评论中，力求达到"美善
相兼"。牟宗三将传统文化的生命精神归结到道德生命，在他的哲学体系
里，作为道德的"善"涵容了形式上的"美"，这正是儒家思想的深刻之
处。牟宗三强调中国传统文化中道德的自觉，人发自本心的良知就是一种
内心自觉的力量。唐君毅强调求美之意识依赖于道德心灵而表现道德价
值，他主张"美善相兼"，不"崇善抑美"，他所理解的"美善相兼"，
不在于作品的形式，而在于人们的内心。"吾人之不承认求美与道德无关
者，乃唯是自求美之活动所依之心灵或意识本身上看。吾人之主张，是尽
管吾人自觉的是为求美而求美，而此求美之心灵本身仍为一道德的心灵，
因而皆可表现一种道德价值"。② 可见，唐君毅对"求真"和"向善"的
追求是毋庸置疑的，他将两者都统一于人们对道德价值的追寻中。徐复观
在《中国艺术精神》一书中谈到"乐"与"仁"的关系，是对道德和艺
术关系的阐发，但无论探讨道德，还是艺术，徐复观都是从"心"的角
度出发的。因此从根源上讲，道德和艺术确实统一于文化之中，统一于人
心之中。道德和艺术呈现的过程也是人心呈现的过程，道德水平和艺术水
平的高低也与人的心智密切相关。徐复观甚至认为庄子达到道的最高境界
的过程正是艺术精神的实现过程。"当庄子从观念上去描述他之所谓道，
而我们也只从观念上去加以把握时，这道便是思辨的形而上的性格。但当
庄子把它作为人生的体验而加以陈述，我们应对于这种人生体验而得到了
悟时，这便是彻头彻尾的艺术精神。"③ 这样的过程，也便是将形而上的
思辨落实到现实人生的过程。由此出发，道德和艺术又是紧密联系在一
起的。

　　从中国传统的文化看，对美善相兼理论的重视已经渗透日常生活中。
就拿中国文化背景下的重要节日来说，大年中的仪式，已经不是简简单单

---

①　钱穆：《现代中国学术论衡》，生活·读书·新知三联书店 2004 年版，第 272 页。

②　唐君毅：《文化意识与道德理性》，广西师范大学出版社 2005 年版，第 326 页。

③　徐复观：《中国艺术精神》，华东师范大学出版社 2001 年版，第 30 页。

的仪式,而是华夏子孙最稳固的排序,只要这样的排序不断裂,华夏儿女的精神就会长青,中华民族的生命大厦就会永远屹立不倒。大年中的道具,那早已不是真正的道具,它是符号,是一个个念想,是一个个乡愁,如同一幕幕电影的底片,春联、窗花、爆竹、年画、戏词、庙会,都渗透着美的形象,也充满着民族的德行味道。春联早已不是春联,而是中国人的心灵底片、中国人的传统大戏。窗花早已不是窗花,而是中国人的心灵图纸、中国人的生命吟唱。礼炮、秧歌、蜡烛是中国人向天地致敬的绝好的媒介。花馍馍、大馒头、饺子、汤圆都是中国人以食为天,看重生命、懂得感恩的载体。这是儒家传统思想在民风上的巧妙展现,他们形成了一例例正面的力量,形成了中华民族超稳定的心理结构和集体诉求。美的形象和承载的善的德行构成了艺术碎片化之后的生活狂欢化。2014 年春节有一个重要的词汇,那就是"乡愁",过年就是挽留住乡愁,这是功德,也是责任,其实这份乡愁,恰恰承载了一个民族和国家精神家园,温润着炎黄子孙的根。是一种善行,更是艺术之美在思想根源上的集中体现,无论是儒家倡导的"为政以德",还是他所大力提倡的"仁政",都体现了德行和艺术性的基本要求和夙愿。

从徐复观对"美善相兼"理论的实践体察和探索中,我们也可以看到,徐复观侧重于"善","善"对"美"是有益的导引,而"美"是对它的强化和补充。在"文"与"质"的关系中,"文"处于"质"之下,在"美"与"善"的关系中,"美"处于"善"之下,倡导人们追求"美",但不能没有"善"。这一观念是基于中国传统文化的"德性意识"而来的。从中国古代文化传统看,无所谓"美"和"丑"的概念,两者之间没有逾越不了的鸿沟,相反是可以相互转化的,而转化的关系就是古代哲学对"美"和"丑"的逻辑判断。老子说:"天下皆知美之为美,斯恶已;皆知善之为善,斯不善已"①,还说:"美之与恶,相去若何?"②还有:"信言不美,美言不信"③ 等,这都可以看作是对"美"和"丑"辩证关系的认识和说明。这在庄子那里得到了发展,他认为,世间无所谓"美"和"丑",他们的本质都是气,都是"通天下一气耳"④。著名美学

---

① 《道德经》。
② 同上。
③ 同上。
④ 庄子:《庄子·知北游》。

家叶朗认为，对于中国古代的艺术家、美学家、文学家而言，"一个自然物，一件艺术作品，只要有生气，只要它充分表现了宇宙气运化的生命力，那么丑的东西也可以得到人们的欣赏和喜爱，丑也可以成为美，甚至越丑越美"①。从传统的思想观念看，"美"和"丑"不是绝对的，它们甚至是艺术的两个方面，它们相互依赖，可以互相转化，贯通其中的不是"美"和"善"，而是价值观念和德行意识。

　　"文质彬彬"和"美善相兼"是儒家一直坚持的文艺观，这种思想首先体现在孔子的思想中。"质胜文则野，文胜质则史。文质彬彬，然后君子"②。内容和形式的有机统一，也是美善相合的基础，孔子强调只有达到文质彬彬才能成为"君子"。"子谓《韶》：尽美矣，又尽善也。谓《武》：尽美矣，未尽善也。"③孔子十分注重音乐在人格培养方面的作用。对此，徐复观在《中国艺术精神》一书中，通过音乐来探寻孔子对"尽善尽美"的理解。儒家关注美，主要体现在人格美上，"君子比德"理论对中国艺术的发展产生了巨大的影响。徐复观认为："艺术境界，与道德境界，可以相融合"④。人们往往能够从大自然中找到可以寄予内心品格的审美物象，并寄托审美对象以个人意志和观念趋向。比如，我们常说的"梅、兰、竹、菊"，就是"以物喻志"。"尽善尽美"的文艺观强调道德在艺术中所起到的框定人生方向的作用，但也十分强调"美善相兼"，不管是统一于"心"，还是统一于"善"，都引导着向善和向上的"为人生而艺术"的倾向。

第四节　"兴"之意味与韵致之旨

一　"兴"的意味

　　"兴"是一个经典而传统的美学范畴，"兴"往往被诠释为"托物""引譬""起情""余意"等多种含义。"兴"是中国文学艺术的核心的范畴，中国诗歌艺术中的"兴"的基础就是世界万象之间的某种广泛的、

①　叶朗：《中国美学史大纲》，上海人民出版社1985年版，第126页。
②　邹憬：《论语译注》，上海三联书店2012年版，第82页。
③　同上书，第40页。
④　徐复观：《中国艺术精神》，华东师范大学出版社2001年版，第11页。

潜在应和关系，根源于人们不能言说的隐晦的审美意识。徐复观通过研究先秦儒家尤其是音乐艺术的意味，探寻艺术精神，他还分析了荀子所说的"乐行而志清"，他分析道："'志'即是性之动，即所谓穷本之本。'清'即是由于将其中之盲目性加以澄汰而得到感情不期然而然的节制与满足，使其与由心所知之道（理性），得到融和的状态。"①

徐复观认为，"兴"相对于"比"缺乏连理，它在感情上直接附着其上，形成一首诗的气氛情调、韵味、色泽。用作兴的事物，诗人并没有就它本身找到什么明确的意义，安排上什么明确的目的，要使它表现出什么明确的理由。而是作者胸中积累蕴蓄了深厚的感情，偶然受到某种事物触发，潜藏的感情浮现出来，达到无功利的功利目的。它的发生是竞相产生的，不是平衡而无序的。内在感情的触发，受到外界形象的感染，牵引出内在情感的迸发，"兴"是内外交融的过程，"兴"也是物我相融合的作用，成为主客、内外的交汇点。"兴"的事物与主题的关系不是理路的联络，而是由感情的气氛、情调和外在的环境形成不知其然而然的融合，感情融合的关系，正和感情自身一样，朦胧缥缈，可感受而不易具体把握，可领略却难以加以具体诠释，所以孔颖达说"兴隐"，指"兴"的朦胧难见。

在中国古代文学的源头《诗经》中，"兴"是一种朴素的形式。在这一阶段，作者并不一定有表现技巧上的自觉，出于天籁者为多，兴的出现是自然发生，直抒胸臆的产物。所谓的赋、比、兴不是同时产生，更不是次序展开，但也并不是以独立的姿态示人，以互相渗透和融合的方式居多，这种渗透和融合，不仅表现在篇章结构中，还体现在浓缩深意的句子中。也就是说，最好的文章中，最精彩的句子，内在的肌理常常含有"言有尽意无穷"的深厚哲理和意蕴。

徐复观认为，兴的过程就是创作主体性展开的过程，就是内在主体性的感性表现。兴也就是表明了客观对象意义的本源和主体情感世界不可分离的根本性关系。"从兴的表现形态上看，有三种基本方式"②。首先是在章节之首的兴，它是触发、兴起之兴，是兴的素朴形式，根源于情感蕴藏的深厚，《诗经》中的兴，大多在一章的开头，例如"关关雎鸠，在河之

---

① 徐复观:《中国艺术精神》，华东师范大学出版社2001年版，第14页。
② 侯敏:《现代新儒家美学论衡》，齐鲁书社2010年版，第175—177页。

洲。窈窕淑女，君子好逑"①，"桃之夭夭，灼灼其华。之子于归，宜其室家"②，这种兴所叙述的主题之外的事物，是在作者的感情中与诗的主题融而为一。诗人通过他所展示的事物，展现其气氛和味道，被感情融化了的事物，常常与感情飘荡在一起而难解难分。兴在一首诗中，成为与主题不可分割的一部分，兴是内蕴的感情，偶然被外在事物所触发，与内在的情感形成了不可分割的融洽状态。

关于章节中的兴。它是激荡、兴会的兴，属于兴的变体。这种兴的发生，是因为感情积累深厚，在书写中途自然形成一种顿跌，在深入惊诧的一瞬间，引发出曲径通幽的情境，使得主题得以进一步展开。《古诗十九首》的《行行重行行》，说到"相去日以远，衣带日以缓"，表现的是游子思归之情，可谓非常迫切，诗人难言之隐触痛心灵的深处，在表达同种感情的同时持续不下去，中途易辙，由思归而归的方向，于是自然形成发展中的停止，突然拿掉内心深处的隐恨隐痛得以明朗，重见天日。这种"浮云遮蔽日"正是蕴藏在章节中间的"兴"。

第三种是章节之末的兴。它是深意、兴寄的兴，相对于文章之首的兴，气息情味浓烈、深厚，给人以强烈的感动力。通过这种方式的表达，把人的感情世界推向了最高峰，是情感充分展示和哲理韵味无情的绝美境地。看王昌龄的《从军行》："琵琶起舞换新声，总是关山旧别情。撩乱边愁听不尽，高高秋月照长城。"如果说"高高秋月照长城"与"边愁"无关，但是却带给人们深处边关，寂寞怅然的心理感触。但是若说他与主体紧密相关，又显得无从谈起，牵强附会，这里面有的是"剪不断，理还乱"的复杂万象，正是这一复杂万象构成了沉郁、清静的万千气象心理境遇。这是一种醇化的自然和心理的情景交融。整个现实化成了无尽的愁苦，整个的愁苦又融化进难以言说的心绪氛围中，"此情可待成追忆，只是当时已惘然"。诗人在创作的时候，虽不是轻易地信手拈来，或也不是无休止地反复吟咏，但人的情感和周遭的环境紧密融合的状态和物我两忘、自然和谐的高度统一为"神来之笔"创造了必要的条件。

徐复观是通过对比赋、比、兴的异同来阐述"兴"的重要意义的，兴在诗中的意义更加自然、深刻、意味无穷，兴是把诗从原始的、朴素的

---

① 《诗经》。
② 同上。

形式和内容一直推向了高峰的最主要的因素。抹杀了兴在诗中的地位，就等于抹杀了诗自身的存在，就不能恰当地体悟中国古代诗歌的真谛。正是兴的重要意义，徐复观把它看作中国诗歌艺术的欣赏基础。他的理解是这样，在高度成熟的唐诗中，"兴"作为一种原始性的、朦胧性的诗性美学范畴，已经内化成圆润丰满的意境范畴之中，但这并不意味着"兴"的诗性机制从此终结，"而是转换、融入更为全面的整体性的生命经验的诗意表达中去了"①。徐复观就"兴"这一文学史上独特的文学观念，在参阅前人成果的基础上，进行了知识考查和创造性的阐释。他回溯中国文脉，运用系统观照，做出了令人耳目一新的创造性思维阐发。这种创造性阐释是在"体知"的基础上绽开的体悟美学之花。徐复观对"兴"的解释，着眼于感兴、兴会、兴味等审美机制的构成，从中国诗性文化和感悟美学的层面触摸到了一个真正的、开阔的、视野巨大的生命经验和诗性意义的表现方式与传达途径，将"兴"全方位、多向度地指向"意蕴深远"的意义机制的详尽分析，为我们弄清"兴"作为一种原始性的、根本性的诗性意义存在，建立了一个求解生命意义和哲学内蕴的方程式。

从美学范畴看，从兴的产生、交汇、意义，这既有创作主体的发生意义上的主体参与，也有文学接受者欣赏感悟意义上的受众体悟。也正是"兴"所表现出的主客体中寻求灵魂激荡和环境宜人的情景关系，才让"兴"这一审美范畴，在中国历史上有着独特而重要的价值和意义。而这一重要意义的承载者，却是靠着自然而生发出来的情感共鸣来达到目的。

二　意境与韵致

现代新儒家有关"境"、"境界"的理解，既继承前人，又启发后人，既继承前人，又推陈出新，境界是文艺作品的生命，也是用来表现创作者生命特定感受的情境创造。意境有两个层面的意义，一是形象层面，通常说的艺术画面；另一个是意味层面，即是"象外之象""韵外之致"。意境中的"意"是指心中的观念、感受、思绪和兴致以及作为依据的儒、道、佛等人生哲理，而其中的"境"则是指自然景物、人生境遇和个人心境，两者都通过两个方面来表现，一个是作为依据的存在，一个是作品所反映的现实。前者是创作论的课题，后者是接受论的命题。意境就是要

---

① 徐复观:《中国文学论集》,(台北)学生书局1985年版,第113—115页。

读者沟通作者，形成或顺承或逆袭的心理感受和反映。

无论是"意境"还是"韵致"都是艺术审美的重要标准，这在古代文学理论的经典中早有论述，刘勰说："异音想从谓之和，同声相应谓之韵"①，徐复观尝试分析了李商隐《锦瑟》诗的艺术特色。认为此诗晦涩难懂，却有极高的境界和魅力，韵律的节奏感增强了诗歌的结构张力，而意象合成的场景和画面拉近了人们内心的距离和感受，锦瑟、年华、晓梦、蝴蝶、春心、杜鹃、沧海、月明、珠、蓝田、日暖、玉都是美丽的意象，这些白描式的美丽的意象放置在一起，做有机体的连接，构成更加系统的美丽的意象。诗歌韵律和谐，错落有致。更重要的是在文字背后有一股生命力的跃动，构成优美婉转、形象深微的意境。熟读《锦瑟》多遍后，我们会感觉在美丽的意象场景中、韵律跳动中，浮现出丝丝哀愁，随着这种哀愁的气氛越来越深，最后看见一个爱恨交织的诗人万般情思、哀婉动人的场景，正力求解脱，却尚未完全解脱，他顷刻走进了我们的视野，进入了我们的心扉。这是徐复观对"言尽旨丰"和"意欲委曲"的作品进行的挖掘式的欣赏。对于那些悠然意远、到达化境的作品，却进行了回味式的欣赏。寻求并环绕其荡气回肠的"象外之象""意外之妙"。审美境界的有限与无限的统一在徐复观这里得到了充分的论述，徐复观认为，"意有余"之"意"不是"意义"之"意"，而是"意味"之"意"，由刹那间见永恒，以咫尺见天崖，是中国艺术家创造艺术意境的切入点。徐复观认为："中国画当然重视线条，但一个伟大画家所追求的是要忘掉了线条，从线条中解放出发，以表现他所领会到的精神意境。"②在时间上，文艺家从时间长河中截取某个片段，从纷繁的万象中，撷取具有象征性内涵的事物，作为辐集思想、浓缩感情的焦点。这样从有限窥见无限，在瞬间体味永恒。在空间上，同样能以小观大，以动的眼俯瞰天地，焦点集中于特定空间中的特定景致，却又寄予远距无限的生机，引发无限的遐思。

这里的无限韵致，是艺术精神的审美境界。在这一境界中，冲淡平和形成了朴素的审美本质，是高尚的真，是完美的善，是艺术的美。老

① （南朝梁）刘勰：《文心雕龙·声律篇》。
② 徐复观：《中国艺术精神》，华东师范大学出版社2001年版，第102页。

子说:"天得一以清"①,这里的"清"是对自然的回归,是对自然的肯定,是对美感的容纳和洗涤。明代著名琴家徐上瀛说:"清者,大雅之原本"②,他将"清淡"看作艺术大雅的根本。徐复观也指出:"淡的天骨应自高洁虚静的心灵中来。高洁虚静的心灵,是忘掉了自己的一切,忘掉了世俗所奔竞的一切,所以他便会投向自然,涵融自然,这中间便须要刚健之气撑持上去。"③ 徐复观是庄子研究的开拓者,他对庄子精神所表现出来的艺术精神推崇之极。庄子精神中表现出的清淡雅致最接近自然,最能体现对艺术的体认,也能显示出对生命本质和人性内涵的探索。

"意境"和"韵致"是中国审美文化中特有的体悟性概念。在不同时代具有不同的艺术特征。在庄子哲学中,"意境"的最大化就是"自然",崇尚"清静"。因为在他的哲学体系中,"自然"和"道"是一个有机的整体。"自然"的真实面貌正是艺术的真精神,是"道"的本真状态,而"道"孕育万物,给精神世界以清新自然的面貌,是自然的触发,是无为的行为,具有超越人为的客观存在性。从人的角度上来看,庄子在"意境"上追求的是一种审美主体的心态,即"虚静"和"澄明"。从品位上看,庄子推崇的是"清淡"的格调。在先秦儒家那里,最早对这种平淡宁静的欣赏和赞美也是有的,诗经中有"巧笑倩兮,美目清兮"④,也有"有美一人,清扬婉兮"⑤,这里也显示出先秦初期对"清雅"品味的追寻,这个时候的"清",可以理解为"和"、"淡"、"自然"等意蕴。到魏晋南北朝时期,这一美学追求不断发展,内涵也不断丰富。钟嵘的"清水出芙蓉,天然去雕饰"⑥,形象化地表明了魏晋"人物品藻"与"作品评鉴"的以"清淡"为美的审美观念。

"清淡"是韵致的主要特点,既是一项重要的审美范畴,也是一种重要的艺术创作原则和欣赏原则。可以说,"清淡"和"雅致"是中国古代许多文学家、艺术家的自觉追求。在文学史上,常常用"清空"来评价

---

① 《道德经》。
② 徐上瀛:《大还阁琴谱》。
③ 徐复观:《中国艺术精神》,华东师范大学出版社 2001 年版,第 283 页。
④ 《齐风·猗嗟》。
⑤ 《郑风·野有蔓草》。
⑥ 钟嵘:《诗品》。

姜夔的词，从人格意志上，评鉴出高洁清雅的意趣。从词的意境中，评鉴出空灵的神韵，有着"不著一字，尽得风流"的美好趣味。从语言和意境选择上，评鉴出淡雅素净的风范。元代对"清淡"和"雅致"的追求也成为审美的最高风范。赵松雪在绘画上以"清远"代替了"幽玄"，在艺术中看重生命的清新和悠远。徐复观对此作了专门的评价，他认为他的艺术得益于"清"字，由"心灵之清"把握到"自然之清"，再渗透到作品之清，主客体形成了完美谐和的统一，在平衡性上达到了悠远的冲淡和韵味的生成。徐复观认为："赵松雪心灵上的清，是来自他身在富贵而心在江湖的隐逸性格。"① 徐复观在评鉴的时候，还是坚持"美善相兼"的儒家美学思想的，他注重对艺术家人格和价值追求的探寻，正因为赵松雪从心灵上是一个"出淤泥而不染，濯清涟而不妖"的人，所以他的作品也能够在清淡的审美追求中找到清远雅致的审美意味。

徐复观对"韵味"的把握，是建立在"清淡"的基础上的，但从人格魅力上来讲，是一种清新脱俗、淡雅超越的精神要求。唐诗的魅力正是在"清淡"中找寻"韵味"，诗人常建《江上琴兴》"江上调玉琴，一弦清一心"，在动与静的江面上，形成一种外在意境的内在投放，于是一心一弦在月光下激活了灵感，调动了情绪，营造了晶莹剔透、淡雅宁静的世界，空明澄净的境界。这种文人远离喧嚣，亲近自然的审美品位影响深远。"一声来耳里，万事离心中"② 清静淡雅的环境营造，祥和悠远的氛围凝结，都是一种精神追寻。陶渊明的"采菊东篱下，悠然见南山"也是一个落魄文人归隐生活的生动体现，但是境界的营造是淡雅的、宁静的、清远的，给人以宁静、悠远的人生状态和审美况味。中国古代文化中的"杨柳送依依""抚琴吟咏""悠坐品茗""怡情山水"，都体现着一种生活态度，一种精神状态，一种审美情趣。或悠远清雅，或空灵无限，或淡泊宁静，都是对生命精神的把握，也是对艺术精神的独特诠释。

徐复观在中国艺术精神中推崇的"韵致"和"意味"，是对现代科技高度发达条件下人性异化的良好的救赎。从物质条件和精神自由的角度上看，现代人的生活方式和精神自由都不同于古人，但是从内在生活的质量

---

① 徐复观：《中国艺术精神》，华东师范大学出版社 2001 年版，第 268 页。
② （唐）白居易：《好听琴》，《中国美学史资料选编》，中华书局 1980 年版，第 301 页。

上，都难以与古人相比。古代人生活的哲学越来越为现代人所欣赏，尤其是古老的东方国度特有的那种宁静淡远、豁达闲适、尚清悠远的生活是精神自由的美好展现，这里彰显了人与自然的和谐，是一种精神自由的艺术化展现。

第五章 "追体验"和"第二自然"：
徐复观文艺美学创作论

我们考察徐复观的文艺美学思想，必然要紧紧围绕"文艺美学"这一核心思路进行研究。曾繁仁教授认为，"文艺美学是将美学与诗学（文艺学）统一到人的诗思根基和人的感性审美生成上，透过艺术的创造、作品、阐释这一活动系统去看人自身审美体验的深拓和心灵境界的超越"。① 徐复观的文艺美学首先表现在他对文学有着深厚的修养和真挚的情感，还表现在他对中国古典艺术精神的独特把握和精净阐释。他开创性地提出了"追体验"和"第二自然"的创作方法。学者王守雪认为："追体验方法的基本内涵，即人文研究中调动自我的体验，接通研究对象的精神体验，向研究对象生成的真实做无限还原努力，在还原的过程中实现古人和今人、作者与读者、研究者和研究对象精神的融通。"② 徐复观以创造性的研究视角去浓缩艺术精神和思想境界，他以思想史研究艺术史，以艺术史提升思想史，体现了一位思想文化研究者在具体的思想史艺术史实践中的用心和用力，丰富了文艺美学的创作思想。阐释学作为一门理解和解释的学科，有着悠久的历史。阐释学又称"赫尔墨斯"之学，最早源自对《圣经》的解释，这一起源与儒家传统的解经方式有异曲同工之妙。狄尔泰把局限于文本解释的阐释学上升到历史哲学的高度进行认识，海德格尔和伽达默尔使阐释学成为家喻户晓的研究方法和学问。中国古代历来重视阐释的力量，从《孟子》的"以意逆志"到刘勰的"复意""重旨"，再到刘熙载的"微言大义"，无不浸染着阐释学的意味。徐复观在

---

① 曾繁仁：《文艺美学教程》，高等教育出版社 2005 年版，第 9 页。
② 王守雪：《人心与文学——徐复观文学思想研究》，郑州大学出版社 2005 年版，第183 页。

文艺美学的研究中,更是以对中国思想史的阐释建构为目的,积极打通哲学史、文学史、历史的层层樊篱,进行思想阐释研究。

第一节 "追体验"

一 "追体验"的提出

徐复观是一个彻底的人文主义者,他的文化观、世界观都是以人为本,知人论世。他认为"文化是人性对生活的一种自觉,由自觉而发生对生活的一种态度。"① 在徐复观看来,人本身就是目的,生命的价值内在于人的心性里。文学艺术恰恰承载着艺术精神和生命真谛。徐复观这样描述他的这一学术思路:"我把文学艺术,都当作中国思想史的一部分来处理,也采用治思想史的穷讨力搜的方法。搜讨到根源之地时,却发现了文学艺术,有不同于一般史的各自特性,更需在运用一般治思想史的方法以后,还要以追体验来进入形象的世界,进入感情的世界,以与作者的精神相往来,因而把握到文学艺术的本质。"② 在这里,他提出了文学研究的核心概念是"追体验"。他在对古代文艺理论家零星的阐释话语中,加深了对"追体验"的理解。他认为,中国文化的话语体系不是依靠逻辑、判断、推理、演绎等方式来展现的,而是靠体悟和体验来找寻生命之真、人性之善、生活之美。我们从前辈哲人或艺术家的经验所得中渗透自己的情感体验和感性认知,用自己的生命经历和生活体悟去精心探索。我们可以在分散的语句中发现内在的思想联系,一个立体的完整生命体的内在关联。这种体验的过程是有意识的进入,是主动的,然后体验在生活中,审美主体会通过这种体验进而创造性地建构自己的审美客体,赋予其审美意义激活自身以及对生命呈现的艺术精神。这种感同身受的艺术精神和生命精神融为一体,展现自我价值的同时,超越自身的艺术存在。徐复观在阐释中国古典艺术精神的同时,以"追体验"的方法提升出人的生命境界,既为艺术本身的美学意蕴找到了发展的方向,也为生命智慧和诗情的馈赠凝结了生生之德与审美之维度。

---

① 徐复观:《儒家政治思想与民主自由人权》,(台北)学生书局1988年版,第55页。
② 徐复观:《中国文学论集续篇》,(台北)学生书局1981年版,第3页。

徐复观的一生跌宕起伏，将自己的生命体验和历史社会联系起来观照生命体验下的艺术生活是他自在自为的思维理路。个体生命与历史社会、与文化生命的血脉相融，是"追体验"的机缘所在。这一机缘让徐复观所倡导的审美体验能够抛开主观掺杂的价值、理念，完成主客体同质同构的消解与提升。在徐复观生活的年代，很多学者以西学的理论框架来匡救中国的传统文化，用西方的理论观点生搬硬套地解读中国文化，甚至，有人以文化卫道士和审判官的身份对中国古代圣贤思想不假思索地加以审判，造成中国传统文化的肢解和歪曲，导致了对文化本身的迫害。徐复观通过艰深的探索和反思，而非使用既成的西方的所谓的"绝对理论"和"纯粹精神"来演绎中国传统文化，他对中国传统文化研究的目的是要找到中国文化的真谛和价值根源。面对中国几千年的文明现象和艺术形式，需要将经验世界的认知盲点规避掉，提升个体驾驭生命的能力，寻求心灵的澄明心境，大胆进行艺术的想象和创造。靠艺术的"真体验"，为解救中国文化精神上的"失语"而提供良药。徐复观还针对中西方思想家阐释学的不同特点加深"追体验"的认识。西方的思想家是以思辨为主，东方的思想家是以具体性为主，强调对个体的完整性把握，让个体包含着整体的意象和意旨。中国传统思想的产生和发展，强调的是机缘巧合，灵光乍现。同一语词，在不同的思想流派或者思想形成的不同时期，常常会发生质的不同。"追体验"在运用读者生活体验的反省与提炼后，更合乎意味深长的情感结构。而徐复观在推进主客体审美共享的过程中，充分调动艺术本身的传达、消解、提升等功能，让"追体验"在主观世界和客观世界达到"天人合一"。

二 "追体验"的阐释学特征

徐复观重视"追体验"的主体所发挥的作用，也就是哲人或者艺术家修身养性、凝练人格的功夫，重在以深度地体验人生的方式和诗意把握世界的方式，去探究艺术的奥妙。重在对客体的本真之悟和艺术的本源之思，传达精神的重建。在阐释中，他们体验作者的创作意图，体会作品的客观意义，体悟作品的语言艺术。在深层哲学判断和生命体察中感悟艺术源问题和生命的本真状态。

直接性。"追体验"不作形而上的思辨和辨别，不借助逻辑分析的判断和鉴别，直接由自身生命切入感知，将自身的心领神会化为自在自为的行为，把握真理的存在，即使有他人业已证实真理，也不放弃个人生命精神的介入，把身体力行的情感体验、认知体验和理性精神融合在一起，运用"追体验"使生命的精神和外在的客体形成共鸣和互通。徐复观说："任何人在一念之间能摆脱自己所有私心杂念成见，即可体验到心的作用。"① 可见，徐复观强调的是心灵世界与研究对象的直接性。这一直接性超出了汇通考据与义理的经学思维，用"追体验"的方式通达主体思想情感和文学艺术世界的精妙之处。

反思性。"追体验"是人对自身的否定之否定，反思之反思，也就是拿着心来对照自身的影子。通过瞬时反省心灵的活动方式，获得集怀疑、犹疑、反思等不同的观念影像。徐复观在人性的探究中，经过对照、反思，将无意识的生理表征下的不和谐、不练达，升腾为人生价值的根源。他说："心可以主宰其他的生理作用，但是亦离不开其他的生理作用"②。徐复观强调的是心在"追体验"中起到督导和反观自省的作用，徐复观向来对心性文化十分重视，通过个体生命中的"心"，唤醒民众的心性，遏制欲望，追求自由，从而实现自己关于"心的文化"的构建。

内在性。"追体验"是对具体情景和现实境况的真实体察。是审美主体在身体和精神中搭建起桥梁。"使生理之气，变为理想的浩然之气。从道德的实践上说，践行，即是道德之心，通过官能的天性，官能的能力，以向客观世界中实现。"③ 身体和心不是割裂的具体，而是整全的此在，体验的发生，更是"身体和主体"在具体意象中的展现，意象成为搭建身体和主体意念的此在的桥梁，这一桥梁指向了过往的体验也指向即将展开的亦然状态，将主体自身精神状态的原委与本身所散发的物我感官相融合、相交织，如此，人的内在精神世界才能成为物我一体、可感可应的"境界"。

贯通性。"追体验"是主体和客体的贯通，徐复观在对中国古典艺术精神的把握上，尤其强调主客体的贯通。在主客难分的情调、氛围中，力求主客体完整地实现"无缝"对接，对接本身是一气呵成的，是浑然一体的，是在知识、涵养、灵感多种官能的交互映衬下的有机统一。有限的

---

① 徐复观：《中国思想史论集》，（台北）学生书局 1959 年版，第 249 页。
② 同上书，第 247—248 页。
③ 同上。

艺术形象，因主客的合一，才显出作者言有尽而意无穷的无限之情。作者有了某种浓郁的感情，必须要有丰富的想象力，使情感由飘忽不定转为凝定沉思。徐复观的"追体验"，既不像作者意图论者那样把作品的意义完全视为由作者决定，也不像文本客观论者那样认为意义就是作品的形式和结构。他认为，"体验"是作者创作时的心灵状态，读者要步步紧"追"，体验这种心灵活动的状态。

　　作为"追体验"的阐释主体，要抛开自身中心主义的枷锁，达到"虚静"的状态。"虚"是没有以自我为中心的成见，"静"是不为物欲情感所扰动。虚静是情感主体抛弃主观成见和欲望的一种解脱和解放。在传统哲学家那里，庄子也曾极其推崇虚静之心，将其看作道、德、人的有机统一，他认为，只有能达到虚静无为之人才能把握艺术真谛。在《中国艺术精神》中，徐复观用"心斋"来强调虚静的本质内涵，"虚""静""明"成为"心斋"的呈现方式，徐复观认为"心斋"和"坐忘"是同一意境，与《中国人性论史》中不同，徐复观指出了达到"心斋"的途径：一是消解欲望，使心得到解放，达到无用之用；二是消解心知，不让是非判断给"心"以烦扰。这两条途径实际就是实现精神自由解放的途径，和人性论中对精神自由期望的内容殊途同归，都要实现精神的自由就需要"忘"和"化"，这也正是"坐忘"的意境。心斋之心也就是虚静之心，虚静之心就是由欲望与心知得到解放后的"心"的呈现。虚静的发展脉络直指精神内核。"静"指的就是虚静之心，"神"指的是虚静之心的活动。因此，审美主体在进行审美判断和审美体验中，要实现艺术之心所追求的至高境界应该是"一"，既是完整统一，也是"忘"和"化"，就是要实现主客体两忘的新境界，实现一种艺术的共感。要实现中国艺术精神，仍要使"心"达到虚静的状态，这样才能"明"，才能体悟物之本质。

三　"追体验"的情感认知

　　徐复观对"追体验"做了深入的说明，他认为必须重视文本和意义具有多重解读的意义，这样可以将历史与现实、局部与整体的关系系统化，能够最接近于文本的本真意义。"追体验"是带着个人的情感去把握生命意义和艺术精神，他需要个人与艺术品的情感共鸣，需要作者和欣赏者的情感慰藉。徐复观指出："读者与作者之间，不论感情与理解方面，都有其可以相通的平面;因此,我们面对每一作品,经读过、看过后,立刻可以成立解释。我们对一个伟大诗人的成功作品,最初成立的解释,若不怀成见,而肯再反复读下去,便会感到有所不足,即是越读越感到作品对自己所呈现出来的气氛、情调,不断地溢出与自己原来所作的解释之外、之上。在不断的体会、欣赏中,作品会把我们导入向更广更深的意境里面去,这便是读者与作者,在立体世界中的距离,不断地缩小,最后可能站在与作者相同的水平,相同的情境,以创作此诗时的心来读它,此之为'追体验'。"① 他给我们解读了文艺创作中作家和艺术品之间心灵沟通的过程,也展示了创作者和欣赏者,读者和作者在面对立体世界中的语言、形式、内容上的情景交融的重要性,以共感的情感体验和性情认知得出艺术欣赏和创作的动力。

　　"追体验"之所以将情感的体认作为艺术的表现方式和传达路径,是因为情感体认是中国古典文化中一种重要的审美方式。儒家将情感作为心灵之母,"人心之感于物"②,道家却把情感作为"无情之情"③,强调遵从自然,以求得个人生存的自由和精神的勃发,表现人与自然的和谐共处的生命精神和生态意识,着重在个人情感体验上做文章。情感体验是一个方面,作为现代新儒家的代表人物,他还要在坚持传统中理解过去,承继传统。对此徐复观这样阐释道:"换言之,只有由考订进到解释,才能'再造过去'。因而使人们理解过去。过去所遗留下来的材料,不论如何的多,但决不会把所有的一切,原封不动的都遗留下来,因此,历史必须凭借想象、类推以得出某种结论。"④ 强调情感体验基础上的解释学阐释,"言有尽而意无穷,天下至文也",面对古代深奥的艺术作品,往往会是"仁者见仁,智者见智",也会带来"横看成岭侧成峰"的视觉不同,如果不推古论今,很难把握好客观认知和艺术的真精神。即使把握好了艺术精神,还需要进行客观的判断取舍,对艺术家的刻意"留白",还需要发挥主观想象力和创造力,进行"二度创作"和"二度鉴别"。投入制造和生发意义的构成,本身就是对客观审美意象的主动创造,艺术作品的生命力往往是由阅读者的创造性活动支撑并完成的。

---

① 徐复观:《中国文学精神》,上海书店出版社 2004 年版,第 324—325 页。
② 《礼记·乐记》。
③ 郭庆藩:《庄子集释》,中华书局 1961 年版,第 36 页。
④ 徐复观:《中国文学精神》,上海书店出版社 2004 年版,第 299 页。

在中国古典文学的实践中，通过自己的"体验"来解读文学样本是有着优良传统的。王夫之创造了"以诗解诗"的传统，他曾经指出："陶冶性情，别有风旨，不可以典册、简牍、训诂之学焉。"① 他反对运用训诂的方法进行体验认知，"以诗解诗"突出的是个人体验和情感认知的丰富性，通过距离的渗透在情景之间建立透视的情感倾向。但是不能将情感渗透于体验中，那样是难以找到艺术的真意的。美学家叶朗先生认可从解释学的角度投入情感体认对中国古典诗歌进行研究，他将中国古典诗词中的文言词汇的灵活性和含混性做了分析，这种语法中的不确定性、多变性、多重解读意义的特征，恰恰是西方文字难以捕捉到的，它的意蕴丰富性为读者和文字建立了高度灵活的自由关系。叶朗认为："没有定位，没有事先预设的意义和关系的'圈定'，作者仿佛站在一边，使情境开放，任读者从不同的角度进入，参与创造，感受诗中所同时提供的多重意蕴，从中获得不同层次的美感。"② 这里，叶朗提出了一个审美评价的标准，那就是体验到的多重解读性，也就是"诗无达诂"，他看到了艺术作品的审美意象也是多样的、多义的。清代扬州学派代表人物焦循在他的诗文集中指出："学者失其性命之情，而徒为旧闻所淹没，以论古史，鲜不失之。"③ 焦循在自己的学术历程中，将学问和性灵结合起来，强调情感的体认和投入，也十分注重经学的考据，形成客观的"性灵"和生命意象。

在徐复观看来，在创作论上，"追体验"是创作的方法，也是情感体认的归宿。这是他基于对中国传统文化基本特征的了解和认知。他从人性论的角度，得出中国文化的基本特征是基于人的"心灵"，需要从灵魂深处的情感认知和理性把握。理性是道德的支撑，这是人文主义的基本精神。他认为："在中国文化中，有一个根本信念，认为凡是人的本性，都是善的，也大体都是相同的。因而由本性发出来的好恶，便彼此相去不远。作为一个伟大的诗人的基本条件，首先在于不失其赤子之心，不失去自己的人性，这便得人性之正。"④ 这里的"赤子之心"强调的是澄明的情感体认和高尚的人格体验，提升精神主体的艺术审美能力。"人性之

---

① 王夫之：《姜斋诗话》，人民文学出版社 1961 年版，第 72 页。
② 叶朗：《中国美学史大纲》，上海人民出版社 1985 年版，第 255 页。
③ 焦循：《氏澹园续集》，万历刻板（卷一），第 23 页。
④ 徐复观：《传统思想中诗的个性与社会性问题》，《中国文学论集》，（台北）学生书局1982 年版，第 87 页。

正"恰恰是他对性情之正的最好诠释，既是人性论的基本内容，也是性情真实和丰富性的认可。伟大的艺术家正是凭借自己的人格之正和情感的体认进入伟大的艺术家的心灵深处，提升自我的精神境界，考察生命价值和艺术的真谛。徐复观还认为："'追体验'更深一层的含义，是以作者之心'纯化深化读者之心'。由进入作家的情感世界，追寻作家诗人的生命人格，以与作家诗人的精神相往来，进而扩充自己的精神世界。"①"追体验"既是对先秦儒家传统"乐教"伦理和"诗教"理论的继承和发展，同时也是徐复观在艺术追求和自由精神的审美夙愿。

从阐释学的角度上，看徐复观在文艺美学体系中所创造的"追体验"，体现了在现代学术背景下，对中国传统文化和文学炽热的感情投入，试图在多元文化背景下探求艺术精神的良苦用心。徐复观以"追体验"的方式对艺术形象进行审美创造，同时融入情感体认，将外在的客观世界融入自我情感的主观认知中，调动"心"的脉搏，逐渐把握艺术精神和生命的真谛。

第二节 "第二自然"

"第二自然"本为西方美学的哲学命题，徐复观创造性的运用"第二自然"来解读中国艺术精神，探索中国传统文化的无穷魅力，带有深沉的意味和凝重的诗意，以深度地体验人生和把握世界，诗意地探究艺术的奥妙。"第二自然"具有主客合一、心性融通的审美境界，是对庄子"心"的超脱和对西方现象学的超越。徐复观在文艺美学中创造性地运用"第二自然"，内涵丰富，不仅是一个博大精深的哲学命题，更是一个独特有趣的审美范畴。

一 "第二自然"并非徐复观独创，却为其情有独钟

从西方美学的发展历程看，"第二自然"曾经在达·芬奇、歌德、康德、马克思的美学思想体系中作为"科学的手段"和"思想的武器"出

---

① 胡晓明：《思想史家的文学研究——徐复观中国文学论集及续编读后》，《贵州社会科学》1987年第5期。

现。达·芬奇认为："'第二自然'是画家对自然世界'先存之心中，然后表之于手'的艺术展示"①，要求艺术家全面透视客观世界，掌握客观世界的细微动向，力图描摹和反照大自然的本来面目。在歌德看来，艺术家对大自然的艺术处理是"第二自然"的自在自为，需要艺术家独特的审美判断和艺术家的创造力的参与。美学家朱光潜对此作了专门的理解："拿一种第二自然奉还给自然，一种感觉过的，思考过的，按人的方式使其达到完美的自然"②。在康德看来，"第二自然"是人们主体心灵中的自然律令，有理性的规则，也有对自然原始状态的深入认识。马克思运用辩证唯物主义的思想对康德和黑格尔的学说进行了认识上的改造，重新界定了人的本质内涵，将人在改造客观世界中劳动的目的，变为本质力量的对象化，创造出"人化的自然"③，也成为新的"第二自然"。

在徐复观看来，人本身就是目的，生命的价值内在于人的心性里，文学艺术是一种特殊的生命体验形式。只有从人性深处，从生命体验的角度出发，才能正确理解文学艺术的真正精神和审美意蕴。徐复观在《中国艺术精神》一书中，从品鉴山水、人物画作的精妙神思中，不断的使用到"第二自然"这一词，共使用了11次。在学术论文《王国维〈人间词话〉境界说试评》中，使用了两次。在一本著作中或者论文中，除了反复解释概念，很少能高频率的使用某个美学范畴对艺术作品进行高密度的解读和探索，这说明徐复观对"第二自然"情有独钟。

徐复观的"第二自然"实际上是从庄子丰厚的学术思想和抽象的艺术境界所生发出来的。徐复观引用西方的观点是为了更好地印证自己在庄子精神感悟中的真伪和优劣，追求艺术的精神境界才是他本真的用意。徐复观是通过对庄子精神的把握来认知中国艺术精神的。而中国艺术精神的核心在于实现自我的超越，这是精神境界的第一要义。通过审美主体和客观意象的交流融通，相互超越，最终实现"即自的超越"④。可见，徐复观将"第二自然"同"追体验"都视为主客体进行艺术交融会通的方法，以此探寻中国艺术精神的真谛。"第二自然"异于西方哲学思想指导下的体系建设和理路思考，将审美意识与艺术真实融入主客相融的艺术实践中

---

① 达·芬奇：《达·芬奇论绘画》，广西师范大学出版社2003年版，第11页。
② 朱光潜：《西方美学史》（下卷），人民文学出版社1979年版，第417页。
③ 马克思、恩格斯：《马克思恩格斯全集》（第42卷），人民出版社2008年版，第126页。
④ 徐复观：《中国艺术精神》，华东师范大学出版社2001年版，第62页。

去体察、去阐释。

二 文艺美学视域下"第二自然"的形成机理

徐复观学贯中西,他尤其受到了西方现象学主要思潮的影响。其中,德国现象学者哈特曼和奥德布里特（Ode Brecht, 1883—1945）都对徐复观的美学思想产生过深远的影响。哈特曼创造了"透视观"的体认理论,将直觉可知的东西通过"透视"路径进而探索未知的审美对象和意象。奥德布里特则创造了"第二的新的对象"观点,徐复观对此进行了加工和创造,他认为:"第二的新的对象,可以说是新的形象,本质的形象;也可以说是潜伏在第一对象里面的价值、意味,通过透视,实际是通过想象,而把它逗引出来。"① 这"第二的新的对象"成为徐复观阐释中国艺术精神的重要概念,将想象的主观判断和思维运行模式与阐释意味结合起来,增加了对艺术阐发的客观理路。在徐复观的进一步阐释中,强调"新"的"第二",不是对"第一"自然的纯客观描摹,更不是对自然景物的白描式的发挥,而是建立在旧貌换新颜基础上的深层次的挖掘和阐发。

艺术的建构方式、创造风格、评鉴方式在中西文化影响下是不同的,徐复观作出了特别的说明,西方的思想家是以思辨为主,东方的思想家是以具体性为主,前者强调准确判断,后者强调模糊意象;前者靠知识,后者靠智慧。徐复观认为自己所倡导的"第二自然"就是智慧的表征。它建立在对自然生命状态的基本认识,同时体现了妙悟的追求体认方式,也浸润了作者、作品和读者三者出场的认知结构和体验方式。他充满着对"第二自然"的敬畏和欣赏。在对庄子精神的研究方面,更是做出了大胆的探索。庄子崇尚"大巧",这得益于老子的引导,却在《庄子》一书中,有更深刻的发挥。《庄子·天道》篇中有这样一句话,"吾师乎,吾师乎?万物而不为戾;泽及万世而不为仁,长于上古而不为寿;覆载天地,刻雕众形而不为巧"。② 这里的"不为巧",是不为世俗工匠之巧的大巧。庄子在许多地方,发掘并欣赏这种大巧,庄子用"大巧"追求本真的艺术精神,徐复观将这里的"大巧"归结为自然的状态。

---

① 徐复观:《中国艺术精神》,华东师范大学出版社 2001 年版,第 56 页。
② 陈鼓应:《庄子今注今译》,中华书局 1983 年版,第 120 页。

在人生观上，从一般的忧乐中超越上去，以得至乐天乐，庄子通过"忘"来历练非常的工夫，实际是成就人生之乐。而在艺术精神上，在精神境界中，涵容一切，肯定一切，徐复观对大自然的感念和思索，加入了这样一种无功利的情节，导出异于纯客观自然的"第二自然"。

三　"第二自然"的审美特征

"第二自然"在运用读者生活体验的反省与提炼后，更合乎意味深长的情感结构。而徐复观在推进主客体审美共享的过程中，充分调动艺术本身的传达、消解、提升等功能，让"第二自然"在实现主观世界和客观存在中实现"天人合一"，达到"心性融通"。

徐复观重视"第二自然"的主体所发挥的作用，也就是哲人或者艺术家修身养性、凝练人格的功夫，重在以深度地体验人生和诗意把握世界的方式，去探究艺术的奥妙。重在对客体的本真之悟和艺术的本源之思，传达精神的重建。徐复观对主体情感的把握，受到了庄子精神的影响，庄子把人在精神方面的情感、情绪乃至人的欲望总括为"情"，他又认为在现实生活中，一个人常常会为世俗情感所困扰，要保持主体精神的独立，要做到"无情"。庄子既承认人的性命之情，又反对人的世俗之情，他青睐于自然无为、本性不灭的"真情"。这是上达于"道"的一种精神境界。徐复观对中国艺术精神的把握，继承了庄子精神的灵魂，他更将人的精神世界与宇宙万物本原观念相结合，建立在"道"基础上的万物归一，徐复观的"第二自然"，强调审美主体传达精神的重建。在阐释中，他们体验作者的创作意图，体会作品的客观意义，体悟作品的语言艺术。在深层哲学判断和生命体察中感悟艺术源问题和生命的本真状态。

徐复观的"第二自然"强调审美主体的真性情。这得益于他对庄子精神的超越和对中国艺术精神的深思。庄子所追求的"情"的境界，实质上就是"真"的境界，也就是"道"的境界。"有情有信"就是真实可信，"道"无所作为让人们感到它的存在，没有形状让人们察觉它的存在。它永远真实地存在着，有它才有了整个世界。庄子这种描述就是告诉人们，"道"是无所不在的，"信"即是"真"，"真"即是"道"。庄子对于自我与世界的关心，皆可用物化、忘我的观念加以贯通。所谓"物化"，是自己随"物"变化，忘记了自我，庄周梦蝶的故事正是"物化"

的典型范式。这是主客合一的极致，更是主客体相融合的境界。郭象用"冥"这一字来把握这种主客相融合的关系，就如同道家强调"万物归一"的"一"字，统摄的内容融进了自我认知的空间，徐复观则在此基础上，将这种心性融通却心无旁骛的境界看作庄子的"物我一体"，"物我一体"正是心所贯注的对象，也是审美的客观物象，这是在以虚静之心的主体性上，所不期然而然的结果。也就是"第二自然"的审美特征。

徐复观强调的是心灵世界与客观世界的相通性。这一相通性超出了汇通考据与义理的经学思维，用"第二自然"的方式通达心性内里和文学艺术世界的通达之处。徐复观说："任何人在一念之间能摆脱自己所有私心杂念成见，即可体验到心的作用。"① 在这里，徐复观引入了"体验"的概念，这是"第二自然"行之有效的方法，将体验投射在"心"上与心性融通，达到对客观世界的纯粹把握。

"第二自然"创造的就是一种内心情感和外在客观事物交流融通的状态，这一方式必然会对把握中国传统文化的意蕴和内涵有着极大的导引作用。"第二自然"强调的是从意识形态中把握中国传统文化精髓的方式，无论是王国维的"境界说"，还是宗白华的"美学散步观"，抑或是朱光潜的"意象说"都意在找到主观意念和客观物象的情感认同和心灵栖息。"徐复观恰恰是从古代文论家的零星阐释话语中，找到审美创造力的展示"②。

"第二自然"是徐复观探索的文艺美学创作论的经典范式。这一理论成果对中国文艺美学思想的发展是有帮助的，文艺美学的发展是伴随着中国文化的发展而不断发展的，现代美学体系受到了西方文艺美学思想的影响，文艺美学的本土化和内部觉醒是中国美学发展的方向，也是中国美学家共同追求的奋斗方向。"第二自然"恰恰把握了中国传统文化的灵魂，从情感体认上把握主观心性和外在物象的融合，恰恰迎合了中国传统文化和审美文化中重"体悟"的智慧和"性灵观"，对我们推进中国当代文艺美学的本土化丰富和发展，在中西方"对歌"发展中找到永久栖息之地是有意义的。

---

① 徐复观：《中国思想史论集》，（台北）学生书局 1959 年版，第 249 页。
② 侯敏：《现代新儒家美学论衡》，齐鲁书社 2010 年版，第 342 页。

第三节   可能性:一种脱离限制的内心确认

徐复观的"追体验"和"第二自然"体现了一种脱离限制的内心确认。这里的"内心确认"是对生命的体认和自由精神的追逐。美与人的自由,艺术与美的诞生,一直是文学艺术不断展现的永恒的主题。文学关注人类灵魂世界,是对人的生存境遇的关注,是对生命精神的自由把握。人对生命价值的确认方式有很多种,无论是西方的归于上帝还是绝对精神理念,抑或是东方的归于心性和"道",都是对自由精神的把握。

文学艺术本身具有"读心"的功能。这些都可以从文学艺术的生发过程中得出,人在社会生活中会有不同的生活境遇,对生命本身的无奈、彷徨、无助,也有对生活状态的赞叹、欣赏、青睐。这些通过文学艺术的笔触,投射在客观意象当中,让人的思想和内心的生命跃动获得良好的生存环境,有了脱离生活限制的内心确认。文学本是功利性和无功利性的有机结合,功利性是大胆的脱离限制,获得生命的再生和勃发,而无功利性往往表现在艺术本身给心灵世界找到了可以延续的生存空间,让内心有了生命的徜徉之地,栖息之所。只有在这个时候,人才能将外在的束缚和限制完全摆脱掉,充分享受艺术精神带给自己的精神自由。

我们平常说的"人文学科",其最主要的特点是关注人、关心人、关爱人,人是研究的对象,自然科学和人文科学最大的不同就在于,前者是求真的,而后者是向善的,毫无疑问,文学和艺术属于后者。南开大学张毅教授指出:"将人类生活分为物质生活与精神生活两个领域,在精神生活领域崇尚直觉和自由意志,认为科学及其实证方法不能解决人生观问题。这是典型的现代新儒家的人文主义思想。"① 现代新儒家都是站在历史发展的宏阔视野下,站在时空交互的思想对接中,探寻中国文化前进的方向和中国人最终的命运,这就是他们主要的人文精神。我们从徐复观对文艺创作论中可以探知文学与自由关系的实质。文学的本质是自由,自由是道德的自由,是艺术的自由,这三者在徐复观的文艺美学中不谋而合,

---

① 张毅:《儒家文艺美学——从原始儒家到现代新儒家》,南开大学出版社 2004 年版,第323 页。

相得益彰。徐复观将艺术做了精细的分类，认为："艺术是反映时代、社会的。艺术的反映，常常采取两种不同的方向。一种是顺承性的反映，一种是反省性的反映。"① 前者是客观的反映现实，是社会发展的镜子，既照亮发展的过程，也照亮前进的脚步；后者则是社会发展的监督器，消解社会发展的稳定性，抽取社会发展的逆向思维，走向无极、自然、平淡和净化。徐复观还认为："中国的山水画，则是在长期专制政治的压迫，及一般士大夫的利欲熏心的现实之下，想超越社会，向自然中去，以获得精神的自由，保持精神的纯洁，恢复生命的疲困而成立的，这是反省性的反映。"② 中国古代文化中的山水画、诗词歌赋等艺术形式是对人心灵的救赎，这与当时的时代背景和社会氛围是分不开的。从文化发展的横断面来看，其实并不只有中国的山水画让人能够摆脱社会的外在束缚，找到心灵的栖息之所，最终达到自由精神的内心确认。西方经典的童话文本，也在思维方式和文学样式上，不断寻找心灵的栖息之地，最终找到了内心超限制的象征性的确认方式。

　　童话从一开始到现在，始终保持着一种单一的思维方式。童话是一种保留我们心灵发展印记的最纯粹的文学。童话和它的孪生兄弟神话与宗教一起，在古代文化形态中留下辉煌的印记。童话、神话和宗教都有一个思维结构，这个结构在古巴比伦、古代中国、古代印度、古希腊是人们交流的语言模式，并塑造了那个时代人们的心灵世界和生活世界。这个思维结构，就是用具象的生活或非生活的故事去引领人类得出故事的象征意义。这个具有象征意义的思维结构取消了外在世界的逻辑结构和我们所熟悉的时空秩序，它不需要借助一系列复杂的语言符号和技术规则而直接以内心的体验进行交流，它就是人人都能领会的经验、感觉的一种投射，近乎一种本能反应。

　　这个旨在象征意义的思维结构存在于神话、童话、宗教文学（特别是先知文学）之中，存在于人们之间只可意会不可言传的体验中，这种体验打破了私人性而以一种公共体验的形式表现出来。这个思维结构就是最本真的体验、认知、理解世界的模式。现在，我们通过对童话进行哲学阐释，其实就是通过深入人的无意识结构，去了解古代人类依靠直觉、体

---

① 徐复观：《中国艺术精神·自叙》，华东师范大学出版社2001年版，第5页。
② 同上。

验而认识世界的认知模式和理解模式。这是真正的思想的火花，它使人不由得想问：现代的建立在物质基础上的理性对真实的遮蔽虽然表现为一种技术层面的进步，但"技术理性"①（某种程度上也是一种工具理性）真的是一种理解的进步吗？

在比较了童话世界里倡导的思维方式和我们身处的物质世界的"技术理性"之后，我们发现其中有一个关键点。即我们在这个时代、在日常生活中是发展了我们和我们心灵的关系，还是在与外在世界进一步贴近的同时疏远了我们与我们心灵的关系？人在将自己的技术理性结构切入世界客观的逻辑结构中，洞悉它的秘密并以一种"理性的狡黠"的方式利用世界的物质交流与能量转换创造出庞大的人工世界时，是否忽视了关键一点，即人与心灵的联系？而真实的遮蔽是否又意味着人已不可能直观地把握那个本然的世界了？无论你愿意不愿意，承认不承认，我们现在面对的都是一个人工世界，一个由各种虚假的意识形态所编好了码的世界。这是我们的生活事实。没有源自我们内心直觉的、孩提时代所尊为圭臬的童话世界的思维方式，仅仅依靠一种被技术主义编码的认知和理解模式，难以实现灵魂的安静和生命的实在。

物质在物质世界里，本就是单一意义的。物质的单一意义就是一种存在的物，这一意义是完全源于自身的。但是人的思维使得某一特定的物质在人的思维中变成另一物质，以致最终成为一种观念。人就是在对外在世界的不断思考中发展出人类精神的。这完全得益于人类的联想能力，以及把这种联想固定化的象征手法。象征把物质世界的某物与人的观念世界有了联结，并用主观覆盖客观，使得主体精神在客体世界中得到了完全的展示。显然，象征是一种使我们理解生活应该是"诗意的栖居"②的一种很好的思维方法。也是关注人类生存终极价值的探索方式，当这种思维方法被运用到艺术作品里的时候，这个方法就被称为一种艺术表现手法。所有关注人类精神世界的作家，都会刻意寻找每个事物或事件背后约定俗成的文化意义，都会寻找最能传达作家内心世界的外在事物和事件，并试图通过这个外在事物或事件，把作家的真实想法传递出去。因此，文学作品里

---

① "技术理性"是由西方著名学者哈贝马斯提出的，他认为，技术规则是作为一种目的理性的活动系统。后来，"技术理性"又被称为"工具理性"，由法兰克福学派代表人物霍克海默和阿道尔诺进行了阐发。

② ［德］海德格尔：《人，诗意的栖居》，远东出版社1995年版，第1页。

的事物或事件都是一种有意味的事物或事件，文学就是通过生活的外观（外在事物或事件）来表现内在的生活意义。徐复观在对苏轼兄弟诗词研究中也指出："美的意识，常常是在这种解脱状态下显现出来，所以酒与诗与画，常结有不解之缘"①，也就是强调主观心灵世界和客观物质世界的精神传递，达到了沟通和谐一致的目标。

① 徐复观：《中国艺术精神》，华东师范大学出版社 2001 年版，第 222 页。

第六章　文学史个案分析:徐复观
文艺美学实例研究

徐复观创造了以思想史研究文学史,以文学史研究艺术史的独特的研究方法,这不仅在文学规律上属于创作方法的创新,而且还对文学本质的命题做了深入的研究。徐复观对文学史主要个案的美学分析,有利于我们全面把握徐复观文艺作品论的核心思想。对《史记》的文学性考察,对杜甫苦难精神和忧患意识的理解,对李商隐诗歌比兴手法和文体结构的诗性解读,对我们思考文艺作品的创作论、鉴赏论都有理论的指导意义和借鉴价值。

第一节　《史记》的文学性考察

《史记》有着自己的成书法则,清代散文大家方苞曾经以"言有序"的理论对《史记》进行谋篇方式的说明。徐复观在读《史记》札记中,也对《史记》做了研究,但他的焦点是放在《史记》的文学法则上,从历史想象到人物描摹作了系统的文学性考察,他抛开了方苞等人以"形式化"研究《史记》的方式,创造了自己融汇文化研究的文艺美学评鉴观。

一　开启了广阔的"历史想象"

在对《史记》的成书背景上,徐复观考察了创作者的创作意图,他对比了司马迁和左丘明两位历史学家,他在评价左丘明的创作成就时,赞扬了一个伟大的艺术心灵,提出了艺术精神的概念。这里的"艺术心灵",他强调的是能够在个体的生命中体察人类历史的发展命运,从人类历史中能够看到艺术精神的真谛和生命意象的"意味"。徐复观认为司马迁在审视人的艺术心灵,开创历史想象方面创造了辉煌的范本。他认为:"史学之所以成立,乃成立于活着的人,与死去的人,能在时间上贯通,在生活上连接,以扩充活着的人的生存广度与深度。换言之,史学乃成立于今人对古人的要请之上。"①

徐复观首先从艺术性和心性的角度去把握《史记》,认为《史记》通过人物的描摹,折射出历史的史实,充满着艺术的想象,而且赋予了艺术的灵魂,将艺术心灵的原则放置于人物和历史事件中,充盈着饱满的艺术趣味。《史记》的趣味性,有多种表现形式,较为典型的有以下几种:第一种,将神话传奇融入历史事件中,充满着文学性的想象。作为一部纪传体通史,它需要借助最早的神话传说,将历史事件和传奇性的故事串联在一起,给读者以历史性和形象性共有的阅读体会。可谓"善读者,读历史;不善读者,读故事",这样给我们展示了历史的想象。徐复观认为早期的历史,从神话中透出来,乃有历史可言,"而一些研究中国神话的人,不从神话中去发现历史,却要把历史变成神话,这是学术上的倒行逆施"。② 第二种,将传说性的带有疑问的故事演绎成为历史事件的诱因或部分。"语出有因,查无实据"③ 看似合理,有理有利,但是无从查考,史料也有部分真实性。事出有因,但事情经过了变形、转移、挪动,存在疑问,却也说得过去,并能给人以更宏阔的想象。《封禅书》中"云"字句复出叠见,大多作存疑口吻,即属此类。第三种是,将历史中的逸闻趣事融进历史记载中。所谓"逸闻趣事",重点在"趣"上,有意思、有趣味,回味后还充满着意味。此类最为普遍,项羽少年学书学剑,李广射草中石为虎,皆是这一类。

从以上丰富的趣味性的几种罗列形式来看,司马迁创作中有一种艺术精神或者说一种文艺的导向在里面。神话故事、逸闻趣事、传闻流俗等都体现了《史记》的艺术性和文学性探索。他将艺术心灵投射进取材和素材中,以"猎奇"和"涉疑"的方式选择历史人物,记述历史事件,这些特点无论是过去的史学家还是现在的文学家都做过尖锐的评判,有褒奖

---

① 徐复观:《论史记》,李维武编《徐复观文集》(第五卷),湖北人民出版社 2009 年版,第 273 页。
② 徐复观:《两汉思想史》第三卷,华东师范大学出版社 2001 年版,第 195 页。
③ 钱锺书:《管锥编》(第一册),中华书局 1986 年版,第 286 页。

也有批判，从整体上看，有流于敷衍了事的倾向，未能切中肯綮。《史记》中表现出来的趣味性究竟如何理解，这种"趣味性"与"义"的关系如何，徐复观的观点是值得注意的。他认为，首先，此趣味性与历史人物的行为引起成败利害并没有"直接"的关系，也就是说，这种趣味性与表达的"义"并非一事。其次，由所传之奇，所传之疑，所传之趣而致使所写人物达到丰满、生动，从而引发深刻的思想，让读者把握到其中的"义"，这些奇、疑、趣间接地催发了"义"的生长，即徐复观所说的"存义传疑"。日本汉学家泷川资言在《史记会注考证》中引录了清代学者梁玉绳对《伯夷列传》的"十疑"，其他的一些日本学者也随声附和，徐复观在对《史记》的研究札记中予以分析之后加以斥责："《伯夷列传》之用意有二，一为推重伯夷让国在政治人生中之重大价值，一为表明作史者发微阐幽之重大责任。而其在方法上因材料之限制，乃采'疑以传疑'之方法。梁玉绳先生因为不知选择材料，有须以价值为标准，而在叙述方法上又有'疑则传疑'之方法，故有此妄论。"①

我们可以看出，在《史记》中的神话传说、逸闻趣事等无从考证，但也绝不是主观捏造，都可以看出一种历史想象。以"义"为基点，将历史看作一个整体的文化生命。在"信以传信""疑以传疑"的原则之下，司马迁注重在历史事件中融化其生命的艺术形象，并赋予生命自身极高的品格。这是一种市井文化的历史性记载，这种评判不仅仅是对市井文化的肯定，它与封建道德观念、对六经的批判联系起来，是一个问题的两个方面，表现了文学和历史研究中的文学性法则，对"俗"的肯定，其意义已经远远超出了文学艺术的领域。近代以来，中国传统美学在长期的沉寂并经历了许多劫难之后，终于开始受到国人的重新审视。这种世俗化和边缘化的美学诉求，在浑融生命本体和艺术精神的意义上，也注入了一定的审美能力。其实质还是在对生命、对大众的态度上。一方面有对历史的尊重，有对生命的敬畏，另一方面有对大众的热爱，还有共同阐发的情怀和愿望。这是艺术创作论上的突破。再一次证明了艺术在其本质上是对生命本质的认识和对承载意义的揭示。这种对生命和价值的结合方式，正是《史记》的文学性法则。

---

① 徐复观：《徐复观学术思想国际研讨会论文集》，（台湾）东海大学 1992 年版，第397 页。

二　《史记》的气势

《史记》各篇构造组织精密、协调、出神入化,通篇富有气势,语言文字跌宕有致。一般研读《史记》者都体会深刻。中国古代文学研究中十分注重"气"的营造,从曹丕的文气观到《文心雕龙》的文气论,历经岁月和时代变迁,"气"成了艺术生命的精神,"气"凝结了人的生命情亲和艺术精神的真谛。徐复观对此也做出了深刻的说明:"气升华而融入于神,乃为艺术性的气。指明作者内在的生命向外表出的经路,是气的作用,这是中国文学艺术理论中最大的特色。不过此时的气,实系与神成为统一体。"①

他在分析司马迁的《史记》创作中,也把握到了司马迁运用历史事件和精神性因素的融合,这是他运用史料进行创作的独有特色。通过一系列历史事件和历史人物的营造和塑造,为精神和情感找到"出气筒",生发出"神气"和"志气"。对历史人物的把握上,恰恰是对历史人物关系之间的气势营造,而在历史事件的设计上,找到历史事件的发展演变过程和重点脉络。当谈到《项羽本纪》"巨鹿之战"时,徐复观在《史记》研究札记中写道:"按叙事之法,有其一贯主题,楚者此文之主题。其行动必与全局相关,势,若与楚之利害有关故必叙全局而楚之意义乃明。然楚未掌握全局之前,即楚以外之某一局部形,则此形势亦成为楚行动之背景,必此种背景明而后楚之行动意义乃显。故一切插叙均以此断之。"②

从徐复观对这一段历史的客观分析看,我们能够在"背景"和"气势"中看出历史中人物和事件的内在结构张力。历史是由人物和事件构成的,人物和事件具有自在自为的气势,如何将这种气势发挥出来,需要艺术家和创作者通过情感的体认和艺术的认知去把握,把握生命的意义,感受历史发展的脉络。在《项羽本纪》中,以项羽为着力点,前后发力,将一个历史背景下人物命运丰富地展现出来,自然造就叙述的焦点,成就艺术的魅力。这是从内容的构成上来完成的。从思想艺术上看,恰恰是对

---

① 徐复观:《中国艺术精神》,华东师范大学出版社 2001 年版,第 98 页。
② 徐复观:《史记札记》,《徐复观学术思想国际研讨会论文集》,(台湾)东海大学 1992 年版。

历史条件下项羽命运的琢磨，将生命意识中的内在结构和紧张情绪都唤醒了，将人物命运和读者的思想意识紧密地结合在一起了。从文化结构上看，《史记》抓住了人物的命运和事件的因果关系，在文化结构中建构了紧张的内在动力，展示了精神救赎的命运共同体的历史意识，很亲切地拉近读者和历史的关系，读者和作者的关系，使读者能够跟着人物命运的悲欢离合和事件的起承转合不断变化，形成了情感和气势上的共鸣。这里最值得敬佩的就是司马迁，他将历史人物和历史事件装满了内心，构建起跨越时空的大的灵魂式的"文势"。徐复观对此认真研究了《史记》各篇章之间的内在联系和逻辑关系，认为既有时间上的承继，也有空间上的整合，虽跨越时空，也情深意切。篇章之间紧凑和谐，相得益彰，前后紧密，内外适度，展现出浓烈的历史意味和深厚的诗学价值。同时也相继出现了一种激情的力量。人类的激情一旦激发，历史就会迸发出极大的热情和感染力。"这个世界上有一种力量比可怕的自然界物质力量还要可怕，那就是人类的激情"①。这种激情是和生命的精神交相呼应的，这也正是《史记》透露出来的强大的气势。这种气势是一种精神，更是一种力量，一种面对历史的反思性成长，一种面对历史的激情性迸发，一种艺术的感染力，这就是"气势"的本意。

从《史记》传达出的篇章结构和事件组合看，《史记》和《诗经》《离骚》等作品一样，都是完整的系统的诗篇组合。无论是八书、十表、十二本纪、三十世家、七十列传还是人物关系的构成，都存在着一种气势上的照应和力量，他们之间是相互影响的，共同维系着历史人物的生命形态。对此，徐复观认为："在史学上，此传乃缓辑先秦原有故事编成，文字亦多仍前人之旧。司马迁特合为一传，使此类守信重义，感激轻生之人，特显出其生命之形态与价值，而给与以历史中之地位。"②（《刺客列传》）

从《伯夷列传》的描述方法看，开篇并没有立即导入核心人物，而是用对比和衬托的手法，这样相映成趣，也增强了对主要人物的深刻描摹。而《刺客列传》则是先把人物放在一边，先将历史跨度的人物背景

---

① 辜鸿铭：《良民宗教》，中国城市出版社 2008 年版，第 37 页。
② 徐复观：《徐复观学术思想国际研讨会论文集》，（台湾）东海大学 1992 年版，第397 页。

描述清楚,让人物渐渐浮出水面,接二连三,和盘托出,增强了表达的语势和人物的气势。徐复观站在人的精神实质和历史内涵的层面上探寻历史事实的渊源,突出了认识的独特性。徐复观通过人物性格的分析和历史事件中的文化渊源,将人物的心智、性情和情感完全把握出来。中国人本就重视主体心灵的生活,将人物命运和人物性格结合的方法恰恰是"读心"的史学传统,能够更好地把握人物和相关历史情节。既有内在的结构完整性,又不乏外在情感的气势,现代学者将《史记》的这一艺术方法总结为"内外两种韵律的结合"[①],以人类普遍的情感体认来注解内在的结构和韵律,以正义和责任来品评历史事件带给我们的情感冲击和艺术精神。从传统儒家思想的角度上看,这种表现方式似乎是对"述而不作"传统观念的大胆挑战,更是对"作"独创性的积极提倡,这在当时不仅是难能可贵的,也是需要极大勇气的。这对文学艺术的发展无疑是有帮助的。

比较作为一种认识方法和思想手段,可谓由来已久。有比较才能有鉴别,每一种文化都有相应的心理结构、文化传统、文化模式、价值观念。尤其是到了近现代,随着文化交流的深入,只有进行跨文化的比较和对话,才能充分认识自身,拓展自身。徐复观是现代中国最早从事中西文化比较研究的学者之一,我们通过徐复观在文艺美学上的思想比较与之有相关性的研究,能够折射出现代中国比较文化和文学研究收获的实绩。徐复观将比较的视角引入对《史记》气势的考察上,发现《史记》在语言风格上有着复古的倾向,这既反映了司马迁文字运用的能力,也有历史研究表现出来的客观态度。徐复观认为:"史公的文体疏朗,富于变化。文句的组成较为圆满。篇章的结构、线索分明,照应周密。所以在理解上亦较为容易。在叙述上,则较精确而能尽量地保存历史的原貌。"[②]

《史记》中巧妙运用虚词和动词,既能让语势变得跌宕起伏,又能传达出人物的基本性格和故事的系统性,尊重历史史料,将人物的形象也激活了。这些语言有着民族语言的风范,不是狂妄的"大白话",也不是晦涩的文言词,而是对纯正的语言特性的本真描述。我们中国人从古至今都非常重视语言的应用能力,因为语言是心灵的窗户。"中国人生活在一个

---

① -韩兆琦等:《史记通论》,"《史记》的抒情性"一节,北京师范大学出版社 1990 年版,第 142—150 页。

② 徐复观:《两汉思想史》(第三卷),华东师范大学出版社 2001 年版,第 326—327 页。

心灵的生活中。"① 中国人不是用大脑记忆人物和事件，而是用心灵来体悟语言的魅力和所蕴含的深刻内涵，对于历史的记载更是要在语言上体现民族性和基本文化的精神。徐复观对《史记》文学法则的解读，一方面看到了作为"史家之绝唱，无韵之离骚"的文学典籍和历史著作所共同具备的语言的魅力，那是精致的平衡和敏感的圆融。另一方面，对文学语言的表现也是极有启发意义的。的确，欲圆中国梦，必兴中国字，文学艺术无疑是文字最有活力的舞台。《史记》中的语言文字所蕴含的民族精神和民族意识恰恰是返本开新的最好注解。

　　从以上分析看，徐复观对《史记》的研究，是基于思想史的认识开始的，但最终走向人性论的发展方向。他对《史记》开拓出的"历史的想象"和"文学性的法则"，从生命意义和艺术精神层面上挖掘了人的心灵世界，具有批判意识和价值探索精神。

第二节　杜甫与"苦难精神"

　　杜甫，是研究中国诗学绕不开的论题。从唐代至今，说杜、解杜、注杜、论杜的著作，难以计数，徐复观在台湾、香港，先后参与两场关于杜诗的论争②，前后著文多篇，涉及杜甫诗学中的一些重要问题。两次论争皆是他占据主动的地位，以一个思想史家、现代新儒家的基本立场，对于相关的问题进行了富有特色的"澄清"。不仅如此，徐复观在其另外一些论著中，对杜甫诗学精神所蕴含的"沉郁顿挫"思想做过详细的解读。"杜甫与苦难精神"成为徐复观文艺美学思想体系中的文化阐释的重要内容。

一　苦难精神：诗品即人品

　　有人认为，在杜甫诗歌研究史上，"道德阐释"与"诗艺阐释"始终是杜诗阐释中的两个主要方向③。这种表述在表面上来看似乎有些道理，

---

① 辜鸿铭：《中国人的精神》，中国城市出版社 2008 年版，第 59 页。
② 徐复观：《中国文学论集续篇》，（台北）学生书局 1981 年版，第 121 页。
③ 谢思炜：《唐宋诗学论集》，商务印书馆 2003 年版，第 18 页。

但实际上，这"两个方向"并不能隔离开来，因为这种割离本身并不符合杜甫诗学本身的形态。徐复观论杜甫的诗，就是巧妙地运用"艺术"和"道德"的双重标准来检验诗品和人品。因为徐复观论诗，"首重诗品通于人品"①，人品和诗品在徐复观的艺术创作和欣赏中，是相互促进、不能分割的。

首先，徐复观十分看重杜甫诗歌的"创作动力"。如果将文学作品之前之外的客观因素称为"第一自然"，而将作家诗人创作之后的作品称作"第二自然"的话，这个中间地带即是作家诗人的精神活动。同样，诗人的"道德"与"诗艺"应统一于创作主体的精神活动。杜甫的《秋兴八首》里有两句诗:"织女机丝虚夜月，石鲸鳞甲动秋风。"台湾教授颜元叔阐释道:"那昆明池的织女与石鲸是石头的，是死的，在诗行中却变成了活的。它们是如何变成了活的? 因为它们受到全行及全诗的其他辞字的激荡，它们便活了起来。这些属性不是昆明池旁那织女石像所有的，这些属性是杜甫经过全诗辞句安排而赋给的。"② 对此，徐复观认为，颜教授说"织女"一联，是把死的织女、鲸鱼石像变成了活的，并且由这种活的形象"传达出一片萧瑟破败"，这都说得对。用西方美学中最普遍的说法，这即是诗人艺术家所表现出的自然，就是由"第一自然"转化为"第二自然"。但如何由死变活由"第一自然"转化为"第二自然"呢? 颜教授不追溯到诗人作此诗的精神状态、感情活动，而说成是"因为它们受到全行及全诗的其他辞字的激荡，它们便活了起来"，这便使人无从索解了……杜甫是以庾信写《哀江南赋》的心境写《秋兴八首》。不知道庾信写《哀江南赋》的背景，及由背景而来的心境，很难对此诗作深入的了解、评鉴。八首诗中，都流淌着"哀时念乱"之心。而乱是始于安禄山之变。经过安禄山之变后，生产受到大破坏，天下到处都是"抒轴其空"。杜甫对这种"抒轴其空"的情形，蕴结于感情之中，通过想象之力，以投射浓缩于昆明池畔织女身上，这便写出了"织女机丝虚夜月"的充满哀愁的句子。天宝之乱后，杜甫所经历的岁月，都是"带甲满天地"的岁月。杜甫对这种带甲满天地的情形，蕴结于感情之中，通过想

---

① 徐复观:《林资修南强诗集序》,《中国文学论集续篇》,（台北）学生书局 1981 年版，第 265 页。

② 徐复观:《致颜元叔教授》,《中国文学论集续篇》,（台北）学生书局 1981 年版，第 216 页。

象之力，投射浓缩于昆明池畔石鲸身上，这便写出"石鲸鳞甲动秋风"的充满悲愤的句子。什么力量可以把死的变为活的，是杜甫挟带着深刻而强烈地感情所发动的想象力。①

徐复观认为，感情是诗文的骨髓，只有带着充沛的情感体验去创作，才能在感悟生命和人生价值中形成创作的激情，这样才能写出"不隔"的作品。他说："如果一个人并无真的创作冲动，而只是为了应酬、应景，本来无话要说，只好假借典故、词藻来填补空虚，以搭成一个空架子。在空架子里本无真正感情去吸引、溶解景物，而只有硬拿典故、词藻去搭挂上景物，这就极容易写成'隔'的东西。"②其次，有一种精神是杜甫创作动力的核心，徐复观称之为"苦难精神"，要承担，却又无法承担，这便形成杜甫一生的"苦难精神"，及由此苦难精神所观照的苦难世界。③

此处所谓的"苦难精神"，与以往对于杜甫的表述诸如"忠君爱国""同情人民疾苦""现实主义"等皆有不同。忠君爱国虽指向当时的社会政治实情，其中也可抽取出希望和平、爱国主义、安定社会伦理秩序等合理因素，但与君王结合在一起，与政治功利结合在一起，产生不少的夹杂之义，也丢失了不少杜甫精神的原义。至于"现实主义"等论述，则是意识形态的表述，其中诸如"人民""现实"皆须特定的解释。"苦难精神"不但将杜甫与一些庸俗政治功利性作品、纯粹追求感官刺激的消遣性作品区别开，即使同是中国文学史上的一流诗人，也能因此而加以区分。徐复观曾将杜甫与陶渊明、李白、王安石略加比较："由此情与景（杜甫《自京赴奉先县咏怀五百字》《北征》等诗，引者注）所结合的形相，是'大'，因为他是担当着一个时代。"④徐复观所用"担当着一个时代"来注解杜甫，实际上是将他表述的"苦难精神"进一步解释和强调。这样，他将苦难精神与忧患意识结合在一起，也将杜甫纳入他一向努力阐发的中国人文精神的学术思想系统。

①　徐复观：《致颜元叔教授》，《中国文学论集续篇》，（台北）学生书局1981年版，第217—219页。
②　徐复观：《诗词的创造过程及其表现效果——有关诗词的隔与不隔及其他》，《中国文学论集》，（台北）学生书局1981年版，第118—119页。
③　同上书，第133页。
④　徐复观：《中国文学论集》，（台北）学生书局1982年版，第134页。

徐复观将忧患意识作为中国人文精神的"基底",这是他在对思想史的研究中,对中国文化的重新疏解之后得出的判断。他认为中国文化从宗教传统向人文精神的转变从周初就开始了。我们从历史文献中也能得到充分的证明,"其出入以度,外内使知惧,又明于忧患与故"①。跃动于周人心中的忧患意识,主要是针对宗教意识而开进的,这与杜甫的"苦难精神"也许并不完全相合。但是,其中包含的基底却是相通的,忧患意识的特定心理本色是一种"悲心",而其方向乃是对人类命运"担当"的"责任感",这就与杜甫的精神世界脉络相通。

二 杜甫的"沉郁顿挫"

徐复观曾经撰文专门评价王国维《人间词话》的"境界说"。认为王国维在名词运用上有着明显的失误,笼统的对境界大小进行判断,造成了写作效果的"优劣",这里面其实涉及对杜甫及中国文学史上一些诗人的价值认定问题,徐复观进行了细致的分析。② 他认为,如果按写景的大小,诗人所遇各有所异,妙手偶得异曲同工,是不应分优劣的,但是景的大小把握,关系作者的胸襟气度,胸襟气度大的,其关注点也就大,当然也能容纳小,但胸襟气度小往往不能消纳大景。从作者总体来看,写景大小还是有优劣的。如果贯通来看,王国维与徐复观虽然所论的对象有一致性,但着眼点与论述方向甚或学术立场有一定区别。王国维虽然受中国传统文化的良好熏陶,但发出来以西方文化改造中国文化的先声,他虽然要尽量保存中国文化,此处主要是中国文学一大传统的意境理论的系统,将"人"的层面与"艺"的层面一统于"境界说",但是他在论述的时候,还是过多地将论述方向和着眼点导向了"诗艺"层面,将"人"的层面进行了某种程度的剥落。王国维与徐复观各自所讨论"境界"重合处在于,境界是艺术作品在欣赏者心目中形成的具有界域性的艺术效果,且王国维"有境界则自成高格"的话,与徐复观所强调的精神境界以艺术境界的"境界"有某种方向上的一致性。王国维所论境界大小,与西方美学上的"壮美""优美"相应,但形成壮美要素的"崇高",着重点在于

① 《周易·系辞下》。
② 徐复观:《诗词的创造过程及其表现效果——有关诗词的隔与不隔及其他》,《中国文学论集》,(台北)学生书局1982年版,第174页。

美的风格特征,与徐复观所强调的"伟大",关联于人的道德水平,还是
有较大差别的。然而再转一层,徐复观又将作者的精神道德与艺术审美融
为一体,他重视的是"返本开新",而在"本"和"新"之间,前者是
后者的前提和基本资源,在这一学术系统中,"人"的因素永远是被强调
的根本和最后的归旨。因此,他认为,讲境界、讲意境理论,首先还要从
作者的精神世界讲起,而这个精神世界,应该以中国文化以儒家思想为主
干的人文精神为标杆。这样,"伟大"作为一种艺术品格,既可以是作家
的表述,也可以是作品的表述,而杜甫,则可以称为伟大品格的典范。在
此种理论中,才可以"将杜甫比作能诗的司马迁和孟子的意涵"①。从此
处,也可以发现徐复观与王国维,更广泛地来说,东西艺术审美的重合与
异同。

　　前面我们看到徐复观关于提到的杜甫诗歌境界的"大""深""厚"
"重"的特点。大是对小的超越,而"小"往往意味着一家一姓,一己之
私,"大"却指向一个时代,指向社会人生;"深"是对"浅"的超越,
而"浅"往往意味着流俗功利,"深"却指向人的性情的本真,指向对人
类命运的认识和理想。厚重是对轻薄的超越,而轻薄往往指向逃避、麻
木,指向感官刺激,厚重却是忧患的担当。这种表述无疑强调的是艺术根
本的"人"品,如果沿用更具有审美意味的表述来说,徐复观也作出了
自己的解释。

　　当具体分析杜甫诗歌的艺术特色时,徐复观指出,杜诗最大的特色,
即在于"沉郁顿挫"。徐复观在解释"沉郁顿挫"时,他将"沉郁"与
"顿挫"分开两个层面,显示出他自己的学术个性。他认为,"沉郁顿挫"
的艺术特色,集中地表现在杜甫的律诗中。在短短的五个字或七个字的一
句诗里,沉浸下自己许多感情,使读者觉得在可以接触到的感情下面,还
起伏着许多感情,探之不尽。在意境的深度中,包含着诗人的感情世界。
这种深厚的感情,就是"沉郁","沉郁"背后即有强大的资源,"沉郁"
的表现则有特别的形式,而此形式的技巧,则是"顿挫"。"其所以能如
此,是因为在杜甫的生命中,对人生、对社会、对政治,吞纳着有许多感
情化了的问题,偶然一吐露,便自然觉其言之不尽。他在表达的技巧上,
则常出之以'顿挫',不使自己的感情,顺着字句的韵律一滑而过。在杜

---

　　① 　徐复观:《中国文学论集》,(台北)学生书局 1982 年版,第 137—138 页。

甫，顿挫是形成沉郁，表现沉郁，以达到感情深度的必需而自然的技巧。其基本因素，还是在其感情蕴蓄的深厚。"①

徐复观认为，杜甫诗的另一特色，是"气象高远"。他这样来解释:"即使在简单的句子中，涵盖着广大的情境，以形成诗的'高远'的形相。这是感情抒发延伸的一面。如'无边落木萧萧下，不尽长江滚滚来'这类的句子，要求创作者必须心胸广大，才力宏富，方能于一瞬间抓住高大深远的意象，当下加以表现出来，才有其可能，不是仅靠想象力的扩张所能做到的。"②徐复观认为，气象高远同样需要"沉郁"作底子，他认为诗人杜牧正是学习杜甫的气象高远，但因感情的凝聚力不够，没有沉郁作底子，所以只能成就其为"豪放"。李义山的一些诗也达到了此种境界，但因为他的人格有"伸长"，所以有这种境界的诗在他的诗中所占的分量很少，最终也不及杜甫诗于高远中含有深厚。这样，徐复观实际从理论上接通了"忧患意识"及人文精神论述的联系。中国文学史上大诗人很多，像陶渊明、李白、王安石、辛弃疾、杜牧、李商隐等，但相比之下，杜甫始终站在人类命运的最前端，站在人文关怀的最前沿，以"悲天悯人"的情怀和"家国天下"的担当，擎起中国古典诗学的火炬，我们将在第三节中结合对李商隐诗的审美价值进一步分析徐复观文艺鉴赏论的重要内容。

第三节　义山诗的审美价值

徐复观在台湾东海大学中文系任教授期间，对李商隐（李义山）的诗有专门的研究。随着研究的深入，他对李商隐的研究有了很多深刻的体会和感受。这些研究心得通过每月一次的学术研讨和座谈，逐渐形成了相对完整的研究体系。用他的话说，"那点新发现，竟不断地扩大，可以说把传统对李义山的看法，完全推翻了，因而对他许多重要的诗，也应重新注释，换言之，须要写一部书来解决这一问题"。③后来他写成一篇四万

---

① 徐复观:《环绕李义山（商隐）锦瑟诗的诸问题》，载《中国文学论集》，（台北）学生书局 1982 年版，第 235—236 页。

② 同上书，第 237 页。

③ 同上书，第 177 页。

多字的长篇论文，这就是《环绕李义山（商隐）锦瑟诗的诸问题》。在这篇论文中，徐复观已经将他的一些发现和主要观点考论得清楚而深刻。李义山诗的"难懂"具有典型的意义，通过对他的审美价值的分析，涉及中国诗学中一些重要理论问题，诸如比兴在中国文学史上的演变、用典与比兴等，如果综合徐复观此类相关理论的阐发，对李义山的研究具有更深远的意义。

一　义山诗与比兴

李义山的诗以魅力著称，也以"难懂"著称，金元遗山《论诗三十首》有云："望帝春心托杜鹃，佳人锦瑟怨华年。诗家总爱西昆好，独恨无人作郑笺。"徐复观研究李义山，乃从此发端。起初，他并没有发现义山生平中的大问题，只是想解开此魅力与难懂之"谜"，在理论上为中国诗的解读作深入系统的探索，以总结出规律性的东西，显出中国诗学特质，以与现代文学艺术沟通。

首先，他对诗歌的艺术魅力与"难懂"作了一个区分，魅力是艺术美感，他称之为"诗的感觉"，是一切好诗必须具有的素质，而"难懂"，则是特例，可以与魅力有所重合，但如果是"隔"的作品，难懂则纯粹是累赘。他认为："诗的好坏，不是以易懂或难懂为标准，而是以读者读了以后，尤其是反复读了几遍以后，有没有'诗的感觉'为标准。读了没有'诗的感觉'，越读越觉得无味，则不论它是易懂或难懂，都不是好诗，或者干脆说，那不算是诗。"① 在这里，他突出了"诗的感觉"，将诗的艺术美与中国传统的"兴"联系起来。从另一个侧面来看，则是他对中国传统诗学命题的新的开掘。他在另外一篇重要诗学论文《释诗的比兴——重新奠定中国诗的欣赏基础》中，将"比兴"作为中国诗学最大的传统之一，也是最富有解释性的命题之一。他首先指出，中国诗的魅力或者用他的说法——"诗的感觉"与中国诗中的"兴"是相关的。不过，他将"诗的感觉"与难懂分离得过于清晰，从分析的难懂原因来看，有来自诗的本质方面的客观内容，难懂与诗的感觉也有重合的部分，事实上，比如李义山的诗的难懂，有一部分原因就是"诗的感觉"太浓厚了。

---

① 徐复观：《环绕李义山（商隐）锦瑟诗的诸问题》，《中国文学论集》，（台北）学生书局 1982 年版，第 179—180 页。

　　徐复观分析诗一般意义上"难懂"的可能因素有三:"第一是关于诗的本质问题"①。这一点是普遍意义之上的,不好作为分析李义山个案的内容。第二是来自背景。诗虽是感情的酝酿、升华,但在酝酿成升华后的气氛情调中,依然蕴含引起与创作有关的事物诸问题在里面,这种引起的"原料",对于把握领会诗的底蕴应该具有重要的参考价值。但是,诗的具体背景,却并不是很容易了解的,其复杂性原非单一,而人事迁变,证据散失,后人要有准确的了解,是很困难的。徐复观指出,关于义山的生活、背景,这一方面的工作,在材料的搜集上基本完成。但随着他们对于资料的处理,有了成见,有人更不加理解,生硬地将背景材料与诗的内容牵强附会。因此,其中的工作,除搜集材料的工作以外,疏解的工作将更大更难。第三是由表现形式而来的难懂。诗的文字形式是感情的艺术化,关于艺术化的内容,徐复观举出三点:韵律、文字的精约、感情的对象化。他特别指出,在我国,诗人常以用典来达到文字精约、感情对象化的目的,而李义山更是以用典著名,这便增加了他的诗难懂的情形。关于用典的详细情形,他又分为四种:一是为了选词;二是为了搪塞;三是为了比喻;四是为了象征。前两种情形较为简单,而后两种具有丰富的理论内容。现在一般来讲,比喻是修辞学中的范畴,是一种修辞手段,往往注重在语言字句的层面。至于"象征"则更复杂,自从将英文 symbolism 译为"象征主义",它往往是指一种暗示的写作方法或指 19 世纪后期在法国兴起以波德莱尔为代表的一个文学流派。徐复观此处所言的比喻和象征,乃是将二者与中国传统中"比"和"兴"相互打通。

　　徐复观特别指出,以典故作象征,和以典故作比喻,其差别不容易领会,也和《诗经》上"比"和"兴"的差别不容易领会一样。通过感情的移入而使某一事物、情景,成为自己感情的象征(或称为心象、情象,就诗而论,以称为"情象"最为恰当),某一事物、情景,即离开其具体明确的性质,上升为意味的、气氛的、情调的存在,以与诗人所要表达的感情集于微茫荡漾中,为主客一体。用作比喻的典故,和被比喻的感情,两方的"对值性"较为明显,而用作象征的典故,其"对值性较为朦胧"。用作比喻的典故,是比较纯实的,其形象也比较凝定。比喻者与被比喻者之间,距离也比较大。用作象征的典故,常是化实为虚,所以比较

———————
　　① 徐复观:《中国文学论集》,(台北)学生书局 1982 年版,第 180—181 页。

空灵，因之多具有普遍性，其形象也比较漂荡，象征者与被象征者之间的距离比较小，乃至没有距离。① 他所讲的比喻具有真实性，而象征比较空灵，二者的两项特征与一般意义上的概念，即把比喻作为修辞手段与把象征作为写作手段，其意义有相通之处。但是，现代意义上的象征，其"手段性"是很强的，与徐复观所强调的"触发性"不同。现代意义上的象征主义，将直接的、独特的个人情感视为艺术的主题和终极目标，是一种反对现实主义的浪漫反应，与这里徐复观所言象征更是有明显差别。因此，理解领会徐复观此处所论述的意义，还是要推原其所言"比"和"兴"的本义。② 但是徐复观为何不用传统的"比"和"兴"，而特别改用"比喻""象征"？在此，细致寻绎他对此两对概念解释时，在比与比喻之间；兴与象征之间，做出了某种沟通，而这些沟通③，则是保存传统诗学生命的前提下，向现代性的一种沟通，或者是一种理论境域的开拓，意义是重大的。

不仅如此，徐复观对用典中"比——比喻"及"兴——象征"意义的分疏与沟通，对我们解读李义山诗歌及一系列由典故而产生的"难懂"的诗歌提供了方法论上的指导。在李义山的研究史上，往往有一些读者不了解象征的意义，而总是要站在比喻的视角去证实注解中的各种穿凿附会，多由此而来。但如果以互通的眼光来看，会在中间找到切实的解释，而不陷入拘执。

二 义山诗的解读：兴象中的典故

徐复观对李义山生平的考证，理清了义山生平与其诗作之间最重要的历史线索，因为从这里，可以探寻义山人格的基本方向。在某种意义上，这也是一种"情结"，即诗人四通八达的感情脉络的交汇之处。但要解读义山的诗，仅此一点并不够，甚至开端也并不在这里，因为诗的形式与史实毕竟是两种性质不同的系统。诗由典故景物所呈现出的形体，已经远离了作为诗人生平的史实的具体形态。作为表现在诗中的，能够捕捉的典故

---

① 徐复观：《环绕李义山（商隐）锦瑟诗的诸问题》，《中国文学论集》，（台北）学生书局 1982 年版，第 191—192 页。

② 徐复观：《释诗的比兴——重新奠定中国诗的欣赏基础》，《中国文学论集》，（台北）学生书局 1982 年版，第 98—100 页。

③ 同上书，第 98—100 页。

和景物,仍然不是诗的本体。从创作过程来说,这些东西经过诗人感情的浸泡和即时的处理,成为一种难以捉摸的兴象。这样,史实—典故—兴象,共同构成诗的底蕴。它们也许都有各自相对独立完整的形体和面相,在解释一首诗的时候,它们之间也许会有一些意义不能完全重合,而同时也会有重合的部分,诗的真实意义也许正是在重合之处。从徐复观对李商隐诗的解读实践,可以得到相应的印证。

(一)典故与景物

徐复观认为,对于李商隐的"难懂"的诗的欣赏,"应分为两步。第一步只顺着字面去理解、咏讽下去。咏讽既深,然后就作者一生可以考知的行踪,乃至当时可以给作者以影响的时事,做概略性的考证。因为作者自己隐秘的细微曲折,我们越求详密,便会与题相去越远的"。① 他的老师黄侃认为,诗的深隐之意,正在读者的会心之处。

从徐复观对李商隐诗的解读过程可知,如果诗人的生平背景材料本来有限,或者在未有结果时,诗中兴象的客观性知识也能提示诗意的大致方向。此大致方向,不同于"句旨""义理"的解释。但此方向,仍然主要来源于作品的文字信息,唯此信息空灵模糊,并无清晰的细节,而只有"大致方向"。李义山诗多用典故,成为兴象的重要基础。徐复观解释义山《锦瑟》诗第二联,"沧海月明珠有泪,蓝田日暖玉生烟"。先批评了张采田的解释,张认为"沧海、蓝田"二句,"谓卫公(指李德裕)毅魂,久已与珠海同枯,令狐相业,方且与玉山不冷。卫公贬珠崖而卒,而令狐秉钧赫赫,用蓝田喻之,即节彼南山之意也。结言此种遭际,思之真为可痛。而当日则为人颠倒,实惘然若堕五里雾中耳"。② 徐复观经过考证,表明义山作此诗时,卫公"毅魂"早已离开崖州,而归葬于伊川故里,此事义山知之最悉,不会再扣紧崖州而兴感,况且在"沧海月明珠有泪"一句中,怎么也导不出"珠枯""海枯","与珠、海同枯",尤其重要的是,义山和卫公的私人关系,绝对无法酿成作这一首诗的感情。如果这些皆牵连于讽咏与考知诗人生平的内容,则诗之所用典故,已经显示出兴象的基本方向,所谓的"基本方向",应是兴象中的事物基底所提示

---

① 徐复观:《读周策纵教授论李商隐的一首无题诗书后》,《徐复观杂文补编》(第一册),台北"中央研究院"中国文哲研究所2001年版,第313页。

② 徐复观:《中国文学论集》,(台北)学生书局1982年版,第241页。

出的最精约的特质，看似浅表而简约，却不容忽略或混淆。它不能解决解释中全部的甚至稍细致的问题，甚至不涉及具体的内容，只提供一个格调，一种感觉，一种色调，一种轻重感等，但它却为欣赏作品提供了最基本的参照，这种参照与考知诗人生平叠加在一起，就会显得更加重要。徐复观分析解释义山《锦瑟》诗，首先对"锦瑟"确定了一个感情的方向，他将义山诗中所有用到"瑟"或"锦瑟"的地方加以统计，综合分析，得出结论，锦瑟是婚姻、室家的象征，也是"悲"的象征。但他在统计分析时，已经了解《史记·封禅书》中五十弦的神话，本来就有"悲"的基本方向，他的统计分析综合，实际上是进一步的印证。进一步印证也就是参照的又一层叠加，又一层的重合便更增加了结论的确实性。因此徐复观才说："把上面两点弄清楚了，则可知《锦瑟诗》之作，乃义山在东川时，睹物（锦瑟）思人，引起了他青年时期的深刻回忆。在此回忆中，把婚姻问题和知遇问题凝结成为一片感伤的情绪，因而写出来。"① 相反，诗人冯班在对第三句"庄生晓梦迷蝴蝶"解析时，用了一句定方向的话："取物化之义"，对照故事的原典是"昔才庄周梦为蝴蝶……"则为梦幻轻飘、真假难分、难以捉摸，冯氏的读法，受到了徐复观的批评。

（二）典故的叠加、点活、普遍化

诗中典故虽然显示了兴象的某种方向，甚或基本意义的轮廓，但每一个典故，皆包含一个丰富完整的故事世界，与诗中所要表达的世界并不完全相合。反过来说，二者之间也必定有某种相合的部分。这样，相合程度的把握就显得十分重要。徐复观在解释李商隐的诗时，将其中的"典故"具体情况具体对待，比如他分析《锦瑟》诗第三、四、五、六句关于"珠有泪""玉生烟""迷蝴蝶""托杜鹃"等情况。徐复观所说的"采珠""遗珠""泪珠"等多种故事在"沧海月明珠有泪"一句中的融合，其实就是一种再创造的"叠加"，分别取原故事之间的关联部分叠合在一起，使诗意于每一个单独典故的基础上有了改变，显得更加丰富，也更加切合诗人所要表达的特定内容。而"点活"，则是明显加入了诗人个人的体验，将典故向新的方向调整。"晓梦"之"晓"，望帝之"春心"，皆是义山爱情生活在原有典故中新的映射。

叠加、点活的进一步发展，如果进一步离开典故原有故事的完整性和

---

① 徐复观：《中国文学论集》，（台北）学生书局 1982 年版，第 247—248 页。

胶着感，则是典故之"普遍化"。徐复观分析李义山另一首《无题》（来时空言去无踪）时，与刘若愚先生的意见不一致，刘先生认为诗中用了大量的典故，而徐复观认为："此诗并没有用多少典故。'金翡翠''绣芙蓉'这样的装饰，用得太广泛了，所以此处只求切题，而不必求出处。刘郎、蓬山的典故，也早普遍化了，只是看他是如何地活用，万不可黏滞在典故的出处上。"① 这里，徐复观将典故的"活用"理解为一种普遍化，甚至不认为是用典，这是极有见地的。魏庆之《诗人玉屑》（卷七）引《潜溪诗眼》云："有意用事，有语用事。李义山'海外徒闻更九州'，其意则用杨妃在蓬莱山，其语则用邹子云'九州之外，更有九州'。如此然后深稳健丽。"这里将用事分作两个层面，在一个典故里面，有其"语"的层面，有其"意"的层面。而皎然《诗式》则认为征古并非全为用事，取象曰比，取义曰兴。② 皎然所说的"征古"即用到了带有历史意味的语言，他所说的"用事"，就是一般理解的用典，但用了带有历史意味的语言，并非全是用典。属于取象的，也就是离开了原故事的基本意义，诗人只是取其表层，只能算是"比"，也就是"征古"的一种，而取象下之"意"的另一种，也就是仍附着于原故事的基本意义，则是"兴"，是用事。徐复观所论典故的普遍化，在皎然"取象曰比"的论述里，可以得到部分的印证。

　　综合上述，徐复观以"魅力"、"难懂"——李义山诗之重要艺术特征为切入点，对义山之生平、人格、诗学成就以及附带的诗学理论问题进行了深入地考证及重新论定。首先，徐复观对于李义山《无题》诗的定位，将它们定于个人感情世界与忧世情怀之间，视为多种感情因素的交织，既贴紧了义山的生活，又将此诗学创作纳入中国诗学主流精神——儒家忧世情怀的解说系统之中，具有深远的意义。徐复观的立场，是"人生"的立场，普通人情，日常人生，复杂人事，是徐复观解释义山的叙事立场。他毕竟受到了"为人生而艺术"的现代文艺观的影响，因此，他的论述，在某种程度上超越了"君臣遇合"的古代叙事，与现代人缺乏同情体验有根本不同。但同时，他也并不弱化广大的社会人生的关怀，

---

　　① 徐复观:《读周策纵教授论李商隐的一首无题诗书后》，《徐复观杂文补编》，台北"中央研究院"中国文哲研究所 2001 年版，第 314 页。

　　② 张伯伟:《全唐五代诗格汇考》，江苏古籍出版社 2002 年版，第 188 页。

阻止了向文学"私人化"的堕落。其次，对义山诗附带的欣赏理论的阐发，将用典上通比兴，强调活用典故的普遍化，显示长期积累的中国文化语言因素对古今贯通的强大力量。另外，徐复观所提示的义山诗用典的多种方法——叠加、点活、普遍化，背后是辩证的结构，是"本事""情感""今典""辞意"等因素之间的张力运用，由此形成中国诗歌表达艺术的一大特色。

第七章 超越与融合:徐复观文艺美学思想的当代价值

徐复观把中国传统文化看作是"心的文化",认为"心的文化"是"形而中学","心"的作用由工夫而见,发自内在体验,由"心"而生的理想,必融于现实生活,使人的价值主体呈现,才能得到真正的价值。"心的文化"强调了人依靠己力在认知现实和突破现实方面的主导作用,所以这种文化才能成为大众化、社会化的文化。这种文化没有忽视思辨的意义,但更看重工夫、体验、实践的价值。浸润在这种文化场域中的知识分子,形成了一种独特的精神。但是他的文艺美学思想在理论建构上也不是完美的,存在着诸多问题和不足,尚待商榷和进一步的完善。站在现代性和中国传统文化的交互碰撞的时代背景下,通过徐复观美学视域下文化建设的思考,我们能够分析现代性中危机意识和相伴而生的文化使命,从世界观和方法论上掌握中国传统文化和文艺思想的现代性转化的根本任务。对徐复观文艺美学体系的系统研究,对我们整合文化的民族性和时代性,建构新的文化结构,对话马克思主义,与当代各种学说进行交往和融合,推进传统文化的文艺美学的思想性、时代性和群众性有着重要的时代意义。

第一节 中西视野下的文化命运

徐复观对中国古代思想史的整理,带着深刻地问题意识,不断地反思和反省。他认为,对传统文化中的原初意蕴重新解释,正是为了探索中国现代化的出路。"人类的能力,只能顺着已走过的路去连接未来的路,等于数学是要靠着若干已知数去求未知数一样。人类不会有穷途末路。"①
他对儒家文化精神的重新估定，对传统文化的阐释，都是建立在这样一个
信念和精神之上的。过去的历史不是物理的时间，不会消失在虚无里，它
是一种精神的时间，会凭我们特有的记忆，将过去和现代连为整体，顺着
历史的轨迹慢慢走去。"历史的线索是对的，便抚着向前发展。历史的线
索是错的，错的另一意义，是暗示我们要走另一条路。"② 而现在，我们
记忆力的减退，正是因为我们的历史意识在减弱。而徐复观的努力，在道
路选择的迷茫中，在现代性的危机中，所展现出的一种冷静的坚守。我们
的近代史，是因对现代化的企望过于急切，一味地反传统，而忽视了传
统。徐复观认为反传统也需要有清醒的认识，"由反传统向传统的复归，
以形成新的传统，这可以说是人类的天性，是历史的规律。徐复观眼中，
我们的传统不但显现出人性的自觉，更是民族精神的自觉"。③ 李明辉对
这一论述评价到："对于徐复观先生而言，真正的'传统'代表某一民族
之精神自觉，而非可以任意处置的工具，因而具有理想性。再者，它是动
态的，有其自己的生命，可以自我成长、自我超越。"④ 若完全推翻传统，
我们的文化就失去了根基，不会生出新的传统，推进现代化和反对传统并
不是格格不入的，相反在传统中的伟大思想恰恰能成为现代化的启发和推
动力。"没有伟大传统的启发，而只靠在时代的横断面中，作点滴的知识
追求，不可能把握住人生的方向。迷失了方向的人生，不可能真正找到自
己的立脚点。所以我的谈传统，不是反对现代化，只是要从人的根源之地
来形成现代化的动力。'现代化'中含有许多可咨警惕的问题，但现代化
中的问题，依然要在现代化中解决。我们所说的传统，是在现代化中的传
统。现代化与传统，应当是彼此互相定位的关系，而不是互相抗拒的关
系。"⑤ 所以，他认为，正是传统的延绵承继，才会在反对和创新中，引
导着中华民族不断推向前进，成就了割不断的历史脉络。我们的现代化绝
对不能脱离传统。传统和现代化的关系是现代新儒家复兴的一个理论基
点，徐复观的学生杜维明对这个问题也谈到自己相类似的观点，"传统和

---

① 徐复观：《中国学术精神》，华东师范大学出版社 2004 年版，第 244 页。
② 同上书，第 245 页。
③ 李维武：《徐复观文集》（第一卷），湖北人民出版社 2001 年版，第 19 页。
④ 李明辉：《儒家视野下的政治思想》，北京大学出版社 2005 年版，第 16 页。
⑤ 李维武：《徐复观文集》（第一卷），湖北人民出版社 2002 年版，第 208 页。

现代化不是两个分割的观点,而是一个互动的连续体,甚至我们可以说现代性中的传统。没有任何一个现代性,美国的现代性,英国的现代性,法国的现代性,新加坡的现代性,东亚社会的现代性,和这个地区的传统能够截然分开来观察,因为它们之间有难解的纠葛。"①

一 近代知识分子人文精神的缺失与危机

徐复观认为,中国文化不是以神和自然为中心展开的,而是以人自身为中心展开的,所以可以叫做人文主义的文化,中国文化充满着这种人文精神。在他看来,先秦时期是中国人文精神的成长发展期,至孟子人性论的成立,确立了人格的尊严,建立了人与人之间的相互信赖,中国人文精神才得以发展完成,而以后长期的历史发展只是一个补充、修改的过程。人文精神也可以叫做文化精神,牟宗三说:"中国历史发展有一个内部要求,这就叫文化精神。一个民族总有一个文化精神,才能有理想,才能往前进。"②

两汉时期经学一统天下,魏晋时玄学流行,玄学到后期甚至流于清谈,知识分子被指责为"清谈亡国"。隋唐五代时期,佛教大盛,特别是禅宗,佛教谈"空",道家谈"无",而在儒家看来,这些思想对政治社会、世道人心是没有多少作用的,对让人成仁成圣的道德意识的觉醒也毫无助益,所以,牟宗三甚至把唐末五代看作世道人心败坏的时代,"唐末五代社会上的无廉耻。这个时代可说是中国历史上最不成话的时代,人道扫地无余"。③唐末五代的堕落为道德意识的重新抬头提供了契机,到了两宋时期,儒学复兴,被称为"新儒学",以程朱理学和陆王心学为代表。徐复观十分推崇陆王心学,徐复观认为陆王心学是针对社会弊病而引发的,特别是陆象山的学问,更为徐复观所赞誉。徐复观把当时的社会时弊归结为两大块,"第一是科举制度,不仅破坏了士大夫的人格,并且破坏了文化精神,破坏了治国天下的事业"。④陆王心学的宗旨是把当时的士人从科举时文中拯救出来,不靠圣贤说谎,而靠良心说实话;"其次,

---

① 杜维明:《东亚价值与多元现代性》,中国社会科学出版社2001年版,第94页。
② 牟宗三:《宋明儒学的问题与发展》,华东师范大学出版社2004年版,第74页。
③ 同上书,第17页。
④ 徐复观:《中国思想史论集》,上海书店出版社2004年版,第3页。

是当时浮论虚说的学风"①。知识分子沉浸在物欲、意见的风习中，丧失
中国文化的真精神。在冯友兰看来，宋明理学即他所谓的"道学"是批
判而又融合了佛教、道教，继承而且发展了儒家，是中国封建哲学发展的
一个高峰，"道学对于中国封建社会起了巩固的作用"。② 但这种巩固作用
更多不是体现在对社会改革的实际功效上，而是体现在一个人的人格行为
和道德立场上。牟宗三说："儒家的精粹正在人的道德性之竖立，即在人
性、人道的尊严之挺拔坚贞的竖立。回顾先秦与宋之间，曾有汉、唐两代
为盛世，国势强大，典章制度亦甚多可取之处，但于道德性方面正视人
道、人性的学问，偏无所用心。宋儒深感唐末五代社会的堕落，与人道的
扫地，因而以其强烈的道德意识复苏了先秦的儒学。"③

　　由于宋明理学的影响，此后的学术精神的发展更为曲折，致使知识分
子的人格精神并不高涨。徐复观认为朱子做学问虽然谨严细密，尚疑崇
证，知性活动强烈，但他并不真正承认知识本身有一自足之价值，他无形
中做了许多考据的工夫，开了清代考据之学的风气。梁启超和胡适等人认
为从考据之学中可以开发出近代科学的精神，并且他们也做了不少努力，
诸如梁启超所谓的："自清代考证学派一百余年之一训练，成为遗传，我
国学子之头脑，渐趋于冷静缜密。此种性质，实为科学成立之根本要
素。"④ 徐复观却提出了自己的看法，"考据与科学，本是出于人类知性活
动的同一根据，但从考据学的本身，不能转出近代西方的科学"。⑤ 他认
为科学精神的开发要在知性活动的方向上，抱着求真理的态度，对所追求
的对象有一个大转变。"胡适们因为在这一点没有弄清楚，所以他们想从
考据的方法中带进西方的科学方法，而不知观察、实验、演算等的自然科
学方法，是和知识对象结合在一起的。再有一百个《红楼梦考据》，也是
两无关涉。"⑥

　　对于近代来说，科学精神也实为人文精神之新内涵，但即使在西方现
代思想的影响下，中国真正的科学精神也姗姗来迟。考据之风在乾嘉年代

---

　　① 徐复观：《中国思想史论集》，上海书店出版社 2004 年版，第 4 页。
　　② 冯友兰：《中国哲学史新编》，人民出版社 1999 年版，第 31 页。
　　③ 牟宗三：《宋明儒学的回顾与发展》，华东师范大学出版社 2004 年版，第 18 页。
　　④ 梁启超：《清代学术概论》，《饮冰室合集》专集之三十四，中华书局 1989 年版，第
78 页。
　　⑤ 徐复观：《中国思想史论集》，上海书店出版社 2004 年版，第 22 页。
　　⑥ 同上书，第 23 页。

走向高潮,清末民初虽然有所沉寂,但仍有广泛的潜在市场,民国时期的考据学风甚至随着整理国故运动的开展而高涨。随着内忧外患的出现,考据之风的弊端也为时人所不断批判,诸如其严重的"复古"主义倾向和门户之见,烦琐的考证,排斥义理之学,对文艺价值及思想本身的忽视等,尽管遭到抵制,但考据之风的影响仍然巨大,作为启蒙大师的梁启超和胡适都被卷裹其中。在徐复观看来,长期以来的这种学风,根本上是一种人文价值中思想性的缺失,"中国学问的本身,二千余年来,自先秦以来,主要是以对现实问题负责任所形成的'思想性'为主流的。中国学问的活动,自先秦以来,主要是'思想'的活动。但在清朝统治之下,知识分子受到异族与专制的双重压迫,乃不得不离开思想的主题这一现实问题,而逃到零碎的训诂、考据中去,使中国传统文化对人生社会成为完全无用的东西。"① 徐复观认为,民国以来,除梁启超外,受今文学派影响的学人转入考据窠臼中反而助长了"五四"运动以诬蔑方式反中国传统文化的气焰,而"五四"运动本身又是以突变的姿态用"打倒孔家店"为口号来否定一切传统,胡适则拿着"科学主义"来打中国传统文化,特别是与道德有关的价值哲学,"科学论战"中科学主义者们用"玄学鬼"三字否定了一切文化中的价值系统。所以,徐复观对"五四"运动评价道:"'五四'的新文化运动所走的路,不是正常的学术文化发展所走的平实的路,而是走的带有火药味的文化革命的路,因其本身的命运,注定了破坏性大于建设性。"②

徐复观等现代新儒家的努力,是接续了宋代新儒家的传统,不仅是对人文精神中道德价值的重建,更是对文化延续中思想性的重建。

二 工业化、现代化中的危机意识

两次工业革命之后,人类开始了大规模的工业化和全球化进程,然而也带来了一系列的生存危机,世界大战、意识形态对立、极权主义、核武器、环境污染、资源枯竭、人的被物化、信仰体系的崩溃等,人的欲望的无限膨胀带来的是生存空间的不断缩小。徐复观对此也感同身受,所以,徐复观谈到危机意识时说:"危机意识说明在文化上我们能够感受到危机

---

① 徐复观:《中国思想史论集》,上海书店出版社 2004 年版,第 218 页。
② 同上书,第 219 页。

的存在，而人在科学所成就的物质世界中，是一天一天变得更加渺小了。"① 并且，他也深切地体认到，人与人的关系也开始遭到破坏，人与人之间表面变得更加密切，实际上像捆在一起的木柴，彼此失去了由生命所自然发出的相互关联的感觉。所以，徐复观痛心疾首地感叹道："现代人的生活，是在探求宇宙奥秘面前的浮薄者，是在奔走骇汗地热闹中的凄凉者，是由机械、支票，把大家紧紧缚在一起的当中的分裂者、孤独者。"②

这些现代化的危机在人自身上的呈现愈加明显，徐复观分析到，一方面，人的感情越进入现代，也就越缺乏个人自主性，人的"主体性"在逐渐地消失；另一方面，正因主体性的丧失，在那些现代化的地方，人们变得随波逐流，毫无独立的思想。"现代人只是生活于自己表层的'感官机能'，这种感官机能，并不会通向自己的内心；更不会把感官的活动，在内心上稍加凝注，因而把它由向内的沉潜而加以提炼、净化。"③ 人们所认识的客观事物，并不曾真正和主观发生联系，也和人自身的生命整体失去了关联。所以，徐复观认为现代人既失掉了主体性，也不曾把握到客观。"没有'人心之灵，莫不有知'的主体性，那么'天下之物，莫不有理'的客观性便不能成立。"④ 徐复观曾用"精神分裂"这个词来对现代化中的危机加以概括："现代之所以成为现代，正是以精神分裂作为其重要地特征。"⑤ 所以，一个民族、国家若"精神分裂"，也就失去了保持其完整统一所具有的底层的意识系统和价值系统。也就是说，这种危机的由来，"最根本的因素是因为'人的价值观念的丧失'"。⑥ 人若失去了人生价值，就会变得和动物无异。价值观念和价值根源是徐复观美学思想中的根基，这种根基的表现方式有两种：第一种是对自己的行为认知有着清醒的判断，第二种是超越个人的私利、利害。在人类的现代生活中，虽然科学的成果卓著，但徐复观认为，在生命精神和独立意识的成长过程中，需要的是心灵的主观能动性的参与，而不仅仅是感性意识的简单判断。人们

---

① 徐复观：《中国思想史论集》，上海书店出版社 2004 年版，第 217 页。
② 李维武：《徐复观文集》（第一卷），湖北人民出版社 2002 年版，第 189 页。
③ 同上。
④ 同上书，第 190 页。
⑤ 同上书，第 194 页。
⑥ 同上书，第 173 页。

对价值观念和价值诉求的最主要的追求方式就是通过个体的艺术追求、精神探索、历史追寻塑造出有价值的"文化理念"和"价值理性"。文化中的价值系列不能和文化中的科学系列完全切断。

三 "心的文化"与中国现代化

"心的文化"对中国现代化的补偏救弊作用,也就是梁漱溟所谓的"认识老中国,建设新中国"①,在旧传统中开出新命,即《诗经》中的"周虽旧邦,其命维新"②。传统思想对现代中国的生命力和意义,在于它可以对现代中国起"照临"作用,"传统思想是活的还是死的,是有意义的或是无意义的,正决定于它对现实问题有没有这种照临作用"。③从孔子到孟子,中国人文主义的完成,使生命与理性得到统一,作为道德主体的心被发现;另一方面,心的发现,中国文化很重视人的主体性,人作为自己的主宰,才能实现人格尊严,当人的主体性呈现时,其涵容性也呈现,就会把社会大众涵容于自己主体之中,再者,中庸之道使我们的生命和生活紧密连在一起。

根据"心的文化"的特性,徐复观认为,以"心的文化"为主导的中国人文精神对现代化中的危机可以起到三方面的作用:"其一,人的主体精神的复归。一个人在中国人文精神中恢复人的主体,恢复人的价值,从极权主义中复权,从物欲中复权。其二,人的情感体认的发掘,形成互动和谐的心理结构。这一切需要'心'的参与和融会。通过情感体认找出与社会情感相适应的集体无意识,通过'心'的体验和文化观念的渗透,找到个人和大众的融会点。个人把大众涵容到自己主体之中,人不再是孤独的个体,'心'作为道德主体,也可以通过每一个人的内在之德去融合彼此的关系,法律法规等外在关系的维系建立在内在关系的基础之上,就能使人性得到更加自由的发展。其三,生活正常化。在中庸之道中,使个人的生命得到正常化,使社会生活得到正常化,而人在正常的生活中,才能寻到人生的意义。"④以孔子为中心的传统文化,乃至以老、庄为中心的传统文化,都是彻底的和平主义的性格。

---

① 梁漱溟:《中国文化要义·序言》,学林出版社 1987 年版,第 5 页。
② 《诗经·大雅·文王》。
③ 徐复观:《徐复观最后杂文集》,台北时报文化出版事业有限公司 1984 年版,第 100 页。
④ 李维武:《徐复观文集》(第一卷),湖北人民出版社 2002 年版,第 177 页。

　　孔子的思想，主要是让每个人发现自己的德，完成自己的德，所以，孔子提出了"德治"的思想，同时，也是为了调和以"刑治"为手段的专制政治和极权政治。对这一"德治"思维，徐复观认为："德治的基本用心，是要从每一个人的内在之德去融合彼此之间的关系，而不是要用权利，甚至不要用人为的法规把人压缚在一起，或者是维系在一起。权利的压缚固然要不得，即关系为依据，否则终究维系不牢，而且人性终得不到自由的发展。德治是通过人固有之德，来建立人与人之内在的关系。在儒家看来，内在的关系才是自然而合理的关系。"①

　　德治思想在中国历史中发生的作用，徐复观归结为两点。其一，"孔子德治思想，在中国尔后两千多年的历史中，尽到了思想所能尽的影响，因而在专制政治的历史中，也尽到了补偏救弊的责任。德治思想通于民主政治，也要在彻底的民主政治中才能实现"②。故而，纵然德治思想在过去的历史中没有完全实现，但也显现了一种理想在人类生活中所展现的现实意义。其二，"德治是对刑治而提出。德治纵然不能一下子根绝刑治，但它是要由减轻刑治以达到'必仁而后仁'（《论语·子路》）的社会，即是'刑错'的社会，则是决无可疑的"③。德治在过去的历史中是为抵制刑治或者人治而提出的，然而，在当今世界普遍强调所要建立的法治社会中，德治仍然可以做个重要的补充，因为德治更多的是着眼于人的价值，着眼于人的复权之上。"儒家之主张德治，是对政治上的一种穷原竟委的最落实的主张，并不玄虚，并不迂阔。"其德治是为需求一种至善的人生境界，即《大学》开篇中所说的"大学之道，在明明德，在新民，在止于至善"。④

　　徐复观说："中国兴亡绝继的关键，在于民主政治的能否建立。中国传统文化在今后有无意义，其决定点之一，也在于它能否开出民主政治。"⑤"民主政治的精神基础，是人格的尊严，人格的尊严，系来自人性的自觉。人性自觉是儒家学说的中心，至孟子而特为深透，故孟子有

---

① 徐复观：《中国思想史论集》，上海书店出版社 2004 年版，第 244 页。
② 同上书，第 195 页。
③ 同上书，第 195 页。
④ 同上书，第 244 页。
⑤ 徐复观：《徐复观最后杂文集》，（台北）时报文化出版事业有限公司 1984 年版，第 140 页。

'民为贵,社稷次之,君为轻'的主张,为我国民主政治的先导。"① 其实,儒家思想本身已经奠定了民主思想的根基,"儒家德与礼的思想,正可以把由势逼成的公与不争,推上到道德的自觉,民主主义至此才真正有其根基"。② 陆象山承接孟子,其心学之中的"心即理"之说,认为理是与天地之所同有,人能信得自己的"心即理",即可信得自己能与"天地相似",这是人格的高度完成,也是人格尊严的高度体现。从孟子到象山,已经开发出了民本思想,正如陆九渊所言:"民为大,社稷次之,君为轻。民为邦本,得乎民为天子,此大义之正理也。"③ 儒家思想虽然尊重人性,以民为本,以民为贵,由仁心行仁政,但其思考的方式,"总是居于统治者的地位来为被统治者想办法,总是居于统治者的地位以求解决政治问题,而很少以被统治者的地位去规定统治者的政治行动,很少站在被统治者的地位来谋求解决政治问题"。④ 即其思考和行事方式是要将人民放在主体地位上,但是在现实实践中很难实现。徐复观认为中国文化较西方而言,在伦理思想的角度上是不同的,中国文化注重自身的义务,而西方文化注重自身的权利,他们的出发点各有侧重,从这个角度上看,中国文化在伦理上更具有开阔性。这是中国文化能比西方文化影响更大、走得更远,最能为人类文化开出新生命的原因所在。

第二节　返本开新与中国知识分子的责任

徐复观把中国文化看作"心的文化",认为"心的文化"是"形而中学",心的作用由工夫而见,发自内在体验。由心而生的理想,必融于现实生活,使人的价值主体呈现,才能得到真正的价值,心的文化强调了人依靠己力在认知现实和突破现实方面的主导作用,所以这种文化才能成为大众化、社会化的文化。这种文化没有忽视思辨的意义,更看重工夫、体验、实践的价值。浸润在这种文化场域中的知识分子,形成了一种独特的精神。徐复观对知识分子的论述,散见于他的许多学术著作和时论杂著

---

① 徐复观:《中国思想史论集》,上海书店出版社 2004 年版,第 44 页。
② 同上书,第 247 页。
③ 陆九渊:《象山全集》(卷五),《与徐子宜二》。
④ 徐复观:《中国思想史论集》,上海书店出版社 2004 年版,第 248 页。

中，这是他长期关注和思考的一个焦点。

徐复观认为，一个人要成为知识分子，不但要有知识，而且要把知识转化为智慧，要把知识思想化，并能持自觉的反省和批判的态度，否则只能成为某一领域的技术人员而非知识分子。"凡知识能够得上称为思想的，一定是直接间接对人生、社会担负责任的知识，也一定是有批评性的知识。"① 从这个角度看，不是什么人都可以承当"知识分子"的，除了自己要具有"悲天悯人"和"家国天下"的忧患意识之外，还受传统两个方面的影响，徐复观把这两大传统归结为儒林传统和文苑传统，"大概而论，儒林传统之真生命，乃立足于其对自身对人类之责任感，文苑传统之真生命，乃立足于各个人生活之兴趣。儒林传统，常表现为道德之拘执，文苑传统，常表现为才藻之圆通。儒林传统，重有所不为以达于有所为，文苑传统，则名士之癖性，有似于有所不为而实非有所不为"。② 同时，徐复观认为，知识分子的观念是通过民族文化的历史积淀和价值观念的长期积累形成的。他分析道："一是儒道两家'为人民而政治'的政治思想。由此一思想所建立的政治主权的理想，其归结必然是'天下为公'。二是儒家有'大众实践性'的'中庸'思想，道家则有避免与大众冲突的'恬淡'思想。二者后来常互相结合，以形成知识分子处人处世的人生观。"③ 而心的文化是基于对生命主体精神的阐发而激发的，有实践理性的参与，也有对客观现实的理性认知。这一认识是对传统儒家思想的延续和推进。主要体现在两个方面：一方面重视群体生活的秩序，另一方面又重视个人尊严自由。所以，中国的中庸理念，是把个体和全体看作互相涵涉、互相成就的每一个人德行的两面。在此基础上，徐复观指出，合乎中庸理念的知识分子，走向个人和社会，既有自由，又有共同福利的道路。

知识分子是知识和人格的融合体，但以人生态度为特征的人格更起决定性的作用。一个有良知的知识分子，在以知识去影响社会时，必须有人格的支持。中国知识分子的责任，在于寻求知识和真理，同时把自己认为正确、现实所需的知识影响到社会，在与社会的干涉中考验自己及自己所

① 徐复观：《中国知识分子精神》，华东师范大学出版社 2004 年版，第 204 页。
② 同上书，第 204 页。
③ 同上书，第 4 页。

拥有的知识,以进一步建立、发展国家、人类所需的知识。概括起来,知识分子要采取"乐以天下,忧以天下"(《孟子·梁惠王下》)的态度,把家、国、天下及自身连接起来,并时刻心怀与家、国、天下连带的责任感。

徐复观把专制制度看作中国历史悲剧的总根源,而知识分子在以知识干预现实时,总是持批判性推进的作用,就必然被各种极权专制者所排斥。"更由此可见,凡是不生活在民主制度下的知识分子,必然是带着悲剧性的命运。"① 徐复观也对知识分子在历史中的缺陷进行了分析。由于中国文化的精神走向是对自我生命的关注,对人类社会的关注,成就的是道德精神和价值理性,他的侧重点不是在于纯粹知识的摄取,而是秩序的完成和道义的完善,目标在于增强智慧增加体验。中国的知识分子因读书而来的才智,也常常成了变乱是非的工具。中国文化精神所成就的道德的对象是个人自己的心,然而,作为中国文化基石的心,没有方法作客观的规定。由于科举制度不断向八股文演进,所以中国知识分子在现实中作无底的堕落。但同时,徐复观也看到宋明理学在反科举反知识分子堕落方面所做的努力,"他们希望从讲学方面能另开出一条与政治保持一种距离的知识分子的活路"。② 他们的讲学精神,来自继往开来的真实责任感,他们追求能验证于身心,验证于社会的真知灼见,培养出的是在人格上能担负起人类命运的考验,陆九渊所提出的"复归本心""本心即理"的思想,就是为对抗知识分子和当权者所形成的"谎言集团",也试图从根本上拯救知识分子的命运。以徐复观等为代表的一批现代新儒家的努力,接续了宋明理学特别是陆王心学的传统,继续推动这种反知识分子堕落的运动。

由于科举制的长期浸染,中国失去了"为知识而知识"的传统,知识分子总凭借外在的势力,而不凭借学术安身立命,且时不时地落入科举的格套。另一方面,徐复观也对现代生活环境给知识分子造成的麻痹保持警惕。"一个由贫乏环境突然进入到丰饶环境的中国知识分子,技术化、工具化的趋向更为显著。"③ 生活的便利丰饶,科学的发达,致

① 徐复观:《中国人的生命精神》,华东师范大学出版社2004年版,第137页。
② 同上书,第7页。
③ 同上书,第204页。

使知识分子对知识的追求技术化，完整的人生和历史也被分割撕裂。"这种现象的形成，主要是由于知识分子随环境在变化中得到不断的改善，大家因物质的过分供应，而把心灵向外的道路，于不知不觉之中，都堵塞住了，除了应接不暇的物质享受以外，根本没有可以引发学问的人生。"①

徐复观所强调的中国知识分子应走的路，是一种合乎中庸之道的路，中庸之道，是出于人心之所同然，但是近代的中庸之道却在政治的操弄中被彻底割断，"有建设性的中庸之道的复苏，这将是国家命运的复苏，也是中国知识分子命运的复苏"。② 因为中庸之道把个体和群体，个人和社会结合在一起，是一条既能守护个人自由，又能守护公共利益和秩序的道路。作为知识分子而言，一方面不能脱离政治而轻言社会发展和知识创新，另一方面也应脱离政治的限制和制约，站立在更高的人类发展的角度上，不断完善自己的人格知识。

第三节 立场选择和目标导向

中国的现代化离不开中国传统文化的现代化，民族复兴的"中国梦"必须由民族文化的复兴来支撑。徐复观文艺思想的根基是中国传统文化，如何实现传统文化的现代化，甚至是儒学的现代化，徐复观做了尝试性的理论建构，在立场选择和目标导向上也具有积极的现代意义。

一 整合文化的民族性和时代性，建构新的文化结构

文化有自身发展的机理，民族性和时代性是文化发展的两翼，两者相伴而生，互为补充，缺一不可。许多学者从最初关注东亚"四小龙"经济腾飞而发现文化在其中展示了独有的魅力，由此开始重视民族文化的优势，关注民族文化跨时代发展的主要方式。庞朴先生指出："在二十一世纪，文化的民族性必将得到进一步确认，世界的多元局面可望得到进一步

---

① 徐复观：《中国知识分子精神》，华东师范大学出版社 2004 年版，第 203 页。
② 同上书，第 13 页。

强化,一个全球性的百鸟争鸣的春天到来了。"① 文化的民族属性和时代属性紧密相连不可分割,因为民族的,往往就是世界的。对此,庞朴先生认为:"在这个意义上,我们坚持要现代化不要西化,以区分西方文化的时代性与民族性,是正确的。但是,文化的民族属性也无从离开其时代属性,各民族的固有文化总不免带着其从来的时代烙印,成为抱残守缺的动因,从这个意义上来讲,任何民族都不宜自我欣赏,应该学会去欣赏别人,以求攀登时代的最高峰。就整个人类来说,历史是一元的,同时也是多元的;是多元的,同时也是一元的;一元就寓于多元之中,多元到最后将归于一元。"②。

每个民族都在以自己的聪明才智为人类大厦增砖添瓦,正是因为文化的特殊属性,让人成为最高文化凝聚物,这就要求我们不仅要和平共处,更要求同存异,勇敢地学习异域文化的特质,充实人类的文明成果,完成整合和超越,不因文化的优劣和能力的大小徒生尊卑妄念。面对文化的民族性和时代性,要在允许差异共存的基础上,积极做好资源汇聚和优势互补,不断进行整合和创新,不断提高传统文化的自我净化、自我革新、自我超越的能力。

文化结构是近代中国志士仁人推进现代化的探索中不断形成的。历史学家庞朴先生对此作了完整的阐释:"文化,从最广泛的意义上说,可以包括人的一切生活方式和为满足这些方式所创造的事物,以及基于这些方式所形成的心理和行为。它包含着物的部分、心物结合的部分和心的部分。如果把文化整体视为立体的系统,那它的外层便是物质的部分——不是任何未经人力作用的自然物,而是'第二自然'(马克思语),或对象化了的劳动。文化的中层,则包括隐藏在外层物质里的人的思想、感情和意志,如机器的原理、雕像的意蕴之类;和不曾或者不需体现为外层物质的人的精神产品,如科学猜想、数学构造、社会理论之类;以及人类精神产品之非物质形式的对象化,如教育制度、政治组织之类。文化的里层或深层,主要是文化心理状态,包括价值观念、思维方式、审美趣味、道德情操、宗教情绪、民族性格等。文化的三个层面,彼此相关,形成了一个系统,构成了文化的有机体。这个有机体,有自己的主导潮流,并由此规

---

① 庞朴:《文化的民族性与世界的多元性》,中华书局 2008 年版,第 170 页。
② 同上。

定了自己的发展和选择：吸收、改造或排斥异质文化的要素。"① 通过儒学现代化的历史进程以及对文化结构的把握，我们可以发现一个由物质到制度再到文化的结构模式，这也是儒学现代化的思路，这也是整合和超越的核心落脚点和归宿，在大胆去除传统儒学僵化的成分，融合西方相关的文化宝藏，不断产生新的文化体系和文化结构，开创出一种崭新的文化形态。

二 对话马克思主义，与当代的各种学说进行交往与融合

我们谈儒学的现代化，或者谈传统文化的现代化，都离不开中国发展的大环境，我们中国正行走在中国特色的社会主义道路上，为实现包括文化在内的现代化的伟大梦想而奋斗。这就要求儒学和马克思主义必须进行对话和交流，实际上，我们在讨论传统与现代、传承与创新、中国与西方的时候，最初只是基于意识形态简单二分法，就如同认识计划经济和市场经济的关系一样，显得生硬而僵化。而对待马克思主义的认识和提高绝不仅仅停留在这样的层面上，马克思主义在中国近百年的发展中，已经与中国的实际相结合，开出了一朵朵鲜艳的花，成为中国社会主义事业的指导思想，也成为繁荣社会主义文化的一部分。民族复兴的"中国梦"是国家富强、民族振兴、人民幸福。这与传统儒学有着密切的关系，比如儒学特别强调"大一统"的观念，强调一个统一的局面，这个局面对我们今天维护国家的统一、领土完整具有高度重要的意义。儒家思想需要经过现代转化、提炼、整合、扬弃才能找到新的"文化软实力"增长点，释放出正能量。比如"三纲五常"，"三纲"毫无疑问是糟粕，君为臣纲、父为子纲、夫为妻纲，这是强调制度上的人格不平等，但是"仁义礼智信"这五常，仍然是建构我们这个社会的人伦底线，可以作为我们社会主义核心价值的来源之一。对话马克思主义，要敢于放下身段，去研究一个生长于异域的思想体系为何在别国发展壮大最终成为根深叶茂的大树？要在中国特色的马克思主义的指导下，发挥群体优势，探究多个角度，鼓励学术协同，以达到"百家争鸣，百花齐放"的效果。

随着世界经济一体化的进程的加速，对话和交流成为儒学发展的必然选择。著名学者杜维明认为，"二十一世纪的儒学，首先理应可以为人类

① 庞朴：《文化结构与近代中国》，《中国社会科学》1986年第5期。

现在的文明、为哲学思想家提供精神资源"①。他一直致力于儒学的创造性诠释及其人文价值的挖掘,秉持充分对话的理性精神和直面挑战的刚毅姿态,他的一系列研究及宣传活动取得了国际性影响。山东大学儒学高等研究院执行院长王学典教授在接受中国社会科学网的采访时强调,"儒学特别强调德行伦理,特别强调自身修养,这与西方文化强调的规范文明形成补充,儒家的德行伦理能够对西方的规范伦理形成补充"。② 著名学者汤一介深入分析当下的"国学热"和西方建构性后现代主义的关系,认为两者不仅要交往,更要融合,形成新的文化形态。他认为:"如果能实现影响力广泛的'国学热'和建构性后现代主义的有机结合,之后能在中国社会深入开展,并且进一步发展,那么中国就有可能顺利实现其自身'第一次启蒙运动'的进程,实现现代化,然后快速进入以'第二次启蒙运动'为标志的后现代社会。中国当前的文化复兴中实现的成果必将对人类社会产生深远的影响。"③

三 沟通学界儒学与民间儒学的桥梁,推进儒学研究的思想性、时代性和群众性

长期以来,儒学被束之高阁,被认为是知识分子才能问津的"神圣"事业,尽管知识分子对传统儒学的现代化进行了尽心竭力的转化、阐释和提升,但广大民众对儒学并没有表现出极高的热情。在日本,对普通民众影响较大的是佛教和神道,"而儒家几无影响"④。在新加坡,"很多人对儒学有一种'先天的'排拒感"⑤。在儒学的故乡中国,不仅就大陆而言,大家"对儒学很生疏,很隔膜"⑥,而且就台湾来说,儒家所护卫的价值,已被整个社会日益商业化、工具理性的风气"冲淡到了若有若无的地步"⑦。从这个意义上来讲,儒学在现代化的今天面临的最大困难,与其说是理论转化时产生的传统与现代的脱节,不如说是它在传播时遭到现代民众的普遍冷漠。面对这样的发展趋势,我们要从学界儒学和民间儒学两

---

① 杜维明:《21世纪儒学面临的五大挑战》,《探索与争鸣》2011年第10期。
② 王学典:《推进儒学研究,重建礼仪之邦》,中国社会科学网,2013年5月31日。
③ 汤一介:《儒家思想及建构性的后现代主义》,《人民论坛》2013年总第411期。
④ 蒋国保:《现代新儒家的理想、困境与迷失》,《江海学刊》2001年第4期。
⑤ 同上。
⑥ 同上。
⑦ 同上。

个角度入手，各有侧重，同时要让两者有深入的沟通，为民众接受儒学建立沟通的桥梁。学界儒学要大胆的走"汉宋并重"的道路，既要重视宋明理学讲究道德、讲究心性，也要重视汉学，从深邃的五经中找智慧、找学问。通过学界的开掘，真正找到儒学的真谛，以学界的认可来影响普通民众的接受。从民间儒学而言，儒学应该走向社会，走向生活，走向大众。它和当前的社会建设有着密切的关系。对此，山东大学儒学高等研究院执行院长王学典教授指出，"学界儒学应该走一条路，民间儒学应该走另一条路。落实到实践层面上，应该提出重建礼仪之邦这样一个目标，礼仪之邦的重建也是从属于当前社会整合的一个重大措施，它的重要意义和实质就在于提升中国人的教养"。①

儒学现代化是一项复杂的系统工程。既然是现代化，必然要对西方文化的冲击和全球化时代的影响做出积极的回应，然而，单纯回应是不够的，"打铁还需自身硬"，儒学现代化是内部机制的放开搞活，是内生动力的发展和转化，真正现代化的儒学应该是兼具思想性、时代性和群众性。所谓的思想性，就是要敢于超越。对于超越，正如学者杜维明提到的："不能超越主观主义，就不能成全自己，主体性就难以彰显，不能超越人类中心主义，就没有办法完成你作为一个人的最高理想。"② 余英时认为，"内在超越不行，讲内向的超越，内在就内在，超越就超越，你怎么有内在的超越"③。可见思想性也是稳如磐石的坚定不移的力量。所谓的时代性，应当以构建社会主义和谐社会为基础，建立在社会主义核心价值观之上，凸显时代感，体现现代性。所谓群众性，就是日常生活的内在价值，也就是群众生活中的遵守和礼仪。儒家思想的群众性，是让儒家所倡导的思想和理念能够在日常生活中得到体现。"儒家入世的特性使得儒家伦理必须扣紧生活世界"④，儒家的内圣之学是"修身养心"之学，当群众性的认可形成生活的习俗，必然能够治疗工具理性所造成的创伤。

四　从自觉到自为的美学追求

从徐复观的文艺美学思想来看，他站在中国传统文化发展的脉络中，

① 王学典：《推进儒学研究，重建礼仪之邦》，中国社会科学网，2013 年 5 月 31 日。
② 杜维明：《21 世纪儒学面临的五大挑战》，《探索与争鸣》2011 年第 10 期。
③ 同上。
④ 同上。

试图创造出具有文化内涵和生命活力的中国美学体系，他用"心的文化"
去涵容文艺学发展的方向，指向了有价值根源和理性意义的文论追求。这
让我们在美学追求，尤其是在文论发展上，由自觉走向自为。

　　所谓"自觉"是我们对自身背景下的文艺美学进行觉醒性的反思，
反思西方各种流派和思潮对我们文化的冲击，对我们中国审美体系的影
响。我们在反复考量、思索中坚守中国传统文化的底线，同时敢于吸纳最
丰富和有益的资源，使我们的文艺美学更加饱满，更加有内涵，我们在
"与世界共舞"中，找寻自身发展的方向。而"自为"是我们在认识到价
值自觉、理性自觉的情况下，开始寻找发展的问题，找到影响中国文化发
展的各种基因，寻找推动发展的动力。对价值的寻找和对理性的追求，最
终成为对人格精神的弘扬，对道德、知识、科学、自由的判断，让我们的
文化资源变得更加有活力、有后劲、有内涵。

　　我们在回顾 20 世纪中国文艺理论发展的脉络时，会增添许多感慨。
面对西方文化的影响和制约，我们有过"盲从"，也有"饥不择食，寒不
择衣"的"无奈"，更有不计后果的"挪用"，面对所谓的"新思维"，
我们甚至将中国原本根性的文化本质淹没在对"新语丝"的渴求和揭示
中。也试图突破一种体制的限制，汇聚资源，为我所用，求得资源的共
享、传播和吸收。我们的文艺美学也曾一度淹没在"韩流"和现代主义
中，在世纪之交，我们曾迷失在"失语症"和"多语症"的十字路口，
知识分子的焦虑不安伴随着信仰的缺失冲击而来，使我们目不暇接，无从
下手。随着我们对人文主义和科学主义的客观理性地分析，我们在"西
学东渐"和"返本开新"中找到了新的发展方向，开始在观念自觉和民
族自信中寻找力量，突破客观体系的制约和外在力量的束缚。我们首先在
人文关切中寻找力量，那就是把"人"和"文"融化到中国文化的血脉
中，超越自觉，走入自为，在本土的主流意识中寻找答案，营造具有中国
特色的审美体系，建构自己的文艺美学体系。

　　徐复观通过心性文化寻找艺术之根，让我们在道德和自由的契合中找
到了中国文艺美学自在自为的发展方向。中国传统美学思想的创新意识本
来就是丰富而强大的，它往往与个体意识的自我觉醒相结合，与自由意
识、道德意识相联系，崇尚自由、人格独立的艺术家也必然在这个基础上
进行不断的创新。以徐复观为代表的现代新儒家这一群体都在为这一奋斗
目标而努力。方东美就是在中西知识的汇通中，找到了学术的基点和发展

的方向。他说:"我们承受中国的文化传统,应当在这种优美的精神传统中,先自己立定脚跟,再在自己的立场上发展内在的宝贵生命和创造精神。然后培养我们内在的智慧,虚心反省自己的优劣,再原原本本地去看西方文化,以取乎上,得乎其中。"① 这种"取乎上,得乎中"的文化思维模式既是文化学者自我的觉醒,也是试图建构中国特色的文化诗学的自为的思考。

我们通过以徐复观为代表的现代新儒家这一学术群体的文艺美学思想的探究,看到的恰恰是一种方法,一种理念,那就是从传统中来,到创新中去的开拓精神。无论是中国传统哲学的"道""命""气",还是天人关系、心性文化、理性价值,都展现了充满智慧的中国文化的无穷魅力,这也是现代新儒家在文艺美学领域对传统儒家继承和创新的重要体现。这一有益的探索对我们重新审视交流互进、和谐融通的大文化格局,推进中国特色的现代文论体系的建构是大有帮助的。

① 方东美:《原始儒家道家哲学》,中华书局 2012 年版,第 225 页。

结　　语

　　徐复观的文艺美学思想，就其外缘而言，是"五四"运动启蒙思想激发下的产物，与他的文化思想一致，都建立在本位文化的创造性转化的立场上。所谓创造性的转化，一方面接纳"五四"运动倡导的科学、民主等价值，另一方面力图使之在历史文化中生根，表现出对启蒙思想的超越性反思态度。

　　徐复观的文艺美学思想是以人学为起点，但却剥离西学的外壳，回转到中国的人文传统和价值理性上来，他认为，不了解中国心性之学，就不了解中国之文化。"心"在中国文化精神系统里被赋予了极为深广的精神意蕴和内涵，它一方面具有形而上的知性与理性层面，另一方面具有形而下的直觉与感性的特点。心即境，心性为本，无不体现了中国的美学和艺术理论源于人的心理和精神结构的显著特征。中国文化以心性修养为重点，重视文艺的内在体验方式及其功能，强调心的体认，故能形成具有精神内涵的艺术主体源泉。这种心性的体证为他的文艺思想注入了活力，提供了本源的动力，并以此建立人性论的美学典范，他将人性论看作居于中国哲学思想史中的主干地位，并且也是中华民族精神形成的原理和动力。

　　儒家追求体验的人生是内心和谐的人生，也就是"游于艺"的境界人生。徐复观文艺美学呈现的人文之美，目的是追求人的本质力量的对象化，是理性、意志和情感的和谐，达到自由的境界。人生至境是让人生成为审美生存，人们能够在自然和艺术的审美中观照人生。无论是将文学人格化，还是要求人生文学化，最终目的都是实现"内圣外王""美善相兼"的社会理想和美学夙愿。人的问题始终在徐复观文艺美学思考的视野之内，同时也处于美学的中心地位。徐复观主张中国艺术精神，在于从人格层面把握艺术精神的主体，为人生而艺术，才是中国艺术的正统。可以说，文艺的人性化、艺术的人格化以及人生的审美化是其美学思想的要旨。

　　徐复观文艺美学思想是一个宏阔的体系。他对当代文艺美学的发展和理论的滋养提供了很好的借鉴和启发。但是，徐复观文艺美学思想并不是完美的。他试图建构"消解形而上"的理论根基，但很容易流入"形式主义"的泥沼。由于历史和现实的局限，文献和史料的缺失，对徐复观文艺美学思想的研究还存在系统性不足、延展性不强的缺点，尤其是徐复观的文化观对文艺思想的影响还没有做出全面的分析，这将成为笔者以后学习和研究的重点。

参考文献

一 著作类

1. 班固:《汉书》,中华书局 1962 年版。

2. 司马迁:《史记》,中华书局 1959 年版。

3. 刘宝楠:《论语正义》,载《诸子集成》(一),中华书局 1954 年版。

4. 王弼注:《老子道德经》,载《诸子集成》(三),中华书局 1954 年版。

5. 郭庆藩:《庄子集释》,中华书局 1961 年版。

6. 王阳明:《王阳明全集》,上海古籍出版社 1992 年版。

7. 刘勰:《文心雕龙》,人民文学出版社 1958 年版。

8. 朱熹:《四书章句集注》,中华书局 1986 年版。

9. 王国维:《王国维文集》,中国文史出版社 1997 年版。

10. 徐复观:《两汉思想史》,华东师范大学出版社 2001 年版。

11. 徐复观:《中国人性论史》,华东师范大学出版社 2005 年版。

12. 徐复观:《中国思想史论集》,上海书店出版社 2004 年版。

13. 徐复观:《中国知识分子精神》,华东师范大学出版社 2004 年版。

14. 徐复观:《中国人的生命精神》,华东师范大学出版社 2004 年版。

15. 徐复观:《中国文学论集》,(台北)学生书局 1982 年版。

16. 徐复观:《中国文学论集续篇》,(台北)学生书局 1981 年版。

17. 徐复观:《徐复观杂文集(二)记所思》,台北文化时报出版事业有限公司 1980 年版。

18. 徐复观:《中国文学精神》,上海书店出版社 2004 年版。

19. 徐复观:《中国艺术精神》,华东师范大学出版社 2001 年版。

20. 徐复观:《中国学术精神》,华东师范大学出版社 2004 年版。

21. 黄克剑:《徐复观集》,群言出版社 1993 年版。

22. 李维武编:《徐复观文集》,湖北人民出版社 2009 年版。

23. 李维武编:《中国人文精神之阐扬——徐复观新儒学论著辑要》,中国广播电视出版社 1996 年版。

24. 李维武编:《徐复观与中国文化》,湖北人民出版社 1997 年版。

25. 李维武编:《徐复观学术思想评传》,北京图书馆出版社 2001 年版。

26. 杨华:《先秦礼乐文化》,湖北教育出版社 1997 年版。

27. 孙作云:《诗经与周代社会》,中华书局 1979 年版。

28. 黄侃:《文心雕龙札记》,华东师范大学出版社 1996 年版。

29. 方克立、李锦全主编:《现代新儒家学案》,中国社会科学出版社 1995 年版。

30. 方克立、李锦全主编:《现代新儒学研究论集》,中国社会科学出版社 1989 年版。

31. 黄克剑等编:《当代新儒学八大家集》,群言出版社 1993 年版。

32. 黄克剑:《百年新儒林》,中国青年出版社 2000 年版。

33. 陈来:《朱熹哲学研究》,中国社会科学出版社 1988 年版。

34. 范寿康:《朱子及其哲学》,中华书局 1983 年版。

35. 梁漱溟:《梁漱溟全集》,山东人民出版社 1995 年版。

36. 熊十力:《新唯识论》,中华书局 1985 年版。

37. 熊十力:《熊十力学术文化随笔》,中国青年出版社 1999 年版。

38. 冯友兰:《三松堂全集》(五卷本),河南人民出版社 1988 年版。

39. 钱穆:《现代中国学术论衡》,上海三联书店 2001 年版。

40. 钱穆:《湖上闲思录》,上海三联书店 2000 年版。

41. 钱穆:《中国文化史导论》,商务印书馆 1994 年版。

42. 钱穆:《中国文学讲演集》,巴蜀书社 1987 年版。

43. 牟宗三:《道德理想主义的重建》,中国广播电视出版社 1992 年版。

44. 方东美:《生命理想与文化类型》,中国广播电视出版社 1992 年版。

45. 刘梦溪:《中国现代学术经典——方东美卷》,河北教育出版社 1996 年版。

46. 唐君毅:《人生三书》,中国社会科学出版社 2005 年版。

47. 唐君毅:《中国人文精神之发展》,广西师范大学出版社 2005 年版。

48. 唐君毅:《中华人文与当今世界》,广西师范大学出版社 2005 年版。

49. 唐君毅:《文化意识与道德理性》,广西师范大学出版社 2005 年版。

50. 唐君毅：《中华人文与当今世界补编》，广西师范大学出版社 2005 年版。

51. 唐君毅：《青年与学问》，广西师范大学出版社 2005 年版。

52. 唐君毅：《生命存在与心灵境界》，中国社会科学出版社 2006 年版。

53. 唐君毅：《文化意识与道德理性》，中国社会科学出版社 2005 年版。

54. 唐君毅：《中国文化之精神价值》，广西师范大学出版社 2005 年版。

55. 海德格尔：《存在与时间》，上海三联书店 1987 年版。

56. 牟宗三：《中国哲学的特质》，（台北）学生书局 1987 年版。

57. 牟宗三：《生命的学问》，广西师范大学出版社 2005 年版。

58. 牟宗三：《才性与玄理》，广西师范大学出版社 2006 年版。

59. 牟宗三：《智的直觉与中国哲学》，中国社会科学出版社 2008 年版。

60. 牟宗三：《中西哲学之会通十四讲》，上海古籍出版社 2008 年版。

61. 张君劢：《儒家哲学之复兴》（张君劢儒学著作集），中国人民大学出版社 2006 年版。

62. 福柯：《知识考古学》，上海三联书店 1998 年版。

63. 殷海光：《中国文化的展望》，中国和平出版社 1988 年版。

64. 贺麟：《儒家思想的新开展》，中国广播电视出版社 1995 年版。

65. 宗白华：《美学散步》，上海人民出版社 1999 年版。

66. 胡道静主编：《国学大师论国学》，东方出版中心 1998 年版。

67. 郑家栋：《断裂中的传统》，中国社会科学出版社 2001 年版。

68. ［美］列文森：《儒教中国及其现代命运》，郑大华、任菁译，中国社会科学出版社 2001 年版。

69. 杜维明：《东亚价值与多元现代性》，中国社会科学出版社 2001 年版。

70. 刘述先：《当代儒学与中国哲学》，中国社会科学出版社 2001 年版。

71. 成中英：《合内外之道》，中国社会科学出版社 2001 年版。

72. 成中英：《论中西哲学精神》，东方出版中心 1991 年版。

73. 赵德志：《传统意识的现代命运》，辽宁教育出版社 1990 年版。

74. 陈少明：《儒学的现代转折》，辽宁大学出版社 1992 年版。

75. 颜炳罡：《当代新儒学引论》，北京图书馆出版社 1998 年版。

76. 宋志明：《现代新儒家研究》，中国人民大学出版社 1991 年版。

77. 宋志明：《儒家思想的新开展——贺麟新儒学论著辑要》，中国广播电视出版社 1995 年版。

78. 宋志明：《现代新儒学的走向》，北京师范大学出版社 2009 年版。

79. ［美］墨子刻：《摆脱困境——新儒学与中国政治文化的演进》，颜世
　　安、高华译，江苏人民出版社 1996 年版。

80. 吴雁南：《心学与社会》，中央民族大学出版社 1994 年版。

81. 启良：《新儒学批判》，上海三联书店 1995 年版。

82. 张岱年：《中国古典哲学概念范畴要论》，中国社会科学出版社 1987
　　年版。

83. ［德］卡西尔：《人论》，甘阳译，上海译文出版社 1988 年版。

84. ［美］艾恺：《世界范围内的反现代化思潮》，贵州人民出版社 1991
　　年版。

85. 周宪：《超越文学——文学的文化哲学思考》，上海三联书店 1997
　　年版。

86. 刘纲纪等：《易学与美学》，沈阳出版社 1997 年版。

87. 汪澍白：《二十世纪中国文化史论》，中国青年出版社 1999 年版。

88. 胡逢祥：《社会变革与文化传统》，上海人民出版社 2000 年版。

89. 余英时：《钱穆与中国文化》，上海远东出版社 1994 年版。

90. 余英时：《现代儒学论》，上海人民出版社 1988 年版。

91. 郭齐勇：《熊十力与中国文化》，香港天地图书公司 1998 年版。

92. 张皓：《中国美学范畴与传统文化》，湖北教育出版社 1999 年版。

93. 钱中文等：《中国古代文论的现代转换》，陕西师范大学出版社 1997
　　年版。

94. 林毓生：《中国意识的危机》，贵州人民出版社 1986 年版。

95. 李鹏程：《当代文化哲学沉思》，人民出版社 1994 年版。

96. 黄霖等：《中国古代文学理论体系——原人论》，复旦大学出版社
　　2000 年版。

97. 张世英：《天人之际》，人民出版社 1995 年版。

98. 张世英：《进入澄明之境》，商务印书馆 1999 年版。

99. 郑家栋：《现代新儒学概论》，广西人民出版社 1990 年版。

100. 李泽厚：《中国近代思想史论》，人民出版社 1987 年版。

101. 李泽厚：《中国现代思想史论》，东方出版社 1987 年版。

102. 李泽厚：《美的历程》，文物出版社 1981 年版。

103. 袁伟时：《中国现代哲学史稿》，中山大学出版社 1987 年版。

104. 蒲震元：《中国艺术意境论》，北京大学出版社 1995 年版。

105. 郑家栋、叶海烟主编：《新儒家评论》，中国广播电视出版社 1994 年版。

106. 张祥浩：《唐君毅思想研究》，天津人民出版社 1994 年版。

107. 曾祖荫：《中国古代美学范畴》，华中师范大学出版社 2008 年版。

108. 罗义俊编：《评新儒家》，上海人民出版社 1989 年版。

109. 王岳川：《二十世纪西方哲性诗学》，北京大学出版社 1999 年版。

110. 谭佛雏：《王国维诗学研究》，北京大学出版社 1999 年版。

111. 叶秀山：《美的哲学》，东方出版社 1997 年版。

112. 叶秀山：《思·史·诗》，人民出版社 1988 年版。

113. 陈鼓应：《老庄新论》，上海古籍出版社 1992 年版。

114. 梁燕城：《后现代中国哲学的重构》，东方出版中心 1999 年版。

115. 刘小枫：《诗化哲学》，山东文艺出版社 1986 年版。

116. 余敦康：《内圣外王的贯通》，学林出版社 1997 年版。

117. ［德］盖格尔：《艺术的意味》，艾彦译，华夏出版社 1999 年版。

118. 胡经之：《文艺美学》，北京大学出版社 1999 年版。

119. 蓝德曼：《哲学人类学》，中国工人出版社 1988 年版。

120. 韦政通：《儒家与现代中国》，上海人民出版社 1990 年版。

121. ［美］爱德华·希尔斯：《论传统》，上海人民出版社 1991 年版。

122. 张荣明主编：《儒道佛思想与中国传统文化》，上海人民出版社 1994 年版。

123. 林毓生：《中国传统的创造性转化》，上海三联书店 1988 年版。

124. 陈良运：《中国诗学体系论》，中国社会科学出版社 1992 年版。

125. 刘若愚：《中国诗学》，长江文艺出版社 1991 年版。

126. 叶维廉：《比较诗学》，上海三联书店 1997 年版。

127. 蒙培元：《中国心性论》，（台北）学生书局 1990 年版。

128. ［法］米盖尔·杜夫海纳：《美学与哲学》，中国社会科学出版社 1985 年版。

129. 张隆溪：《道与逻各斯》，四川人民出版社 1998 年版。

130. 胡家祥：《心灵结构与文化解析》，北京大学出版社 1998 年版。

131. 殷海光：《中国文化的展望》，上海三联书店 2002 年版。

132. 汪晖：《死火重温》，人民文学出版社 2000 年版。

133. 李承贵：《中西文化之会通》，江西人民出版社 1997 年版。

134. 陈炎：《反理性思潮的反思》，山东大学出版社 2002 年版。

135. 傅伟勋：《批判的继承与创造的发展》，台湾东大图书公司 1986 年版。

136. 庞朴：《庞朴学术文化随笔》，中国青年出版社 1996 年版。

137. 庞朴：《当代学者自选文库：庞朴卷》，安徽教育出版社 1999 年版。

138. 庞朴：《庞朴文集》，山东大学出版社 2005 年版。

139. 范伯群、朱栋霖主编：《中外文学比较史》，江苏教育出版社 1995 年版。

140. 殷国明：《二十世纪中西文艺理论交流史论》，华东师范大学出版社 1999 年版。

141. ［德］马克斯·韦伯：《儒教与道教》，悦文译，江苏人民出版社 1993 年版。

142. ［德］海德格尔：《存在与时间》，陈嘉映译，上海三联书店 1999 年版。

143. ［美］吉尔伯特·罗兹曼：《中国的现代化》，陶骅译，江苏人民出版社 1988 年版。

144. 胡伟希：《传统与人文——对港台新儒家的考察》，中华书局 1992 年版。

145. 张毅：《儒家文艺美学——从原始儒家到现代新儒家》，南开大学出版社 2004 年版。

146. 肖滨：《传统中国与自由理念——徐复观思想研究》，广东人民出版社 1999 年版。

147. 王守雪：《人心与文学：徐复观文学思想研究》，郑州大学出版社 2005 年版。

148. 刘登翰主编：《台湾文学史》，海峡文艺出版社 1993 年版。

二　期刊论文和学位论文

1. 李维武：《徐复观对中国艺术精神的阐释》，《福建论坛》2001 年第 3 期。

2. 李维武：《六德的哲学意蕴初探》，《中国哲学史》2001 年第 3 期。

3. 李维武：《全球化与现代新儒家的文化保守主义》，《学术月刊》2001年第 9 期。

4. 李维武：《徐复观对中国道德精神的阐释》，《江海学刊》2002 年第 3 期。

5. 李维武：《徐复观对现代化与现代性的反思》，《山东社会科学》2003 年第 1 期。

6. 李维武：《湖北地区的心学传统及其意义》，《文史哲》2005 年第 1 期。

7. 李维武：《近 50 年来现代新儒学开展的"一本"与"万殊"》，《南京大学学报》2008 年第 6 期。

8. 李维武：《儒学生存形态的历史形成与未来转化》，《中国哲学史》2000 年第 6 期。

9. 崔成成：《概述徐复观对"孔子人性论"的定位与评价》，《兰州学刊》2009 年第 1 期。

10. 张毅：《智的直觉与中国艺术精神》，《文学理论研究》2004 年第 3 期。

11. 法帅：《徐复观的心性史观及其价值》，《齐鲁学刊》2009 年第 1 期。

12. 郭慧：《贯通文化生命的现代疏释——徐复观治中国思想史的态度与方法》，《长春理工大学学报》（社会科学版）2009 年第 6 期。

13. 黄熹：《略论徐复观"心的文化"》，《武汉大学学报》（人文科学版）2002 年第 1 期。

14. 李进超：《略述徐复观文化哲学之基点》，《新疆师范大学学报》（哲学社会科学版）2004 年第 4 期。

15. 刘金鹏：《儒家正统人性论的完成与中国文化的基本性格》，《重庆社会科学》2005 年第 6 期。

16. 刘启良：《传统与现代之间：徐复观的忧患与两难》，《浙江社会科学》1997 年第 2 期。

17. 鲁庆中：《略论徐复观对中国文化的定位》，《中州学刊》2009 年第 1 期。

18. 谢永鑫：《徐复观与世纪儒学发展——海峡两岸学术研讨会综述》，《孔子研究》2004 年第 2 期。

19. 熊吕茂、肖辉：《论徐复观的文化思想》，《长沙大学学报》2008 年第 3 期。

20. 颜炳罡：《评徐复观的学术态度与学术方法》，《孔子研究》1997 年第 3 期。

21. 芮宏明：《徐复观——无畏护义是真儒》，《北方论丛》1999 年第 5 期。

22. 王允亮：《徐复观的霸道》，《寻根》2006 年第 3 期。

23. 畅广元：《文气论的当代价值》，《山西师范大学学报》（哲学社会科学版）1997 年第 1 期。

24. 胡元德：《古代文气论的现代转换》，《齐鲁学刊》2006 年第 2 期。

25. 劳承万等：《"古代文论的现代转换"九人谈》，《学术研究》1999 年第 1 期。

26. 张国龙：《论二十世纪九十年代中国散文精神的守望的得失》，《文艺评论》2011 年第 5 期。

27. 黄玉顺：《当代儒学复兴运动与现代新儒家——再评文化保守主义》，《学术界》2006 年第 5 期。

28. 张节末：《徐复观对庄子美学的发明及其误读》，《浙江社会科学》2004 年第 5 期。

29. 刘启良：《传统与现代之间：徐复观的忧患与两难》，《浙江社会科学》1997 年第 2 期。

30. 洪晓楠：《中国文化的现代疏解——论徐复观的文化哲学思想》，《大连理工大学学报》2001 年第 3 期。

31. 刘建伟：《徐复观的中西文化观》，《安徽大学学报》2003 年第 1 期。

32. 王守雪：《"打造"与"解构"——徐复观与钱钟书对中国古代文论研究的不同范式》，《河南师大学报》（社会科学报）2003 年第 2 期。

33. 孙邦金：《儒家乐教与中国艺术精神——徐复观〈中国艺术精神〉读后》，《武汉大学学报》2002 年第 1 期。

34. 章启群：《怎样探讨中国的艺术精神？——评徐复观〈中国艺术精神〉的几个观点》，《北京大学学报》2000 年第 2 期。

35. 沈伟：《北宋文人画思想情景论》，《美术观察》2002 年第 12 期。

36. 刘德强：《"无法而法"——中国艺术方法论》，《学术月刊》1997 年第 10 期。

37. 黄键：《试论〈文心雕龙〉的文体意识》，《福建论坛》1998 年第

4 期。

38. 张渝生：《台湾现代主义文学的中西艺术融合》，《文艺研究》2001
年第 2 期。

39. 黄熹：《略论徐复观的 "心的文化"》，《武汉大学学报》（人文科学
版）2002 年第 1 期。

40. 王守雪：《性情充溢的思想家徐复观》，《社会科学报》2003 年 1 月
23 日，第 6 版。

41. 侯敏：《徐复观心性美学思想探论》，《学术探索》2004 年第 9 期。

42. 胡晓明：《重建中国文学的思想世界如何可能——以新儒家诗学一个
案为中心的讨论》，《文艺理论研究》2002 年第 6 期。

43. 王守雪：《心的文学——徐复观与中国文学思想经脉的疏通》，博士
学位论文，华东师范大学，2004 年。

44. 耿波：《自由之远与艺术世界的价值根源——徐复观艺术思想的扩展
研究》，博士学位论文，北京师范大学，2005 年。

45. 侯敏：《现代新儒家文化诗学研究》，博士学位论文，苏州大学，
2005 年。

46. 柳闻莺：《现代性与儒家心性之学——徐复观新儒学探析》，硕士学
位论文，黑龙江大学，2004 年。

47. 王磊：《崇高之美与自觉人生——略论当代中国文学的现实意义》，
硕士学位论文，广西师范大学，2004 年。

48. 孙文婷：《论徐复观 "为人生而艺术" 的文艺思想》，硕士学位论文，
山东师范大学，2006 年。

49. 张宏：《徐复观中国古典美学研究论评》，博士学位论文，山东大学，
2007 年。

50. 张俊利：《"文气" 论解读及现代价值阐释》，硕士学位论文，曲阜师
范大学，2008 年。

51. 张重岗：《心性诗学的再生》，博士学位论文，中国社会科学院，
2013 年。

三　网络资源

1. 中国知网，http：//www. cnki. net/.

2. 爱思想，http：//www. aisixiang. com/.

3. 文化研究，http：//www. culstudies. com/.

4. 当代文化研究网，http：//www. cul－studies. com/.

5. 光明网，http：//www. gmw. cn/.

6. 超星图书馆，http：//book. chaoxing. com/.

7. 百度，http：//www. baidu. com/.

8. 中国儒学网，http：//www. confuchina. com/.

9. 儒家中国，http：//www. rujiazg. com/.

10. 中国社会科学网，http：//www. cssn. cn/.

11. 国际儒学网，http：//www. ica. org. cn/yanjiu. php.

12. 国学网，http：//www. guoxue. com/.

13. 中国当代儒学网，http：//www. cccrx. org/index. php .

后　记

　　本书是我在博士学位论文的基础上修改润色而成的。

　　感谢这个世界上的思想家和艺术家们，如果没有他们创造出的成果，我自己的生命之源就会枯竭，当我聆听、品读、观赏甚至沉浸在他们的作品中时，我时常感到自己的言辞力不从心、微不足道，让我在闲暇时沉浸在自己的静思默想中深感艺术的无穷魅力和巨大感召力。

　　花开花落，云卷云舒，眼前仿佛又回到了五年前的一个秋日，带着期望，带着梦想，踌躇满志地行走在山东大学梧桐林立的美丽校园中，脑海中一幕幕的场景如蒙太奇般的电影情节不断闪现，在思路放飞中幻化成生动、清晰而饱满的形象，那山、那树、那人……

　　山东大学是齐鲁最高学府，历史悠久，积淀深厚，上庠大木，绿荫千秋，以文史见长而誉薄海瀛。在这样的学校里读书，处处感受到的是德行，时时浸润的是智慧。无论是晨读于静谧的小树林，还是沉思于古朴的文史楼，或者漫步于秋叶满地的明德大道，处处能捡来片片诗意，时时能采撷丝丝美感。

　　首先我要感谢我的导师庞朴先生，庞先生是蜚声中外的思想家、历史学家、哲学史家，他是儒学研究的集大成者，是第二届"孔子文化奖"获得者。我与庞朴先生初次相识于南京，2001年10月，南京大学、东南大学、河海大学、南京师范大学等几所高校联合举办"驻宁高校百年校庆中外名家学术报告会"，庞先生作为人文领域的专家应邀在河海大学的河海会堂做演讲。作为高校文学院的在读研究生，我们都争先恐后去接受先生的教导和启迪。先生演讲的题目是"说仁谈义"，那时候，庞先生身体硬朗、精力充沛，演讲时目光如炬，声如洪钟，引经据典，娓娓道来，让我印象深刻的是，先生专门留出半个小时的时间让大家提问，我还向先生提了一个问题，记得我问的问题是"如何理解民族的，也是世界的"，先生将我的问题和南京大学另一个学生的问题结合起来一并做了回答。不想这一面之缘竟然延续到了现在。先生高风亮节、劳苦功高，他在儒家辩证思想和对郭店竹简出土文献的开掘和考释方面都创造了极具影响力的成果。此生我能跟随庞朴先生读博士，忝列门墙，时刻沐浴到先生的智慧之光，是我三生有幸。他的学问博大精深，我只有"高山仰止"的份儿，全仗先生恩泽惠及，每感念及此，心犹四顾茫茫。常言道"师父领进门，修行在个人"，感谢庞先生在身体欠佳的情况下给予我无穷的智慧和及时的点拨，让我在遇到困难的时候，凝神聚气，提气增智，顺利前行。

山东大学儒学高等研究院的王学典教授、冯建国教授、张富祥教授、李平生教授是给我们上课的老师，他们向来学风开明，知识渊博，治学严谨，平易近人，是他们的宽容和理解，给予了我感受厚重、感悟厚生的机会。在与他们的相处和交流中，不仅充实了我的知识，还提升了我的学习方法和思想境界。感谢山东大学文艺美学研究中心的谭好哲教授，他是我进入山大求学的引路人，在论文选题、学术探索等多个方面给予了我很大的关心和启发。感谢山东大学的陈炎教授，他行政事务繁忙，但总能在繁忙之余通过电子邮件回答我提出的各种看似"小儿科"的学术问题，他的建议和提醒，总能给我的学业发展注入很多活力。感谢山东大学儒学高等研究院的巴金文书记、杜泽逊教授、李鹏程老师、刘丽丽老师、王敏老师，他们为我提供了尽可能的关照和爱护，感激之情，永记心中。

青岛大学的夏东伟教授在繁忙的学校行政事务之余，挤出时间关心我的学习和论文的写作，在我的心目中，他不仅是我的领导，更是一位很好的朋友，他视野开阔，博学多才，思维活跃，为人谦和，在论文的写作思路上给了我许多启发，从某种意义上说，他打通了我写作和研究的"任督"二脉，他的战略思维和宏观把握，他的睿智分析和逻辑判断，启发了我的思想。青岛大学师范学院的李曙新教授、孙盛涛教授、杨宝春教授是引领我进入学术殿堂的启蒙导师。他们从大学就开始关心我的学业，十几年来，从不间断，我就像是一个"未断奶"的孩子，得到了他们无尽的庇护和难得的呵护，给了我许多人生的启迪和学术的熏陶，在此我深表感谢。青岛大学的刘怀荣教授、周远斌教授审阅了本书全稿，提出了很多宝贵的意见。

最后我要特别感谢我的父母。父母给了我生命，并培育我健康的成长，让我有机会感受这个精彩的世界。在我求学深造等选择方面给予了我莫大的支持和关心。他们用自己的朴实和勤劳经营着内心无限的憧憬，他们用自己的智慧和乐观构思着心中的梦。尤其是我的父亲，曾几何时，父亲和我早就是"亦师亦友"的关系了，我们无所不谈，每次回家经常聊到深夜甚至凌晨。"知子莫如父"，每当我精神懈怠、稍有松弛的时候，他总会旁敲侧击点出我的不足，也总能如春风化雨般解决我的顾虑和无奈，我为有这样的父亲而感到自豪。

"读万卷书，行千里路"是每个知识分子的人生追求。2013年我有幸被山东省委组织部选派到临沂革命老区担任驻村"第一书记"，这段时间，我真正从人民群众中学到了真知灼见，真正感悟和体会到他们伟大的创造和火热的生活热情。

这段经历必将影响我人生的每一步，坚实而厚重。当我拿着锄头和老乡们一起锄地，当我和他们同吃同住同劳动，当他们抛开年龄差距而爽快地喊我"老马"的时候，我感觉生命是那么的可爱，生活是那么的精彩！我无数次匍匐在这片红色的热土上，感受革命年代的血雨腥风，感受那一个个动人心魄的故事，我不停告诫自己，此生我既要怀揣苦行僧般的坚守也要有雄鹰展翅的勇气。我怀着报恩的心来到这片革命的圣土，自己做得不多，却得到了太多的赞誉，我深深地惭愧却无以为报。

尽管在博士论文成稿并答辩结束之后，又经过了近两年的沉淀和反复修改，但由于文献式史料的缺失，自己对材料审读的不足，难免有疏漏和错误之处，在此，本人诚恳地敬请专家学者和读者多提宝贵意见，以期在思想争鸣中推动学术的发展。

本书得到了2015年度青岛市社会科学规划研究项目和青岛大学基金项目资金资助，在此一并表示感谢。